陈斐　主编

诗经

屈万里　选注

中国出版集团　现代出版社

图书在版编目（CIP）数据

诗经 / 屈万里选注. -- 北京 ： 现代出版社，2025.
1. -- （中华好诗词 / 陈斐主编）. -- ISBN 978-7
-5231-1191-8

Ⅰ．Ⅰ222.2

中国国家版本馆 CIP 数据核字第 2024B3W810 号

中华好诗词 诗经
ZHONGHUA HAO SHICI SHIJING

屈万里　选注

选题策划	大愚文化
责任编辑	裴　郁
产品监制	王秀荣
特约编辑	温雅卿
装帧设计	郝欣欣
责任印制	贾子珍
出版发行	现代出版社
地　　址	北京市安定门外安华里504号
邮政编码	100011
电　　话	(010) 64267325
传　　真	(010) 64245264
网　　址	www.1980xd.com
印　　刷	天津盛辉印刷有限公司
开　　本	880mm×1230mm　1/32
印　　张	11.75
字　　数	354千字
版　　次	2025年1月第1版　2025年1月第1次印刷
书　　号	ISBN 978-7-5231-1191-8
定　　价	49.00元

总序

今天，我们和诗词打交道的方式，大致可概括为"说诗"和"用诗"两种。对于这两种方式，王国维在《人间词话》中做过区分、说明。他用晏殊、欧阳修等人写爱情、相思的词句，比拟"古今之成大事业、大学问者，必经过"之"三种境界"，可视为"用诗"。他所下的转语"然遽以此意解释诸词，恐为晏、欧诸公所不许也"，则承认了"说诗"的存在。

春秋时期，我国即有了频繁、成熟地引用《诗经》来含蓄、典雅地抒情达意的"用诗"实践。"用诗"可以"断章取义"，将诗句从原先的语境剥离出来，另赋新意。"说诗"则应以探求作者原意为鹄的，尽管作者原意可能并不是唯一的、封闭的，尽管探求的过程也需要读者"以意逆志"、揣摩想象，但不能放弃这种探求。正如仇兆鳌在《杜诗详注》自序中所云："注杜者必反覆沉潜，求其归宿所在，又从而句栉字比之，庶几得作者苦心于千百年之上，恍然如身历其世，面接其人，而慨乎有余悲，悄乎有余思也。"

通常，我们对诗词的阅读和研究，属于"说诗"，应尽量探求作者原意；在作文或说话时引用诗词，则是"用诗"，最好能符合原意，但也不妨"断章"。接触诗词，首要的是"说诗"，弄清原意；

然后举一反三、触类旁通地"用诗"，让诗点化生活、滋养生命。

我们"说诗"，应怎样探求作者原意呢？愚以为，必须遵从诗词表意的"语法"，通过对文本"互文性"的充分发掘寻绎。《文心雕龙·知音》云："夫缀文者情动而辞发，观文者披文以入情。""作诗"是抒志摛文、将情志外化为文字的"编码"过程；"说诗"则是沿波讨源、通过文字探求情志的"解码"过程。作者"编码"达意，有一定的"语法"；读者"解码"寻意，也必须遵从这些"语法"。同时，作品是一个"意脉"贯通的有机整体，承载的是作者自洽的情意，反映在文本上，即是字、句、篇、题乃至诗词书写传统之间彼此勾连的"互文性"。这些不同层次的"互文性"，构成了人们通常所说的"语境"。"说诗"应充分考虑文本的"互文性"，理顺"意脉"，重视作者言说的"语境"。凡此种种，既限定了阐释的边界，也保证了阐释的效力，将专家、老师合理的"正解"和相声、小品、脱口秀演员搞笑的"戏说"区别开来。

散文语言"编码"达意，比较显豁、连贯，诗词语言则讲究含蓄、跳跃，故"言在此而意在彼""言有尽而意无穷""无理有情""笔断意连"之类的话语常见诸诗话、评点。用书法之字体比拟的话，散文似楷书，诗词则是行书或草书。由于"五四"新文化运动的猛烈抨击，传统文体的书写和说解传统，在当下已命若悬丝。从小学到大学，哪怕是专业的中文系，也没有系统教授传统文体写作的课程。即使是职业的研究者，也普遍缺乏传统文体的书写体验。这种"研究"与"创作"的断裂，直接导致了今日的新生代研究者对诗词的感悟力和解读力普遍不高。因为诗词表意往往含蓄、跳跃，如果没有深切的创作体验，就很难把握住全篇的"意脉"，解说难免支离破碎、顾此失彼。就像一个人如果没有拿过毛笔，面对楷书还大致可以辨识，但如果面对的是一幅行书或草书，他连怎么写出来的（笔顺、笔势）都很难弄明白，更不要说鉴赏妙处、品评高下了。

说到这里，也许有朋友会说，现在社会上喜欢写诗词的人可是越来越多了呀！的确，这对于中华优秀传统文化的传承来说，是好现象。不过，很多朋友是因为爱好而写作，就他们自学的诗词素养，写出一首符合"语法"且"意脉"贯通的诗词来说，还有不小的距离。记得数年前，当能够"写"诗词的计算机软件被开发出来时，有朋友问我怎么看待？如何区别计算机和人创作的诗词？我说：我能区别计算机和古人创作的诗词，但没法区别计算机和今人创作的诗词，甚至计算机创作的比我看到的绝大多数今人创作的还要好，起码平仄、押韵没有问题。因为古人所处的时代，古典文脉传承不成问题，诗文书写是读书人必备的技能，生活、交际常常要用，他们所受的教育中有系统、大量的创作训练，既物化为教材，也可能是师友父子间口耳相传的"法门"、技巧。因此，古人写诗词，就像今人说、写白话文一样，不论雅俗妙拙，起码是符合"语法"且"意脉"贯通的。而在传统文体被白话文体大规模取代的今天，我们已成了诗词传统的"局中门外汉"（张祖翼《伦敦竹枝词》初版自署），不论是写作还是说解，如果不经过刻意、系统的训练，要做到符合"语法"和"意脉"贯通，都非常困难。想必大家都有过学习外语的体验，之所以感觉困难、进展缓慢，是因为缺乏"习得"这种语言的文化氛围。计算机"写"诗词，不过是根据事先设定的平仄、押韵程序，提取相关主题的关键词排列、拼凑，绝大多数今人也差不多，都很难做到符合"语法"且"意脉"贯通。以上是我数年前的回答。ChatGPT（人工智能的语言模型）的诞生，使我的看法略有改变，但它要写出合格的诗词作品，尚待时日。

今人对诗词的感悟力和解读力普遍不高，除了缺乏创作体验，还由于时势变迁，所受专业化的教育训练，使他们的国学素养一般比较浅狭。而诗词又是作者整个生命和生活世界的映射，可能涉及作者生活时代的社会风俗、礼乐制度、思想观念、地理区划乃至自然科学方面的知识。如果对诗词生成的文化背景缺乏了解，自然难以充分发掘文本的意蕴及其"互文性"，无法还原作者言说的"语境"，解说难免隔靴搔痒、纰漏百出。

今天，我们对传统文体的看法已经和"五四"先贤有了很大不同。很多人意识到，传统文体未必没有价值，未必不能书写、表达当代人的生活、情感。尤其是诗词，与母语特性、民族审美、文化基因的关系更为密切。最近几年，《中国诗词大会》《经典咏流传》等与传统文化相关的娱乐节目的热播，更是彰显了中华优秀传统文化根于人心、超越时空的永恒魅力。

那么，我们应该如何提升诗词创作和说解的水平呢？窃以为，就学术、教育体制而言，应该恢复诗词创作教学，适当修复"研究"和"创作"之间良好互动的关系。在古代，文学创作教学的传统源远流长，不仅指授诗文作法、技巧的入门书层出不穷，而且那些以传世为期许的诗话、文评，比如《文心雕龙》《沧浪诗话》等，也以提升创作能力为鹄的，带有浓厚的教科书特征；文学活动的主体，通常兼具创作者、评论者和研究者"三位一体"的身份。"五四"新文化运动打倒了传统文体，并从西方引进了一套崭新的现代文学研究和教育机制。这套机制将"研究"和"创作"断为二事，从此，中文系不以培养作家为使命，而以传授用西方现代文论生产出来的"文学知识"为主要职责。一定程度上说，这些知识不仅忽视了中国古代文学的"中国性"及其生成的古典语境，未能很好地阐发中国古代文学的文化基因、民族审美和母语特性，而且完全不涉及传统文体的创作。诚然，伟大的作家不是仅靠学校培养就能造就的，但文学创作的能力却是可以培养、提升的，中文系的研究和教学不应该放弃对文学创作能力的培养。职是之故，我们有必要修复"研究"和"创作"之间良好互动的关系，特别是亟待从创作视角阐释我们的文学遗产，并以研究所得去丰富、深化传统文体的创作教学。这既可以填补研究空白，推动学科、学术、话语这"三大体系"的建设，也可以反哺当代传统文体创作，是赓续中华文脉的当务之急！

就个人而言，细读、揣摩国学功底广博深厚、"研究"和"创作"兼擅的前辈名家的"说诗"论著，必不可少，特别是钱仲联、羊春秋等现代诗词研究泰斗。他们前半生接受教育的时候，诗词还以"活态"传承着，在与晚清民国古典诗人的交往中，他们"习得"

了诗词创作与说解的能力。同时，他们后半生主要在高校执教，颇了解当代读者的学习障碍和阅读需求。因此，由他们操刀撰写的诗词读物，往往深入浅出，言简意赅，既能传达古典诗词的神韵，又契合当下读者的阅读需要。

作为中华学人，我们对诗词的研究，毕竟不能像有些汉学家那样，偏重理论"演练"。我们有着赓续文脉的重任，必须将研究奠基于对作品的准确解读之上。这势必要求我们尽快提升对诗词的感悟力和解读力。另外，作为"80后"父亲，自从儿子出生以后，我的"人梯"之感倍为强烈，想从专业领域为儿子乃至普天下孩子的成长奉献涓滴。基于这两个方面的考虑，在编纂"民国诗学论著丛刊""名家谈诗词"等丛书之后，我计划再编纂一套"中华好诗词"丛书，把自己读过而又脱销的现代学术泰斗撰写的诗词经典选本，以成体系的方式精校再版，和天下喜欢或欲了解诗词的朋友分享。这个设想，得到了诗友、洪泰基金王小岩先生的热情绍介，以及新东方集团俞敏洪、周成刚和窦中川三位先生的垂青、支持！编校过程中，大愚文化的王秀荣、郭城等老师，付出了很大辛劳。我们规范体例、核校引文、更新注释中的行政区划，纠正了不少讹误，并在每本书的书末附录了一篇书评、访谈录或学案。对于以上诸位师友的热情襄赞，作为主编，我心怀感恩，在此谨致谢忱！

这套丛书，是我们抱着"发潜德之幽光，启来哲以通途"的传承目的编的，乃2024年度教育部哲学社会科学研究重大专项项目"古典诗教文道传统的当代阐释及教育实践"（2024JZDZ049）的阶段性成果。每个选本，都是在对同类著作做全面、详尽调查的基础上精挑细选出来的。选注者不仅在相关研究领域有精深造诣，而且许多人本身就是著名诗人。他们选诗，更具行家只眼；注诗，更能融会贯通；解诗，更能切中肯綮。每册包括大约三百首名篇佳作及其注释、解析，直观呈现了某一朝代某一诗体的精彩样貌。诸册串联起来，则又基本展现了从先秦到近代中华诗词的辉煌成就。读者朋友们通过这套丛书，不仅可以在行家泰斗的陪伴、讲解下，欣赏到中华数千年来最为优美的古典诗词作品，而且能够揣摩到诗词创作和欣赏的基本"法门"。而诗歌又是文学王冠上最耀眼的明珠，是所有文体中最难懂、表现手法最丰富的。诗歌读懂了，其他文体理解起来不在话下。诗歌表情达意的技法，也能迁移、应用到其他文体的写作中。缘此，身边的朋友不论是向我咨询如何提升孩子的阅读水平，还是请教怎样提高学生的作文分数，我开出的药方都是"好好儿读诗，特别是诗词"。

孔子说，"不学诗，无以言"，往极端说，甚至"无以生"。诗人不仅能说出"人人心中有，口中无"的话，还是人类感觉和语言的探险家。读诗是让一个人的谈吐、情操变得高雅、优美、丰富起来的最为廉价、便捷的方式。你，读诗了吗？

陈斐
甲辰荷月定稿于艺研院

一、本书以初读《诗经》的人为对象，所选的诗，大部分以迎合青年的兴趣为主。但由于顾及常识关系，所以也不完全以迎合青年兴趣为目标。至于诗篇大义不甚显明、文辞过于深奥的作品，则尽量地少选。

二、本书以教学为目的，而不是以研究为目的，所以注解力求简单明了；凡采用的各家之说，以不注明出处为原则。但本书的注解，大致是根据拙著《诗经释义》（台北中华文化出版事业委员会出版）。《诗经释义》是为做初步研究的人作的，所以注解多注明了出处。本书读者如果想追究注解的根源，可以参考该书。

三、本书以只注解而不翻译为原则。但如遇到艰深的句子，单凭注解还不易明了时，则把全句直译或意译出来，以免读者寻绎之劳。

四、注音以台湾教育事务主管部门公布的"国语音读"为主。[1]但"国语音读"没有入声；本书遇到入声字时，除按照公布的音读把音标注出外，并在音标下附一个〔入〕字，用以表示它本来是入声字。

五、读《诗经》本来应当懂得古韵，读起来才顺口。但古韵是一个专门学问，不是一般初习《诗经》的人所能了解的，所以本书里没谈到这个问题。

---

[1] 这次新版，将"国语音读"改为汉语拼音。

一

孔子曾经告诉他的儿子伯鱼（名鲤）说："女为《周南》《召南》矣乎？人而不为《周南》《召南》，其犹正墙面而立也与？"他把《周南》《召南》（《诗经》的一部分）看得如此重要，而且不仅《周南》《召南》，他对于全部《诗经》，也是同样地重视。《论语》里记载着这样一个故事：

> 陈亢问于伯鱼曰："子亦有异闻乎？"对曰："未也。尝独立，鲤趋而过庭。曰：'学《诗》乎？'对曰：'未也。''不学《诗》，无以言。'鲤退而学《诗》。"

《诗》，就是后人所谓"诗经"。从这段故事里，我们知道孔子教伯鱼学《诗》是为了练习说话。然而孔子认为《诗》的功用，却不止于此。《论语》又说：

> 《诗》，可以兴（感发意志），可以观（考见得失），可以群（和人们共处），可以怨（虽然抱怨别人，但不至于发怒）。迩之事父，远之事君。多识于鸟兽草木之名。

《诗经》有美丽的文藻，有丰富的词汇，在练习语言上，固然是最好不过的书。又因为各首诗多蕴蓄着浓烈、真挚、温柔而又敦厚的情感，最容易感化人。人们受了它那温柔敦厚情感的感化，所以"可以群，可以怨"，可以事父，可以事君。至于多识鸟兽草木之名，那不过是次要的事。所以孔子总是用诗教人。从孔子起，一直到民国初年，这两千多年以来，《诗经》几乎是每一个读书人所必读的课本了。

二

《诗经》是我国最早的诗歌总集，在它里面，保存着三百零五首诗歌（另外有六首，只有题目，没有诗）。这些诗歌，乃是民国前两千五百年到三千年左右的作品——有民间的歌谣，有士大夫的吟咏，有祭祀用的颂神之辞。

"诗经"，是后起的名字，古时只把它叫作"诗"或"诗三百"。据《史记》说，《诗》本来有三千多篇，经过孔子删减以后，只剩了三百多篇，但这话是靠不住的。不过，孔子曾经整理过《诗》，则是事实。因为孔子自己说过："吾自卫反鲁，然后乐正，《雅》《颂》各得其所。"

《诗经》分作三部分：（1）《国风》是从各国（地方）采集来的诗，以民间歌谣占多数。（2）《小雅》《大雅》二者多半是士大夫的诗，以王朝（中央）士大夫的作品为多。（3）《颂》多半是祭神的颂辞，但也有颂扬时君的诗。这三百零五篇的分布情形，是：

《国风》共一百六十篇：

一、《周南》十一篇；二、《召南》十四篇；三、《邶风》十九篇；四、《鄘风》十篇；五、《卫风》十篇；六、《王风》十篇；七、《郑风》二十一篇；八、《齐风》十一篇；九、《魏风》七篇；十、

《唐风》十二篇；十一、《秦风》十篇；十二、《陈风》十篇；十三、《桧风》四篇；十四、《曹风》四篇；十五、《豳风》七篇。

《小雅》七十四篇，另有有题无诗的六篇。

《大雅》三十一篇。

《颂》共四十篇：

一、《周颂》三十一篇；二、《鲁颂》四篇；三、《商颂》五篇。

《国风》里面最精彩的作品，是忧劳者、流亡者等的哀歌；感伤离别的妇女，或被遗弃的妇女等的幽怨之辞；以及男女言情之作。《大雅》《小雅》里面，则以讽刺时政、感伤时事的作品最为精彩。《颂》，在文藻方面说，不如《国风》和《大雅》《小雅》；但就作品产生的时代来说，《周颂》三十一篇，在三百零五篇中，算是最早的了。

三

在秦以前，没有人给《诗经》作过注解。经过秦始皇焚书坑儒之后，传授《诗经》的人已经很少了。西汉初年，传授《诗经》最著名的有三个人：一个是鲁国的申培，一个是齐国的辕固，一个是燕国的韩婴。他们三个人，先后被政府任为"博士"，让他们传授《诗经》。经学史上把他们的诗学叫作"三家诗"。他们所传的《诗》，都是用隶书文字写的。隶书是当时的通行文字，所以后人把他们三家叫作"今文家"。

古人对于经的观念和今人不同。古人把经看作金科玉律，认为它的一字一句，都有教训人的作用，人们对于经里的话语，是不应该持反对意见的。三家要使《诗经》在政治上发生作用，便指桑骂槐地用《诗经》去说政治，因而穿凿附会，自不能免。后来三家诗都已失传，只有《韩诗外传》存着，幸而清代人从他书里一鳞片爪地搜集了些三家诗遗说，因而我们今日还可以略知三家诗的大概。

三家诗以外，又有《毛诗》。《毛诗》，据说是河间献王的博士毛亨所传的，他给它作了注，叫作《毛诗故训传》。因为它的经文是用古文（秦以前东方诸国所通行的文字）写的，所以《毛诗》是古文诗。汉时，朝廷所提倡的是今文家的学说，因而《毛诗》仅在汉平帝时一度立过学官（在中央政府设置博士），而且只是很短的时期。所以，在汉代，《毛诗》的势力远不如三家诗。东汉末年，经学大师郑玄，因为《毛诗故训传》还不易懂，于是又加以注解——叫作"笺"。我们今天所见到的《毛传郑笺》，就是这个本子。

《毛诗》虽然也喜欢比附政治（如说某诗是美某人，或某诗是刺某人等，用为后代君臣的鉴戒），但比起三家诗来，究竟平实得多。所以，自汉以后，三家诗渐渐衰微，而《毛诗》独盛。"永嘉之乱"以后，三家诗全亡了（《韩诗》亡得较晚），《毛诗》更是"只此一家"。到了唐代，因为《毛传郑笺》也非人人能够看得懂了，于是孔颖达等又替《传笺》作了一番注解，叫作"正义"，或叫作"疏"。《十三经注疏》里的《毛诗注疏》之"疏"，就是孔颖达等的"正义"。

从汉末到南宋之初，在这近乎一千年的绵长时期里，可以说是《毛诗》的独霸时代。到了朱熹，他感觉到《毛传》所谓美这个刺那个的诗，大都没有史实的根据。而且，许多活生生的情歌，都在

"美""刺"之下，把真相给埋没了。因此，他作了一部《诗集传》，把许多被埋没了真面目的诗，都给发掘出来。这在诗学上，是一个革命，也是一个很大的进步。从元代起，朱子的《诗集传》作为"国定教本"，一直到清末，它的优越地位，一直保持了六七百年之久。

关于各首诗的大意，《诗集传》的确有不少地方能够拨云雾而见青天。但它对于字句的解释，却往往不求古义，因而，也有不少牵强附会的地方。清代学者对《诗经》的字义有很多精确的解释，但由于他们不是宗毛氏，便是宗三家，因而在说每首诗的大意方面，反多不如朱子。

近年来人们对于经的观念改变了，随着甲骨文、钟鼎文大量出土，可以做比较研究的材料增多，又有社会学、民俗学等学说，可资参证。所以，如果有人能用现代眼光，利用现代多方面的材料，再加以古人研究的成果，来给《诗经》作一番新的注释，照理讲，应该是后来居上的。笔者虽曾试作了一部《诗经释义》，但因为注解太简略，又因为自己当时的学识不够，所以不满意的地方还很多。

四

《诗经》是我国纯文学的鼻祖，是两千多年以来国人所必读之书。我国历代的书籍，时时在引用它，因而它的词汇至今还活在人们的文章、信札以及口语里。所以，为了欣赏文艺，固不能不读它；为了常识，也不能不读它。至于做语言学、考古学、古代史、社会史等学术性研究的人必须读它，更不用说了。

本书乃为一般初读《诗经》的人而作。目的是介绍他们知道我们的先民有如此卓越的文化遗产，让他们知道一些至今还活在文章里、信札里和口语里的常识，让他们有机会而且能够无师自通地欣赏一些绝妙好辞。

因此，本书是选取了《诗经》的大部分而非全本，注解则完全用白话。本来，全本《诗经》，篇篇都重要，实在没法子去选。但诗的意境有些彼此近似的，诗的含义有些不能确知的，文辞有些特别古奥难通的，以及一些不太引起青年兴趣的，这些都是不被选入的对象。不过，选诗选文，是很难绝对客观的。本书的编选，虽然采纳了台湾大学中文系好多位同学的意见，但主观的成分总不能免。如果读者乐意指教，那是编者非常高兴的事。

本书共选了二百五十八篇，占全部《诗经》的半数以上。《周南》《召南》，是孔子最着意的部分，也都是脍炙人口的作品，本书把它们全部收录了。此外，《国风》部分，入选的较多；《小雅》和《大雅》次之；《颂》，选取的最少。取舍的情形，如下表所列：

	原有篇数	选取篇数
国风	一六〇	一六〇
周南	一一	一一
召南	一四	一四
邶风	一九	一九
鄘风	一〇	一〇
卫风	一〇	一〇
王风	一〇	一〇

郑风	二一	二一
齐风	一一	一一
魏风	七	七
唐风	一二	一二
秦风	一〇	一〇
陈风	一〇	一〇
桧风	四	四
曹风	四	四
豳风	七	七
小雅	七四	五五
大雅	三一	二二
颂	四〇	二一
周颂	三一	一二
鲁颂	四	四
商颂	五	五

　　本书和拙著《诗经释义》，虽有全本和选本的不同，注解也有文言和白话的异致，但本书中所选取的诸篇，其每篇的大意和字句的解释，则都是根据前书的。前书以文化程度较高的人为对象，所以注解较略；而于所采用的各家之说，则都注明了出处。为的是有志对《诗经》做进一步研究的人，可以依照注文所标举的出处，按图索骥。此书既是为初习《诗经》的人而设，则完全以教学为目的，所以注解较前书更详细；而于所采用的各家之说，则以不注明出处为原则。

　　　　　　　　一九六八年九月一日　屈万里识于中国台北

诗经

目录

诗经

国风

由《周南》起，到《豳风》止，这十五国的诗，从战国以来，都把它们叫作"风"。风，是风俗的意思。因为这十五国的诗，多半是民间的歌谣，而歌谣是最能表现当地风俗的，所以叫作"风"。又因为是各国的风谣，所以叫作"国风"。

周南

　　旧时的说法，认为"周"是指岐周的旧地说（在现今陕西的西部）：自从文王迁都到丰（今陕西长安西南沣河以西）之后，就把这岐周之地，分别封给了周公和召公。南，是说周公和召公的教化，推行到南国。那么说来，《周南》和《召南》里的诗，应该有岐周之地的歌谣，而且也应该都是西周初年的作品了。实则不然。因为《周南·汝坟》篇说"王室如毁"，那显然不是周初太平盛世的情形。《召南·何彼襛矣》篇说"平王之孙"，可以知道这首诗已经是东周初年的作品，这是时代的不合。其次，《周南》《召南》的各首诗里所提到的地方，是黄河、汝水、汉江和长江一带，根本没说到渭水流域，这是地域的不合。由此可知旧说是不对的了。原来，南是南国，是南方诸国的总名，它的地域，是在黄河以南，长江以北，约当今河南的西南部和湖北的西北部。傅斯年先生以为：周南，是周王所直辖的南国；召南，是召穆公所统辖的南国，这说法是很合理的。《周南》里通共十一篇诗，都是从周南之国采集来的。周南，在召南以北，约略地说，是黄河以南，汝水流域以及南至汉水一带地方。

关雎

这是祝贺新婚的诗。

关关[1]雎鸠[2]，在河[3]之洲[4]。窈窕[5]淑[6]女，君子[7]好逑[8]。

[1] 关关：鸟鸣相和的声音。

[2] 雎（jū）鸠：鱼鹰。

[3] 河：《诗经》中的河字，都是指黄河说。

[4] 洲：水中的陆地。

[5] 窈（yǎo）窕（tiǎo）：容貌美丽的样子。

[6] 淑：善良（指品德说）。

[7] 君子：《诗经》中的"君子"，多是指有官爵的人，或妻子称丈夫。

[8] 逑（qiú）：配偶。好逑：良善的配偶。

参差[9]荇菜[10]，左右流[11]之。窈窕淑女，寤寐[12]求之。求之不得，寤寐思服[13]。悠哉悠哉[14]，辗转反侧[15]。

[9] 参差：长短不齐。

[10] 荇（xìng）菜：生在水中的一种野菜。

[11] 流：求。

[12] 寤寐：醒着"寤"，睡着为"寐"。

[13] 思：语助词。服：思念。

[14] 悠哉悠哉：深长的样子，形容思念。

[15] 辗（zhǎn）：转半身。反侧：翻来覆去。

参差荇菜，左右采[16]之。窈窕淑女，琴瑟友[17]之。参差荇菜，左右芼[18]之。窈窕淑女，钟鼓乐之。

[16] 采：同"採"。

[17] 友：亲爱的意思。

[18] 芼（mào）：拣择。

葛覃

这是已经出嫁的女子，将回娘家，自叙其事的诗。

葛[1]之覃[2]兮，施[3]于中谷[4]，维叶萋萋[5]。黄鸟[6]于飞[7]，集于灌木[8]，其鸣喈喈[9]。

[1]葛：草名，蔓生，茎细长，它的纤维可以织布。

[2]覃：长。

[3]施：拖蔓。

[4]中谷：即"谷中"。

[5]萋萋：茂盛的样子。

[6]黄鸟：即"黄雀"。

[7]于飞：在飞。

[8]灌木：丛生的树木。

[9]喈（jiē）喈：鸟叫声。

葛之覃兮，施于中谷，维叶莫莫[10]。是刈[11]是濩[12]，为绤为绤[13]，服[14]之无斁[15]。

[10]莫莫：茂盛的样子。

[11]是：于是。刈：割。

[12]濩（huò）：煮。

[13]绤（chī）：细葛布。绤（xì）：粗葛布。

[14]服：穿着。

[15]斁（yì）：厌恶。

言[16]告师氏[17]，言告言归[18]。薄[19]污[20]我私[21]，薄浣[22]我衣[23]。害[24]浣害否？归宁[25]父母。

[16]言：语助词；下同。

[17]师氏：女师父。

[18]归：回娘家。

［19］薄：语助词；下同。

［20］污：洗衣而揉搓之。

［21］私：平时穿的衣服。

［22］浣：洗。

［23］衣：礼服。

［24］害：和"何"字通用，即"什么"的意思。

［25］宁：请安。

卷耳

　　这是在外服役之人想家的诗。第一章写家里的人想念自己的情形；第二、三、四章写自己想家的情形。诗中说到马和仆人，这个人大概不是平民或兵卒。

采采[1]卷耳[2]，不盈[3]顷筐[4]。嗟我怀[5]人，寘[6]彼周行[7]。

［1］采采：采了又采。

［2］卷耳：草名，嫩的叶子可以吃。

［3］盈：满。

［4］顷筐：畚箕一类的用具。因为它后面高前面低，所以叫作"顷筐"。

［5］怀：想念。

［6］寘（zhì）：同"置"，放置。

［7］周行（háng）：大路。

陟[8]彼崔嵬[9]，我马虺隤[10]。我姑[11]酌彼金罍[12]，维以不永怀[13]！

［8］陟（zhì）：登上。

［9］崔嵬：山顶。

［10］虺（huī）隤（tuí）：疲乏病痛的样子。

［11］姑：暂且。

［12］罍（léi）：一种酒具的名字；金罍，是用金属做的罍。

[13]维以不永怀：借以使我不至于老是想念。

陟彼高冈，我马玄黄^[14]。我姑酌彼兕觥^[15]，维以不永伤^[16]！

[14]玄黄：害病的样子。

[15]兕（sì）觥（gōng）：一种酒具的名字。

[16]伤：忧愁思念的意思。

陟彼砠^[17]矣，我马瘏^[18]矣，我仆痡^[19]矣，云何吁矣^[20]！

[17]砠（jū）：顶上有土的石头山。

[18]瘏（tú）：病。

[19]痡（pū）：病。

[20]云何：和"如何"同义。吁："忓"之假借，忧叹。

樛木

这是给贵人祝福的诗。

南有樛木^[1]，葛藟^[2]累之^[3]。乐只^[4]君子，福履绥之^[5]。

[1]南：就是南面，南边。樛（jiū）木：向下弯曲的树木。

[2]藟（lěi）：和葛类似的植物，就是藤。

[3]累：缠绕。之：代名词，指樛木说。

[4]只：语助词。乐只：等于现在说"快乐啊"。

[5]福履：和"福禄"同义。绥：动词，安乐的意思。之：代名词，指被祝福的君子说。

南有樛木，葛藟荒^[6]之。乐只君子，福履将^[7]之。

[6]荒：遮盖。

[7]将：帮助。

南有樛木，葛藟萦^[8]之。乐只君子，福履成^[9]之。

［8］萦：围绕。

［9］成：成就。

螽斯

　　这是祝福子孙众多的诗。

螽斯^[1]羽，诜诜^[2]兮。宜尔子孙，振振^[3]兮。

［1］螽（zhōng）斯：蝗虫类，能用大腿摩擦翅膀作声。

［2］诜（shēn）诜：形容翅膀振动的声音。

［3］振振：众多的样子。

螽斯羽，薨薨^[4]兮。宜尔子孙，绳绳^[5]兮。

［4］薨薨：声音繁多的意思。

［5］绳绳：继续不断的样子。

螽斯羽，揖揖^[6]兮，宜尔子孙，蛰蛰^[7]兮。

［6］揖揖：也是声音繁多的意思。

［7］蛰蛰：和睦相聚的样子。

桃夭

　　这是祝女子出嫁的诗。

桃之夭夭^[1]，灼灼^[2]其华^[3]。之子^[4]于归^[5]，宜其室家。

［1］夭夭：树木幼嫩而旺盛的样子。

［2］灼灼：鲜明的样子。

［3］华：古时的花字。

［4］之子：这个人。

［5］于归：出嫁。妇人出嫁叫作"归"。

桃之夭夭，有蒉其实^[6]。之子于归，宜其家室。

[6]蒉（fén）：大。有蒉，和"蒉然"同义。实：果实。

桃之夭夭，其叶蓁蓁^[7]。之子于归，宜其家人。

[7]蓁（zhēn）蓁：茂盛的样子。

兔罝

这是歌颂武官的诗。

肃肃^[1]兔罝^[2]，椓^[3]之丁丁^[4]。赳赳^[5]武夫，公侯干城^[6]。

[1]肃肃：和"缩缩"同义，网松弛的样子。

[2]罝（jū）：捉兔子的网。

[3]椓（zhuó）：击打，指击打布网用的木橛说。

[4]丁丁（zhēng）：击打的声音。

[5]赳赳：勇敢英武的样子。

[6]干：盾，打仗时保护身体用的。干城："护卫者"的意思。

肃肃兔罝，施^[7]于中逵^[8]。赳赳武夫，公侯好仇^[9]。

[7]施：布置。

[8]逵：是高处；中逵就是高地当中。

[9]好仇：好的伴侣。

肃肃兔罝，施于中林^[10]。赳赳武夫，公侯腹心。

[10]中林：树林中。

芣苢

这是歌咏妇女采芣苢的诗。

采采芣苢[1]，薄言[2]采之；采采芣苢，薄言有[3]之。

[1] 芣（fú）苢（yǐ）：通常作芣苡，植物名，就是车前子。

[2] 薄言：两字都是语助词。

[3] 有：取得。

采采芣苢，薄言掇[4]之；采采芣苢，薄言捋[5]之。

[4] 掇（duō）：捡拾。

[5] 捋（luō）：从茎上成把地抹下来。

采采芣苢，薄言袺[6]之；采采芣苢，薄言襭[7]之。

[6] 袺（jié）：用衣襟兜着。

[7] 襭（xié）：把物品盛在衣襟中，而把衣襟收敛在腰间，叫作"襭"。

汉广

这是爱慕游女而不得亲近的人所作的诗。

南有乔木[1]，不可休息[2]。汉有游女[3]，不可求思[4]。
汉之广矣，不可泳思。江之永[5]矣，不可方[6]思。

[1] 乔木：小枝环绕树梢的高树。

[2] 休息：息字另一本作思字；思是语助词。休思和休息意义相同。乔木的荫影太小，所以不可以休息。以上二句是起兴，和本旨无关。

[3] 汉：汉水。游女：出游的妇女。

[4] 求：追求。思：语助词；下同。

[5] 永：长。

[6] 方：筏子。这里作动词用，即用筏子渡过。

翘翘错薪[7]，言刈其楚[8]。之子[9]于归，言秣其马[10]。汉之广矣，不可泳思。江之永矣，不可方思。

[7] 翘翘：高高的样子。错：杂乱。

[8] 言：语助词。楚：树木名，和荆木类似。以上二句是起兴。

[9] 之子：这个人，指游女说。于归：出嫁。

[10] 秣（mò）：喂牛马叫作"秣"。以上二句的意思是说：她要是出嫁，我（愿意）给她喂马。

翘翘错薪，言刈其蒌[11]。之子于归，言秣其驹[12]。汉之广矣，不可泳思。江之永矣，不可方思。

[11] 蒌（lóu）：本义是"蒌蒿"，这里应是"芦"字的假借。

[12] 驹：幼马。

汝坟

这是妻子喜见丈夫从军归来而作的诗。

遵[1]彼汝坟[2]，伐其条枚[3]。未见君子[4]，惄[5]如调[6]饥。

[1] 遵：循着。

[2] 汝：水名，源出于今河南嵩县老君山，东流至潢川县流入淮河。坟：河岸。

[3] 伐：砍伐。条、枚：都是小树枝。

[4] 君子：指丈夫。

[5] 惄（nì）：饥饿的样子。

[6] 调（zhōu）：早晨。

遵彼汝坟，伐其条肄[7]。既见君子，不我遐[8]弃。

[7] 肄：树枝被砍后重生的枝条。

[8] 遐：远。不我遐弃：即不遗弃我。

鲂[9]鱼赪[10]尾，王室[11]如毁[12]。虽则如毁，父母孔迩[13]。

[9] 魴（fǎng）：红尾鱼；或谓鳊鱼。

[10] 赪（chēng）：赤色。

[11] 王室：指周朝。

[12] 毁：火烧。

[13] 孔：甚。迩：近。这两句是妻子留恋丈夫说：王室虽然很危急，但是，父母却在近前。
意思是不愿丈夫远去。

麟之趾

这是歌颂公侯子孙众多的诗。

麟之趾[1]，振振[2]公子。于嗟[3]麟兮！

[1] 趾：脚。

[2] 振振：仁厚的样子。

[3] 于：和"吁"同；吁嗟：赞叹的口气。

麟之定[4]，振振公姓[5]。于嗟麟兮！

[4] 定：额头。

[5] 公姓：指子孙说。

麟之角，振振公族[6]。于嗟麟兮！

[6] 公族：族人。

召南

　　召南，是召穆公（名虎）所统辖的南国。在周宣王的时候，召穆公才平定了江汉之域，所以《召南》里的诗，都是西周晚年和东周初年的作品。召南的地域，在周南之南，大约是汉水下流到长江一带的地方。

鹊巢

这是祝贺嫁女的诗。

维[1]鹊有巢，维鸠[2]居之。之子于归，百两御之[3]。

[1] 维：发语词。

[2] 鸠：指不善营巢的鸟类，如八哥、斑鸠等。喜鹊每年十月以后迁巢，八哥便住在它的空巢里。

[3] 两：就是辆字。百两，就是一百辆车子。御：迎接。

维鹊有巢，维鸠方[4]之。之子于归，百两将[5]之。

[4] 方：依靠。

[5] 将：送。

维鹊有巢，维鸠盈[6]之。之子于归，百两成[7]之。

[6] 盈：满。

[7] 成：完成婚礼的意思。

采蘩

这是歌咏诸侯夫人祭祀的诗。

于以[1]采蘩[2]，于沼[3]于沚[4]。于以用之，公侯之事[5]。

[1] 于以：发语词。

[2] 蘩（fán）：白色的蒿。

[3] 沼：池。

[4] 沚：小洲。

[5] 事：祭祀的事。甲骨文和《周易》《春秋》等古书，常把祭祀的事叫作"有事"。

于以采蘩，于涧之中。于以用之，公侯之宫[6]。

[6] 宫：宗庙，古代天子和诸侯祭祀祖先的地方。

被^[7]之僮僮^[8]，夙夜在公^[9]。被之祁祁^[10]，薄言还归。

[7] 被（bì）：首饰。

[8] 僮僮：形容首饰众多的样子。

[9] 公：指公桑，即为公侯采蘩养蚕。

[10] 祁（qí）祁：也是盛多的样子。

草虫

这是妇人怀念出外的丈夫之诗。

喓喓^[1]草虫^[2]，趯趯^[3]阜螽^[4]。未见君子，忧心忡忡^[5]。亦^[6]既见止^[7]，亦既觏^[8]止，我心则降^[9]。

[1] 喓（yāo）喓：虫叫的声音。

[2] 草虫：蝗虫类。俗名叫作"织布娘"。

[3] 趯（tì）趯：跳跃的样子。

[4] 阜螽（zhōng）：没生翅膀的幼蝗。

[5] 忡忡：忧愁的样子。

[6] 亦：假若。

[7] 止：语助词。

[8] 觏（gòu）：遇见。

[9] 降：放下。我心则降：我就放下心来了。

陟^[10]彼南山，言采其蕨^[11]。未见君子，忧心惙惙^[12]。亦既见止，亦既觏止，我心则说^[13]。

[10] 陟：登。

[11] 蕨：羊齿类植物，嫩叶可以煮食。

[12] 惙（chuò）惙：忧愁不解的样子。

[13] 说（yuè）：和"悦"字同，快乐。

陟彼南山，言采其薇^[14]。未见君子，我心伤悲。亦既见止，亦既觏止，我心则夷[15]。

[14] 薇：似蕨而高，嫩叶可以煮食。

[15] 夷：喜悦。

采蘋

这是咏大夫祭祀的诗。

于以采蘋[1]？南涧之滨。于以采藻[2]？于彼行潦[3]。

[1] 蘋：水中的萍草。蘋有三种：大的名蘋，中的名荇菜，小的名浮萍。

[2] 藻：水藻，叶如蓬蒿，丛生相聚，又叫作"聚藻"。

[3] 行（háng）潦：沟中的积水。

于以盛[4]之？维筐及筥[5]。于以湘[6]之？维锜[7]及釜。

[4] 盛：用器具盛物。

[5] 筥（jǔ）：用竹子编的盛物的器具，方形的叫作"筐"，圆形的叫作"筥"。

[6] 湘：煮。

[7] 锜（qí）：三只脚的锅。

于以奠[8]之？宗室牖下[9]。谁其尸[10]之？有齐季女[11]。

[8] 奠：放置。

[9] 宗室：即宗庙。祭于宗庙的时候，将祭物放置在窗（牖）前，即门（户）窗（牖）之间的地方。

[10] 尸：主持。

[11] 有齐（zhāi）季女：旧说齐读作斋，庄敬的意思。季女：即少女。那就是说，主持祭祀的是一位庄敬的少女。但《仪礼》中以为主祭的是长妇而非少女，所以我认为齐当是齐国。这应是齐国的少女嫁与南国某大夫为夫人，所以祭祀时由她主祭。

甘棠

　　南国的人民，由于爱戴召穆公，因而爱及他曾经憩息过的甘棠树，于是作了这首诗。

蔽芾[1]甘棠[2]，勿翦勿伐[3]，召伯[4]所[5]茇。

[1] 蔽芾（fèi）：树木茂盛掩盖的样子。

[2] 甘棠：棠梨树。

[3] 翦：剪去枝叶。伐：砍伐树干。

[4] 召伯：召穆公虎。

[5] 茇（bá）：休息。

蔽芾甘棠，勿翦勿败[6]，召伯所憩[7]。

[6] 败：毁坏。

[7] 憩：休息。

蔽芾甘棠，勿翦勿拜[8]，召伯所说[9]。

[8] 拜：拔起。

[9] 说（shuì）：休息。

行露

　　这是女子拒绝求婚的诗。

厌浥[1]行[2]露，岂不夙夜？谓行多露！[3]

[1] 厌浥：潮湿的样子。

[2] 行：道路。

[3] 以上两句的意思是说：夜晚到清晨的时候，路上才有露水。岂有不在早晨和夜晚（去走路），只因怕路上多露水！

谁谓雀无角[4]，何以穿我屋？谁谓女无家[5]，何以速[6]

我狱^[7]？虽速我狱，室家不足^[8]！

[4]角：这里指鸟嘴说。

[5]家：指请求为室家（即求婚）的正当礼节说。

[6]速：促使。

[7]狱：诉讼。

[8]室家不足：求婚的礼节不完备。

谁谓鼠无牙，何以穿我墉^[9]？谁谓女无家，何以速我讼？
虽速我讼，亦不女从！

[9]墉：墙壁。

羔羊

这是讽刺官吏闲适的诗。

羔^[1]羊之皮，素丝^[2]五紽^[3]。退食自公^[4]，委蛇委蛇^[5]。

[1]羔：小羊。旧说：大夫穿羔羊皮的皮袍。

[2]素：白色；素丝，指缝皮子所用的白丝说。

[3]紽（tuó）：五根丝为一组叫作"紽"，四紽叫作"緎"，四緎叫作"总"。

[4]公：办公处。退食：下班回家吃饭。

[5]委蛇：行路缓慢迂回的样子。

羔羊之革^[6]，素丝五緎^[7]。委蛇委蛇，自公退食。

[6]革：皮。

[7]緎（yù）：见注[3]。

羔羊之缝^[8]，素丝五总^[9]。委蛇委蛇，退食自公。

[8]缝：两皮相联结的地方。

[9]总：见注[3]。

殷其靁

这是妇人怀念征夫的诗。

殷其[1]靁[2]，在南山之阳[3]。何斯违斯[4]，莫敢或遑[5]？
振振[6]君子，归哉归哉！

[1]殷：打雷的声音。殷其：和"殷然"同义。

[2]靁：就是"雷"字。

[3]阳：山的南面。

[4]违：离去。上面的斯字是说这个征夫，下面的斯字是说这里——家。

[5]遑：空闲。莫敢或遑：不敢稍微耽搁一会儿。

[6]振振：忠厚的样子。

殷其靁，在南山之侧。何斯违斯，莫敢遑息？振振君子，
归哉归哉！

殷其靁，在南山之下。何斯违斯，莫敢遑处？振振君子，
归哉归哉！

摽有梅

这大概是讥讽女子迟婚的诗。

摽有梅[1]，其实七分。求我庶士[2]，迨其吉分[3]。

[1]摽（biào）：打击。有：这里和"于"字同义。梅：结梅子的梅树。

[2]庶：众多。求我庶士：来向我求婚的那些人。

[3]迨：等候。吉：好日子。这章的大意是说梅子在树上的还多，日子尚早，待婚的女子
　　不急，所以要等待吉日良辰。

摽有梅，其实三分。求我庶士，迨其今分。

摽有梅，顷筐[4]塈[5]之。求我庶士，迨其谓之[6]。

[4]顷筐：见《周南·卷耳》篇。

[5]墍（jì）：拾取。

[6]谓：告诉。这句的意思是说：等待他告诉我就行了。

小星

　　这首诗是勤劳的官吏感叹自己的遭遇之作。

嘒[1]彼小星，三五在东。肃肃[2]宵征[3]，夙夜在公[4]。寔命不同[5]！

[1]嘒（huì）：微光的样子。

[2]肃肃：快速的样子。

[3]宵征：夜行。

[4]公：公署。

[5]寔：同"实"。命：命运。不同：和别人两样。

嘒彼小星，维参与昴[6]。肃肃宵征，抱衾与裯[7]。寔命不犹[8]！

[6]参：星名。即二十八宿中的参宿。昴：星名，即二十八宿中的昴宿。

[7]衾（qīn）：被子。裯（chóu）：单被。

[8]犹：若。这句是说自己的命运不若别人。

江有汜

　　男子感伤他所爱的人遗弃了自己而另嫁了别人，因而作了这首诗。

江有汜[1]，之子归，不我以[2]。不我以，其后也悔[3]。

[1]汜（sì）：水的支流复还入本流叫作"汜"。

[2]归：出嫁。以：共。

[3]意思是说：女子到后来会后悔的。

江有渚^[4]，之子归，不我与^[5]。不我与，其后也处^[6]。

[4] 渚：水中的小洲。

[5] 与：共。

[6] 处：共同相处。这是希望将来还能共处的意思。

江有沱^[7]，之子归，不我过^[8]。不我过，其啸^[9]也歌。

[7] 沱（tuó）：江湾水汇聚的地方叫作"沱"。

[8] 过：拜访。

[9] 啸：撮口吹出声音来叫作"啸"，即吹口哨。"其……"和"将要……"是一样的意思。其啸也歌，意思是说将来只有啸歌，乃是狂歌当哭的意思。

野有死麕

这是男女相爱的诗。

野有死麕^[1]，白茅^[2]包之。有女怀春^[3]，吉士^[4]诱之。

[1] 麕（jūn）：兽类，就是獐。

[2] 白茅：多年生草，高一二尺，叶细长而尖，春天时先开花后生叶，花簇生于茎顶，有白毛密生，长二寸许。这一章的前二句是起兴，后二句才是作诗的本意。有人认为用白茅包麕，是赠送女子，恐怕不对。

[3] 怀：思念。怀春：春天时有所思念，指男女之情说。

[4] 吉士：美好的男子。

林有朴樕^[5]，野有死鹿。白茅纯束^[6]，有女如玉。

[5] 朴樕（sù）：小树木。

[6] 纯束：捆扎。这是说用白茅把鹿捆扎起来。这一章前三句是起兴。

"舒^[7]而脱脱^[8]兮！无感^[9]我帨^[10]兮！无使尨^[11]也吠！"

[7] 舒：缓慢。

[8] 脱（duì）脱：迟缓的样子。

[9] 无：勿。感（hàn）：动。

[10] 帨（shuì）：即蔽膝；用布围在腰里，下垂至膝，类似今厨师的围裙。

[11] 尨（máng）：狗。

何彼襛矣

这是赞美王姬的诗。

何彼襛[1]矣？唐棣[2]之华。曷不肃雍[3]？王姬[4]之车。

[1] 襛（nóng）：艳美。

[2] 唐棣：树木名，即薁李。

[3] 肃：恭敬。雍：温和。

[4] 王姬：周是王朝，周王是姬姓，所以周王族的女儿被称为王姬。

何彼襛矣？华如桃李。平王[5]之孙[6]，齐侯[7]之子。

[5] 平王：周平王。

[6] 孙：孙女。

[7] 齐侯：齐国的君主。春秋记载王姬嫁于齐的事有二：一在鲁庄公元年，即齐襄公五年；一在鲁庄公十年，即齐桓公三年。这诗里所说的王姬，不知是以上二年中哪一年的王姬。或另有其事，《春秋》没记，也未可知。

其钓维何？维丝伊缗[8]。齐侯之子，平王之孙。

[8] 伊：和"维"同义。缗（mín）：丝绳。

驺虞

这是赞美田猎的诗。

彼茁[1]者葭[2]，壹发[3]五豝[4]。于嗟乎驺虞[5]！

[1] 茁（zhuó）：草初生的样子。

[2] 葭（jiā）：芦草。

[3] 壹发：射一次。

[4] 豝（bā）：牝猪。君王打猎的时候，由虞人（官名）赶出五条猪来给君王射击，所以说"壹发五豝"就是一次向着五条猪放箭的意思。

[5] 于：同"吁"。驺虞：掌管鸟兽的官，这是赞叹驺虞准备得周到。

彼茁者蓬[6]，壹发五豵[7]。于嗟乎驺虞！

[6] 蓬：草名，叶像柳，叶边缘像锯齿。

[7] 豵（zōng）：一岁的猪。

邶风

邶、墉、卫，都是殷代的王畿之地。卫，在今河南的东北部，是殷都的所在地。邶，在卫的北边，领域到达今河北的中部和西部。墉，在卫的东南，领域到达今山东的西南一带。据传说，自从武庚被平，康叔封到卫国之后，邶和墉，也都成了卫的领域。因为三国成了一国，所以"邶墉卫"三字合称，也就成了一个名字。邶墉卫三国的诗，实际上都是卫国的诗。最初在"邶墉卫"一个总名之下，自然没有什么不可以，因为"邶墉卫"就等于卫。后人把这些诗分成了《邶风》《墉风》《卫风》三部分，就和实际情形不合。因为《邶风》和《墉风》两部分的诗，并不一定是采自邶地和墉地的。

柏舟

这是一个有才德而被小人所排挤的人作的诗。

泛^[1]彼柏舟^[2]，亦泛其流^[3]。耿耿^[4]不寐，如有隐^[5]忧。
微^[6]我无酒，以敖^[7]以游。

[1] 泛：漂浮的样子。

[2] 柏舟：用柏木做的舟。

[3] 亦：在这里并没有承上接下的意思，只用作语助词。亦泛其流，即顺流漂浮着。

[4] 耿耿：警惕不安的样子。

[5] 如：和"而"字同义。隐：痛。

[6] 微：并非是。

[7] 敖：游乐。

我心匪鉴^[8]，不可以茹^[9]。亦有兄弟，不可以据^[10]。薄
言往愬^[11]，逢彼之怒。

[8] 匪鉴：不是镜子。

[9] 茹：猜度。这两句是说：我的心意不能够明白地使人知道，并不像镜子照物似的那样
毕真毕现。

[10] 据：依靠。

[11] 薄言：语助词。愬：告诉。这是说往兄弟处诉苦。

我心匪石，不可转也。^[12]我心匪席，不可卷也。威仪^[13]
棣棣^[14]，不可选也^[15]。

[12] 以上二句是说：我的心不是石头，石虽然可以转动，而我的心是不可转动的。

[13] 威仪：合乎礼节的容貌和举动。

[14] 棣棣：盛多而又熟习的样子。

[15] 选：数。这是说威仪盛多，数也数不清。

忧心悄悄^[16]，愠于群小^[17]。觏闵^[18]既多，受侮不少。静

言[19]思之，寤[20]辟[21]有摽[22]。

[16] 悄悄：忧愁的样子。

[17] 愠（yùn）：恨怒。群小：众小人。

[18] 觏：遭受。闵：忧患。

[19] 静：沉静下来。言：语助词，和"而"字同义。

[20] 寤：睡醒。

[21] 辟：捶胸。

[22] 摽（biào）：形容捶胸的样子。有摽：和"摽然"同义。

日居月诸[23]，胡[24]迭[25]而微[26]？心之忧矣，如匪澣衣[27]。
静言思之，不能奋飞[28]。

[23] 居、诸：都是语助词。这句的意思即日呀月呀。

[24] 胡：为什么。

[25] 迭：更换。

[26] 微：不显明。指日食月食说。

[27] 匪澣衣：没有洗过的肮脏衣服。

[28] 奋飞：鼓动着翅膀飞去。

绿衣

　　这首诗是卫庄公的夫人庄姜，因嬖妾僭越了她的地位，感伤而作的。

绿兮衣兮，绿衣黄里。[1] 心之忧矣，曷维其已[2]。

[1] 绿：一种闲色；是不高贵的，却作外衣用了。黄：是一种正色，是高贵的，却作里子用了。这两句是表示表里失当的意思。

[2] 曷：什么时候。已：停止。

绿兮衣兮，绿衣黄裳。[3] 心之忧兮，曷维其亡[4]。

[3] 上身的衣服曰衣，下身的曰裳。闲色作了衣，正色作了裳。这是表示上下失当的意思。

[4] 亡：停止。

绿兮丝兮，女所治兮[5]。我思古人，俾无讹兮[6]。

[5] 女：同"汝"。这两句的意思是：这种绿色的绿，是你把它治成的。

[6] 俾：使。讹（yóu）：过恶。思念古人，要效法古人；可使自己没有过恶。

绨兮绤兮，凄其[7]以风。我思古人，实获我心。[8]

[7] 绨、绤：见《葛覃》。凄其：就是凄然，寒风凛冽的样子。这两句的意思是：麻布遇到了凛冽的寒风。比喻自己因过时而被遗弃。

[8] 这两句是说：想到古时与我一样遭遇而自处得非常得当的人们，她们实在是得到了我的心情（意谓能了解自己）。

燕燕

这是卫国国君送他的妹妹出嫁到他国的诗。

燕燕于飞，差池其羽[1]。之子于归[2]，远送于野。瞻望弗及，泣涕如雨。

[1] 燕燕：即燕儿，燕儿。于飞：在飞。差池：和"参差"同义。不齐的样子。

[2] 于归：女子出嫁。

燕燕于飞，颉之颃之[3]。之子于归，远于将[4]之。瞻望弗及，伫[5]立以泣。

[3] 颉（xié）、颃（háng）：鸟往上飞叫作"颉"，往下飞叫作"颃"。

[4] 将：送。

[5] 伫（zhù）：站立很久。

燕燕于飞，下上其音。之子于归，远送于南。瞻望弗及，实劳我心。

仲氏任只[6]，其心塞渊[7]。终温且惠[8]，淑慎其身。先君之[9]思，以勖[10]寡人。

[6] 仲氏：卫君称他的妹妹。任：诚恳。只：语助词。

[7] 塞：诚实。渊：深远。

[8] "终……且……"：即"既……且……"。温：平和。惠：柔顺。

[9] 之：是。

[10] 勖：勉励。

日月

这是一个不能得到丈夫欢心的妻子所作的诗。

日居月诸[1]，照临下土[2]。乃如之人兮[3]，逝[4]不古处[5]。胡能有定[6]？宁[7]不我顾。

[1] 居、诸：都是语助词，已见《柏舟》。

[2] 下土：地上。

[3] 乃如：转语词。之人：这个人。

[4] 逝：发语词。

[5] 古：和"故"同义。古处：以故旧的情意相处。

[6] 胡：何。此句言其心志不定。

[7] 宁：和"乃"同义，下同。

日居月诸，下土是冒[8]。乃如之人兮，逝不相好[9]。胡能有定？宁不我报[10]。

[8] 冒：覆盖。

[9] 好：和好。

[10] 报：报答。

日居月诸，出自东方。乃如之人兮，德音[11]无良。胡能有定？俾也可忘[12]？

[11] 德音：话语，称述别人的话语时用之。

[12] 俾：使。忘：和"亡"同义，即失去；指德音无良说。

日居月诸，东方自出。父兮母兮[13]，畜[14]我不卒[15]。胡能有定？报我不述[16]。

[13] 父兮母兮：即父啊母啊！人们遇到痛苦，总是呼天呼父母。

[14] 畜：喜好。

[15] 卒：终。这是说丈夫不能始终喜欢她。

[16] 不述：不说。

终风

这也是不被丈夫喜爱的妇人所作的诗。

终风且暴[1]，顾[2]我则笑。谑浪笑敖[3]，中心是悼[4]。

[1] 终：既。终风且暴：就是说既已起风而且是暴风。

[2] 顾：看见。

[3] 谑（xuè）浪笑敖：戏谑放荡的意思。

[4] 中心：心中。悼：痛伤。

终风且霾[5]，惠然肯来[6]？莫往莫来[7]，悠悠我思。

[5] 霾（mái）：风吹土落像下雨一样的叫作"霾"。

[6] 惠然：和顺的样子。惠然肯来：是说他肯和顺地到这儿来吗？

[7] 莫：不。莫往莫来：没有往来。

终风且曀[8]，不日有[9]曀。寤言[10]不寐，愿言则嚏[11]。

[8] 曀（yì）：刮风的阴天。

[9] 有：同"又"。

[10] 寤：觉醒。言：语助词，和"而"同义。寤言不寐：就是说醒了便再不能入睡。

[11] 愿：思念。言：语助词，和"而"同义。嚏（tì）：打喷嚏。这是说想念起来便打喷嚏。现在人说别人思念自己，自己就打喷嚏，和古时的风俗略微相像。

曀曀[12]其阴，虺虺其雷[13]。寤言不寐，愿言则怀[14]。

［12］曀曀：阴暗的样子。

［13］虺（huǐ）虺：雷声。靁：即雷字。

［14］怀：忧愁伤感的意思。

击鼓

据姚际恒的《诗经通论》，这首诗是卫穆公时，宋伐陈，卫救之，平陈、宋之难（事见《左传》鲁宣公十二年），数次发动军旅，军士怨恨而作的。

击鼓其镗，踊跃用兵^[1]。土国城漕^[2]，我独南行。

［1］镗（tāng）：击鼓的声音。其镗：即镗然。踊跃：就是跳跃的意思。兵：武器。

［2］土：即兴土木的意思。国：古时诸侯的都城叫国。城：在这里作动词用，就是修城的意思。漕：地名，在今河南滑县东南。城漕：就是修治漕城的意思。土国与城漕，事实上指的是同一件事情。

从孙子仲^[3]，平陈与宋^[4]。不我以归^[5]，忧心有忡^[6]！

［3］孙子仲：是当时带兵的人。

［4］平：平定乱事。

［5］以：使。不我以归：就是不使我回家。

［6］有忡：就是忡然，很难过的样子。

爰居爰处^[7]？爰丧^[8]其马？于以求之？于林之下。^[9]

［7］爰："于何"的意思。居、处：都是住的意思。

［8］丧：丢失。

［9］这四句是写行军宿营的情形。

死生契阔^[10]，与子成说^[11]。执子之手，与子偕老^[12]。

［10］契：合。阔：离。死生契阔：即今语死生离合。

［11］成说：有言在先。

［12］偕：共同。偕老：共同到老。这是二人誓约的话。这四句是写这位征夫对过去的回忆。

于嗟阔兮，不我活[13]兮！于嗟洵[14]兮，不我信[15]兮！

[13]不我活：是说不能与我共同生活。

[14]洵：长久。

[15]不我信：是说不能与我共同信守实践从前的誓约。这四句是写这位征夫对现在的悲叹。

凯风

这是孝子自责不能安慰母亲的诗。

凯风[1]自南，吹彼棘心[2]。棘心夭夭[3]，母氏劬劳[4]。

[1]凯风：南风。

[2]棘：丛生的小枣树。心：细小的意思，指枣棘的尖刺说。

[3]夭夭：树木幼嫩而且旺盛的样子。

[4]劬（qú）劳：劳苦。

凯风自南，吹彼棘薪[5]。母氏圣[6]善，我无令人[7]。

[5]薪：木柴。棘薪：已经长大可以作木柴的棘。

[6]圣：明智。

[7]令：善良。这句是说我们（兄弟）没有好的；意思就是都不善于孝养母亲。

爰有寒泉[8]，在浚之下[9]。有子七人，母氏劳苦。

[8]爰：发语词。泉水清冷，所以古人常把泉水叫作"寒泉"。

[9]浚：卫国的邑名，在现今的山东濮县。浚之下：即浚城之旁。

睍睆[10]黄鸟，载[11]好其音。有子七人，莫慰母心。

[10]睍（xiàn）睆（huǎn）：美好的样子。

[11]载：语词，和"则"字同义。

雄雉

这首诗大概是一个官吏被放逐在外，他的妻子在家思念他而作的。

雄雉于飞，泄泄[1]其羽。我之怀[2]矣，自诒伊阻[3]。

[1] 泄泄：鸟起飞时鼓动翅膀的样子。

[2] 怀：思念。

[3] 诒：与贻、遗通，即"留给"之意。伊：其。阻：忧戚。这句是说：（被放的人）自己
  给自己招来忧戚。

雄雉于飞，下上其音。展矣君子，实劳我心。[4]

[4] 展：诚，确实。这两句是说：使我心忧劳的人，实在就是君子啊！妇人称丈夫为君子。

瞻彼日月，悠悠我思。道之云远，曷云能来[5]？

[5] 云：句子中间的语助词。曷：何时。

百尔君子[6]，不知德行[7]。不忮不求[8]，何用不臧[9]！

[6] 百尔：即凡尔。百，所有的；尔，你们。君子：指在官的人们。

[7] 作反问的语气来解读，含义更深刻。

[8] 忮（zhì）：嫉害的意思。求：贪求的意思。

[9] 臧：美善的意思。

匏有苦叶

这是一首歌咏婚事的诗。

匏有苦叶[1]，济有深涉[2]。深则厉[3]，浅则揭[4]。

[1] 匏（páo）：就是瓠（hù）子。苦：干枯。从这一句可知这是夏秋之交的时候。

[2] 济：就是沛水。涉：作名词用，就是渡口。

[3] 厉：和衣涉水。

[4] 揭（qì）：把衣服提起来涉水。

有渄济盈[5]，有鷕[6]雉鸣。济盈不濡轨[7]，雉鸣求其牡[8]。

[5]渄（mǐ）：满。有渄：就是渄然，是满满的样子。济盈：济水盈满。

[6]鷕（yǎo）：雉鸣的声音。有鷕：鷕然。

[7]濡（rú）：浸。轨：车轴的两端。

[8]牡：雄野鸡。

雍雍[9]鸣雁，旭日始旦，士如归妻[10]，迨冰未泮[11]。

[9]雍雍：声音和谐的样子。古时六礼除了纳征用币之外，其他都是用雁。

[10]归妻：娶妻。

[11]泮（pàn）：融解。古时以二月为婚期，那时的水尚未融解。这一章前两句是说请期，是诗人见到的情景，后两句是说结婚，是预言将来的事情。

招招[12]舟子，人涉卬[13]否。人涉卬否，卬须[14]我友。

[12]招招：招手的样子。

[13]卬（áng）：我。

[14]须：等候。

谷风

这是被丈夫遗弃的妇人所作的诗。

习习[1]谷风[2]，以阴以雨。黾勉同心[3]，不宜有怒。采葑采菲[4]，无以下体[5]？德音莫违[6]，及尔同死[7]。

[1]习习：温和舒适的样子。

[2]谷风：山谷中的风。

[3]黾勉：勉力。黾勉同心：勉强尽力地希望与丈夫同心合意。

[4]葑（fēng）：芜菁，根可以吃。菲：萝卜。

[5]以：及。下体：指根说。无以下体，是反问语气，就是说采葑采菲，能不及其根吗？比喻夫妇应当有始有终。

[6]德音：语言，称述别人的语言时用之。这句诗是说对于丈夫的话，并没违背过。

[7]同死：同生共死。

行道迟迟^[8]，中心有违^[9]。不远伊^[10]迩，薄送我畿^[11]。
谁谓荼^[12]苦？其甘如荠^[13]。宴^[14]尔新昏^[15]，如兄如弟。

[8]迟迟：缓慢的样子。以下数句，是叙述被弃而去时的情形。

[9]违：怨恨。

[10]伊：和"维"同义，语助词。

[11]畿（jī）：门内。

[12]荼：苦菜。

[13]荠：野菜名，味鲜美。这两句是说荼本是苦菜，但自己却认为其味和甘美的荠菜一样；比喻自己的心比苦菜还要苦。

[14]宴：欢乐。

[15]昏：古时和"婚"字通用。

泾以渭浊^[16]，湜湜^[17]其沚^[18]。宴尔新昏，不我屑以^[19]。
毋逝^[20]我梁^[21]，毋发^[22]我笱^[23]。我躬不阅^[24]，遑恤我后^[25]！

[16]泾、渭：两条河的名字，都在现今的陕西境内；而泾水流入渭水。泾水浊，渭水清。以：使。泾以渭浊：泾水使渭水混浊。

[17]湜（shí）湜：水清的样子。

[18]沚：《说文》引此句，沚字作止。湜湜其沚：水静止时就湜湜然清澈了。以上两句是说泾水虽使渭水混浊，但终有澄清的时候。言外之意，是说丈夫的理智，竟被新婚的欢乐所迷惑而不知觉悟。

[19]以：共。

[20]逝：去。

[21]梁：鱼梁，用石筑堰，阻塞河流，中间留几处空隙，以置放捕鱼的笱（gǒu）；这堰叫作"鱼梁"。

[22]发：举起。

[23]笱：竹做的捕鱼器具，用在梁上捕鱼。

[24]躬：本身。阅：容纳。

[25]恤：忧虑。以上两句是说：我自己本身都已不被容纳，哪还有工夫再忧虑我走了以后家中的事情呢？

就其深矣，方[26]之舟之。就其浅矣，泳之游之。[27]何有何亡[28]，黾勉求之。凡民有丧，匍匐[29]救之。

[26] 方：木筏。

[27] 以上四句，用渡水作比喻，意思是说自己对于家事不避艰难。

[28] 有：指富有说。亡：同"无"，即贫穷。

[29] 匍匐：手脚并行，做事辛苦的意思。

不我能慉[30]，反以我为仇。既阻我德[31]，贾用不售[32]。昔育[33]恐育[34]鞫[35]，及尔颠覆[36]。既生既育[37]，比予于毒。

[30] 慉（xù）：爱。

[31] 阻：推开不顾。德：好处。

[32] 贾（gǔ）：卖物。本句的意思是说：自己的好处，不被丈夫所顾及；好像货物不能卖出去。

[33] 育：幼小。

[34] 育：长大。

[35] 鞫：穷困。

[36] 颠覆：倾倒仆跌，意谓生活困苦。

[37] 生：财产生计。育：长大。

我有旨蓄[38]，亦以御冬[39]。宴尔新昏，以我御穷[40]。有洸有溃[41]，既诒我肄[42]。不念昔者，伊余来墍[43]。

[38] 旨：味美。蓄：蓄菜，即干菜。

[39] 御：抵挡。冬天没有新鲜的蔬菜，用干菜来抵挡。

[40] 御穷：抵挡贫穷。

[41] 洸（guāng）：勇武的样子。溃：愤怒的样子。有洸有溃：和"洸然、溃然"同义。

[42] 诒：给予。肄：劳苦。

[43] 伊：维。来：是。墍（xì）：和"忾"同义，"恨怒"的意思。伊余来墍：意即维我是怒。

式微

这是黎[1]侯被狄人所逐，寄寓在卫国，他的臣下劝他归国的诗。

式微[2]，式微，胡不归？微[3]君之故，胡为乎中露[4]！

[1] 黎：古时的侯国。故地约在现今山西长治西。

[2] 式：发语词。微：衰落。

[3] 微：非。

[4] 中露：露中，在野外的意思；也有人说是卫国的地名。

式微，式微，胡不归？微君之躬，胡为乎泥中[5]！

[5] 躬：身；指黎君自身说。泥中：泥涂之中，也是在野外的意思；但也有人说是卫国的
　　地名。

旄丘

黎侯被狄人所逐，寄居卫国；卫君不能帮助黎人复国。黎国的臣
子，作了这首诗来责备卫人。

旄丘[1]之葛兮，何诞[2]之[3]节兮！叔兮伯兮[4]，何多日也！

[1] 旄丘：前面高后面低的山丘。

[2] 诞："延"的假借字；就是很长的意思。

[3] 之：在这里作人称代词用；就是他的。

[4] 叔兮伯兮：这是对卫国诸臣的称呼。

何其处也？必有与[5]也。何其久也？必有以也。

[5] 与：友好。这两句是说：我们为什么会寄寓在你们卫国呢？必定是和你们有友谊。

狐裘蒙戎[6]，匪车不东[7]。叔兮伯兮，靡所与同[8]。

[6] 蒙戎：散乱的样子。

［7］匪：彼，他们的；指卫国。这句是说：卫国不用车子东来迎接黎国君臣。黎侯寄寓卫国的地方，约在现今河南滑县，在卫国之东。

［8］同：同力。这一句是说：不与我们同心协力。

琐兮尾兮^[9]，流离之子^[10]。叔兮伯兮，褎如充耳。^[11]

［9］琐：细小。尾：尾末。

［10］流离之子：流亡的人。

［11］褎（yòu）：盛服。褎如：盛服貌。充耳：塞着耳朵。这两句是说：你们卫国的君臣们，耳朵都塞得满满的，听不见我们困苦的呼声。

简兮

这是一首赞美一位善舞者的诗。

简兮^[1]简兮，方将万舞^[2]。日之方中，在前上处^[3]。

［1］简：鼓声。一说武师武勇之貌。

［2］方将：就要。万：舞的名字。

［3］在前上处：在前排的上首。

硕人俣俣^[4]，公庭^[5]万舞。有力如虎，执辔如组。^[6]

［4］硕：大。俣（yǔ）俣：伟大的样子。

［5］公庭：庙堂的庭院。

［6］组：丝绳子。辔是用皮革做的，拿在他手中却像丝绳一样的柔软。这两句是指武舞说的。

左手执龠^[7]，右手秉翟^[8]。赫如渥赭^[9]，公言："锡爵"^[10]。

［7］龠（yuè）：一种六孔的竹制乐器。

［8］翟（dí）：山雉的长羽。这两句是指文舞说的。

［9］赫：红红的。渥：浸染。赭（zhě）：红色。这一句是形容其面色红润。

［10］公：指卫公。锡：赏赐。爵，一种酒器。锡爵：赏赐他酒吃。

山有榛^[11]，隰有苓^[12]。云谁之思^[13]？西方美人^[14]。彼

美人兮，西方之人兮。

[11] 榛（zhēn）：树名。

[12] 隰（xí）：低湿的地方。苓（líng）：即甘草。

[13] 云：发语词。之："是"的意思。这一句是问："是在想谁呀？"

[14] 西方美人：是指西周盛明的君王。

泉水

　　这是嫁在别国的卫国女子，送她的娣侄回国省亲的诗。

毖[1]彼泉水，亦流于淇[2]。有怀[3]于卫，靡[4]日不思。
娈彼诸姬[5]，聊与之谋[6]。

[1] 毖（bì）：和"泌"同义，流得很快的意思。

[2] 淇：水名，流经卫国，即现今的河南汤阴、淇县一带。

[3] 怀：想念。

[4] 靡：无。

[5] 娈（luán）：美丽。诸姬：卫君姓姬，指随嫁而来的许多娣侄说。

[6] 谋：指计划归卫省亲的事说。

出宿于泲[7]，饮饯于祢[8]。女子有行[9]，远父母兄弟。
问我诸姑，遂及伯姊。[10]

[7] 泲（jì）：水名，今作济，流经今山东定陶县境。

[8] 饯（jiàn）：用酒食送人出行。祢（nǐ）：地名，在今山东菏泽西南。以上二句是说送娣侄返卫。

[9] 行：出嫁。

[10] 这二句是说托娣侄到卫后问候诸姑伯姊。

出宿于干[11]，饮饯于言[12]。载脂[13]载辖[14]，还车[15]言迈[16]。
遄臻[17]于卫，不瑕有害[18]？

[11] 干：地名，有人说在今河北清丰县西南。

[12] 言：地名，大概在今清丰县的北面。

[13] 载：语词，和"则"同义。脂：当动词用，用油涂抹车轴的意思。

[14] 舝（xiá）：和"辖"字同；车轴上的键子，用来制止车毂脱离车轴的。这里也是当动词用，即装起车舝。

[15] 还：返回。因为是到自己的祖国去，所以说是还车。

[16] 言：语词。和"而"字同义。迈：行走。

[17] 遄（chuán）：快。臻：到。

[18] 不瑕：凡是"不瑕"或"不遐"二字，用在句首的时候，瑕或遐都是当语助词用，等于现在的"啊"字。不瑕有害，就是说不至于有什么灾害吧。

我思肥泉[19]，兹之永叹[20]。思须与漕[21]，我心悠悠[22]。驾言[23]出游，以写[24]我忧。

[19] 肥泉：泉名，在朝歌附近。

[20] 永叹：长叹。

[21] 须与漕：卫国的两个邑名。须在今河南滑县东南；漕，也有写作曹的，就是后来的白马县，在今滑县东面。

[22] 悠悠：深长的样子，指怀念说。

[23] 驾：驾车。言：和前面"还车言迈"的言字用法相同。

[24] 写：和"泻"同义，即消除的意思。

北门

这是官员自伤困苦的诗。

出自北门，忧心殷殷[1]。终窭且贫[2]，莫知我艰。已焉哉[3]！天实为之，谓[4]之何哉！

[1] 殷殷：忧愁的样子。

[2] 终：既。窭（jù）：居处狭小而简陋。

[3] 已焉哉：算了吧。

[4] 谓：奈。

王事适^[5]我，政事一埤益^[6]我。我入自外，室人交遍谪我^[7]。已焉哉！天实为之，谓之何哉！

[5] 王事：公事。适：和"擿（zhì）"同义，投掷的意思。这句是说把公事丢给我。

[6] 一：一切，一股脑儿。埤（pí）、益：都是"加给"的意思。

[7] 室人：家里的人。交：互相。遍：通通的。谪（zhé）：责备。

王事敦^[8]我，政事一埤遗^[9]我。我入自外，室人交遍摧^[10]我。已焉哉！天实为之，谓之何哉！

[8] 敦：逼迫。

[9] 遗：留给。

[10] 摧：挫折；也是指讽刺责难说。

北风

政治紊乱，诗人和他的朋友相偕避去，因而作了这首诗。

北风其凉，雨雪其雱^[1]。惠^[2]而好我，携手同行。其虚其邪^[3]？既亟只且^[4]！

[1] 雨：作动词用，落下的意思。雱（pāng）：雨雪盛多的样子。

[2] 惠：爱。

[3] 虚："舒"的假借字。邪："徐"的假借字，都是缓慢的意思。这句诗是说："慢了吧，慢了吧！"

[4] 亟：急，快速。只且（zhī jū）：语词。这句诗是说："（走得）已经够快的了。"

北风其喈^[5]，雨雪其霏^[6]。惠而好我，携手同归^[7]。其虚其邪？既亟只且！

[5] 喈："湝"的假借字，寒冷的样子。

[6] 霏（fēi）：雨雪盛多的样子。

[7] 归：归家去，即辞官归隐的意思。

莫赤匪狐，莫黑匪乌。[8]惠而好我，携手同车。其虚其邪？既亟只且！

[8] 莫赤匪狐，莫黑匪乌：没有赤色的不是狐狸，没有黑色的不是乌鸦。也就是天下乌鸦一般黑的意思；用来讽刺执政的人。

静女

这是写男女恋爱的诗。

静女其姝[1]，俟我于城隅[2]。爱而不见，搔首踟蹰[3]。

[1] 姝（shū）：美丽。

[2] 城隅：城墙角。这句的意思是说约定在城角相候。

[3] 搔（sāo）首：抓头皮。踟（chí）蹰（chú）：徘徊。

静女其娈[4]，贻我彤管[5]。彤管有炜[6]，说怿[7]女美。

[4] 娈：美好。

[5] 彤：红色的漆。彤管：漆成红色的管子，用以盛针线等细小的东西。旧说是红管的笔，恐怕不对。

[6] 炜（wěi）：鲜明的样子。

[7] 说：和"悦"字同。怿（yì）：欢喜。

自牧归荑[8]，洵美且异[9]。匪女之为美[10]，美人之贻。[11]

[8] 牧：放牧牛羊的地方。归：同"馈"，赠送。荑（tí）：茅草的芽，柔美可以吃。

[9] 洵：实在。异：不平凡。以上两句是说男子赠女子以荑。

[10] 匪：同"非"。之：是。

[11] 以上二句是说：那个女子很美丽，所以把荑赠给那美人。或者说这是女子又赠给男子以荑。男子说："匪（非）女（汝，指荑）美丽，而因为是美人所赠，所以宝重它。"

新台

卫宣公的儿子名伋的，娶齐女（即宣姜）为妻。宣公见齐女貌美，就自己娶了。这件事引起了国人的厌恶，便作了这首诗来讽刺他。

新台有^[1]泚，河水㳽㳽。燕婉之求^[2]，籧篨不鲜^[3]。

[1] 新台：卫宣公所筑的台，在现今河南临漳西黄河边。有泚，即泚然，鲜明美好的样子。

[2] 燕婉：也作"嬿婉"，是美色的意思。

[3] 籧（qú）篨（chú）：是一种丑疾名，得这种病的人，面只能仰而不能俯。鲜：早死。这两句是说：本来是想要找一个美貌的丈夫，但是却逢到这样一个丑而不早死的人。

新台有洒^[4]，河水浼浼^[5]。燕婉之求，籧篨不殄^[6]。

[4] 有洒：即洒然、高峻的样子。

[5] 浼（měi）浼：水盛的样子。

[6] 殄（tiǎn）：绝灭。

鱼网之设，鸿则离^[7]之。燕婉之求，得此戚施^[8]。

[7] 离：和"罹"同义，就是遭逢到的意思。

[8] 戚施：也是一种丑疾名，得这种病的人面只能俯而不能仰。

二子乘舟

卫宣公夺了伋的妻子，生了两个儿子，一个叫寿，一个叫朔。朔同他的母亲在宣公面前说伋的坏话，宣公便叫伋出使齐国，并派人在途中杀他。寿知道了，便告诉伋，劝他逃走，他不肯。寿就拿了伋的节先走，接着伋也赶去，结果两个人都被杀了。国人便作这首诗悼念他们。

二子^[1]乘舟，泛泛其景^[2]。愿^[3]言思子，中心养养^[4]。

[1] 二子：伋与寿。

[2] 泛泛：漂浮的样子。景：远行的样子。

[3] 愿：想念。

[4] 养养：忧愁不安定的样子。

二子乘舟，泛泛其逝[5]。愿言思子，不瑕[6]有害。

[5] 逝：走了。

[6] 瑕：语助词，解见《泉水》篇。

鄘风

参看《邶风》前面的说明。

柏舟

按旧说：这首诗是卫国世子（诸侯的继承人叫世子）共伯的妻子共姜作的。共伯死得早，共姜守节。可是她的父亲想让她再出嫁，共姜发誓不嫁，所以作了这首诗。

泛彼柏舟[1]，在彼中河[2]。髧[3]彼两髦[4]，实维我仪[5]。之[6]死矢[7]靡它[8]。母也天只[9]，不谅[10]人只！

[1] 见《邶风·柏舟》。

[2] 中河：就是河中。河是黄河。

[3] 髧（dàn）：头发下垂的样子。

[4] 髦（máo）：头发下垂到眉叫作"髦"。古时候的人，如果父母健在，两髦虽然长得很长，也不能剃去；要到父母死了之后才剃。这句是指共伯说。

[5] 仪：配偶。

[6] 之：到。

[7] 矢：发誓。

[8] 靡它：没有别的；意思就是说一心守节，没有二意。

[9] 母也天只：就是母啊、天啊！

[10] 谅：谅解。

泛彼柏舟，在彼河侧。髧彼两髦，实为我特[11]。之死矢靡慝[12]。母也天只！不谅人只！

[11] 特：雄性的兽叫作"特"，这是借用来指她丈夫的。

[12] 慝（tè）：通"忒"，更改。

墙有茨

卫国公子顽，在他的父亲卫宣公死后，与宣姜（宣公夫人）私通。人民厌恶他，又不便说出口，便作这首诗讽刺他。

墙有茨[1]，不可埽也。中冓[2]之言，不可道也。所可道也，言之丑也。

[1] 茨（cí）：蒺藜；也可解作覆墙用的草。

[2] 冓：和"构"同义，就是盖房子；在这里作名词用，即指房子。中冓：就是房中。

墙有茨，不可襄[3]也。中冓之言，不可详也。所可详也，言之长也。

[3] 襄：除去。

墙有茨，不可束也。中冓之言，不可读[4]也。所可读也，言之辱也。

[4] 读：说。

君子偕老

这是讽刺宣姜的诗。宣姜是卫宣公的夫人。宣公卒，宣姜和公子顽淫乱。

君子偕老[1]，副笄[2]六珈[3]。委委佗佗[4]，如山如河[5]。象服[6]是宜。子之不淑[7]，云如之何！

[1] 偕：共同。君子偕老：是说与丈夫同生共死。

[2] 副：盖在头上的首饰，用头发编成的。笄（jī）：簪子。

[3] 珈（jiā）：笄上面用玉制的装饰品。

[4] 委委佗佗：原来大概是委佗委佗，后来写成委委佗佗，形容走路缓慢而从容的样子。

[5] 如山如河：描写宣姜气象弘广的样子。

[6] 象服：画着文彩的衣服，是古时王后和诸侯夫人所穿着的。

[7] 不淑：不善。

玼兮玼兮[8]，其之翟也[9]。鬒发[10]如云，不屑髢[11]也。玉之瑱[12]也，象[13]之揥[14]也，扬且[15]之皙[16]也。胡然而天也？胡然而帝也 [17]？

[8] 玼（cǐ）：鲜艳的样子。

[9] 翟（dí）：王后穿的衣服，上面画有羽毛的花纹。

[10] 鬒（zhěn）发：长得很密的头发。

[11] 髢（dí）：假头发。

[12] 瑱（tiàn）：塞耳的玉器。

[13] 象：指象骨说。

[14] 揥（tì）：用来搔头的簪子。

[15] 扬：额头（眉上面）很宽广叫作"扬"。且（jū）：语助词。

[16] 晳（xī）：洁白。

[17] 胡然：意思是说"怎样见得"。而：像。"胡然而天也，胡然而帝也"两句，是讽刺宣姜的。因为"瑱"和"天"的音读很近似，"揥"和"帝"的音读很近似。宣姜虽然佩着瑱和揥，然而她的德行不相称，从哪里见得她像天、像帝那么尊严可敬呢？

瑳兮 [18] 瑳兮，其之展 [19] 也。蒙 [20] 彼绉绤 [21]，是绁袢 [22] 也。子之清扬 [23]，扬且之颜也。展如 [24] 之人 [25] 兮，邦之媛 [26] 也。

[18] 瑳（cuō）：白得很鲜明的样子。

[19] 展：王后的白色衣服。

[20] 蒙：披盖在上面。

[21] 绉绤：有皱纹的细葛布。

[22] 绁（xiè）袢（pàn）：贴身衣。

[23] 清扬：眼睛清明。

[24] 展如：诚然。

[25] 之人：这个人。

[26] 媛：美女。

桑中

这是男女相爱恋的诗。

爰采唐 [1] 矣，沬 [2] 之乡矣。云谁之思？美孟姜 [3] 矣。期 [4]

我乎桑中[5]，要[6]我乎上宫[7]，送我乎淇[8]之上矣。

[1]唐：菟丝草。

[2]沬（mèi）：卫国的邑名，在今河南淇县境内。

[3]孟姜：姜姓的长女。此处用作譬喻。

[4]期：约会。

[5]桑中：桑林中。

[6]要：邀约。

[7]上宫：楼名。

[8]淇：淇水。

爰采麦矣，沬之北矣。云谁之思？美孟弋[9]矣。期我乎桑中，要我乎上宫，送我乎淇之上矣。

[9]弋：姓，和"姒"通用，夏后氏的后裔。孟弋：弋姓的长女。

爰采葑矣，沬之东矣。云谁之思，美孟庸[10]矣。期我乎桑中，要我乎上宫，送我乎淇之上矣。

[10]庸：姓。

鹑之奔奔

这是一首卫国国人讽刺宣姜与公子顽淫乱的诗。

鹑之奔奔[1]，鹊之彊彊[2]。人之无良，我以为兄[3]。

[1]奔奔：互相配偶的样子。

[2]彊彊（jiāng jiāng）：也是互相配偶的样子。

[3]我：指卫惠公。兄：指公子顽。

鹊之彊彊，鹑之奔奔。人之无良，我以为君[4]。

[4]君：谓小君，指宣姜。

定之方中

这首诗是赞美卫文公的。卫国被狄人灭了，卫国的遗民，逃过黄河，在漕邑安顿下来。后来齐桓公帮助卫人修起了楚丘城，于是卫文公便在楚丘开始营建宫室，国家渐渐富庶起来。老百姓非常高兴，于是作了这首诗来歌颂他。

定之方中[1]，作于[2]楚宫[3]。揆之以日[4]，作于楚室。树[5]之榛栗[6]，椅桐梓漆，爰伐琴瑟。[7]

[1]定：星名。方中：是说刚黄昏的时候，定星正在天的南方。

[2]于：和"为"同义。作于：就是作为的意思。

[3]楚宫：楚丘的宗庙。

[4]揆：度量。揆之以日：立起一根竿子，用来度量太阳的影子，以定东南西北的方向。

[5]树：栽种。

[6]榛栗：两种树木的名称。

[7]椅桐梓漆，爰伐琴瑟：是说砍伐椅桐梓漆四种树木做琴瑟。

升彼虚[8]矣，以望楚[9]矣。望楚与堂[10]，景山与京[11]。降观于桑[12]。卜云其吉[13]，终然允臧[14]。

[8]虚：大的丘陵。

[9]楚：楚丘。

[10]堂：楚丘附近的邑名。

[11]景山：大的山。京：高的丘。

[12]桑：指桑树林说。

[13]卜云其吉：占卜的结果说这地方是吉祥的。

[14]终然允臧：有的本子作"终焉允臧"。允：诚然。臧：好。这是说结果的确很好。

灵[15]雨既零[16]，命彼倌[17]人，星言[18]夙驾[19]，说[20]于桑田。匪直也人[21]，秉心塞渊[22]，騋牝[23]三千。

[15]灵：好。

[16] 零：落。

[17] 倌（guān）人：小臣。

[18] 星：应该作姓，姓是古时的晴字。言：语助词。

[19] 夙驾：早晨驾车。

[20] 说（shuì）：止息。

[21] 匪：和"彼"同义，即那个。匪直也人：那个正直的人。

[22] 秉：操持。秉心：存心的意思。塞渊：诚实而且深远。秉心塞渊：是说卫文公有一颗诚实而且深谋远虑的心。

[23] 骒（lái）：高七尺以上的马叫作"骒"。牝：雌性的兽，这里指雌马说。骒牝：固然是说七尺以上的母马；但诗人的意思，应当是包括牝马的。假若说卫文公只有母马，那就太拘泥了。

蝃蝀

这一首很可能是一个已婚的女子拒绝其他求婚者的诗。

蝃蝀[1]在东，莫之敢指[2]。女子有行[3]，远父母兄弟。

[1] 蝃（dì）蝀（dōng）：即虹。

[2] 莫之敢指：不敢用手指它。现在民间仍有指虹手烂的俗说。

[3] 有行：出嫁。

朝隮[4]于西，崇朝其雨[5]。女子有行，远兄弟父母。

[4] 隮（jī）：即虹。

[5] 崇：终。崇朝其雨：早晨一过就要下雨。现在民间仍有"东虹嗡噜西虹雨"的俗谚。

乃如[6]之人[7]也，怀昏姻也。大[8]无信也，不知命[9]也。

[6] 乃如：一种转换语气的用语，如"竟然像……"。

[7] 之人：这个人。

[8] 大：太。大概这个人曾和此女有婚约而没有履行。

[9] 命：命运。

相鼠

这是讥刺没有礼仪之人的诗。

相[1]鼠有皮，人而无仪[2]。人而无仪，不死何为？

[1]相：看。

[2]仪：威仪。

相鼠有齿，人而无止[3]。人而无止，不死何俟？

[3]止：节制。

相鼠有体，人而无礼。人而无礼，胡不遄[4]死？

[4]遄：快。

干旄

这是一首赞美贵妇人的诗。

孑孑干旄[1]，在浚[2]之郊。素丝纰之[3]，良马四之。彼姝[4]者子，何以畀之[5]？

[1]孑孑：特别出众的样子。干：旗杆。旄：旄牛的尾巴。古时用旄牛的尾巴扎在旗杆的顶端叫作"干旄"。

[2]浚：邑名，在卫国。

[3]素：白色。纰（pí）：缝。这一句是说：用白色丝线缝旌旗上的旒縿（shān）。（縿是旌旗的正幅。旒是縿末所附的垂物。）

[4]姝：顺从貌。

[5]畀（bì）：赠予。这两句是说：那么一位美丽的女子，我用什么东西来赠送她呢?

孑孑干旟[6]，在浚之都[7]。素丝组之[8]，良马五[9]之。彼姝者子，何以予之？

［6］旟（yú）：上面绘有鸟隼等花纹的旗子。

［7］都：人民聚居的地方。

［8］组：缝合。

［9］五：古时一辆车通常是两匹马或四匹马，这一章说五，下一章说六，都只是为了趁韵的缘故，并非真有五匹马、六匹马。

子子干旐[10]，在浚之城。素丝祝之[11]，良马六之。彼姝者子，何以告之？

［10］旐：旗杆顶端的鸟羽。

［11］祝：即属连，也是缝合的意思。

载驰

这首诗是许穆夫人作的。她眼见祖国——卫国被狄人灭了，自己无力营救，很伤心地作了这首诗（参看前面《定之方中》篇）。

载驰载驱[1]，归唁[2]卫侯[3]。驱马悠悠，言至于漕。[4]大夫跋涉[5]，我心则忧。

［1］载：语助词。这句是指下文"大夫跋涉"说的。

［2］唁（yàn）：慰问。

［3］卫侯：指卫文公。

［4］悠悠：长远的样子。言：语词。漕：地名，见《邶风·泉水》篇。

［5］大夫：指许国的大夫，许穆夫人请他到卫国去慰问文公。跋涉：在草丛里走叫作"跋"，在水中走叫作"涉"。"跋涉"连用，形容行路很艰难。

既不我嘉，不能旋反。[6]视尔不臧，我思不远[7]。既不我嘉，不能旋济[8]。视尔不臧，我思不闷[9]。

［6］嘉：善。反：同"返"。许穆夫人想亲自回到卫国去慰问文公，可是许国人不以为然，所以说："既不我嘉，不能旋反"。

［7］不远：意思是说不迂远，切实可行。我思不远：是说我的计划尚可行。

[8]济：过渡。

[9]閟（bì）：闭，也就是停止的意思。

陟彼阿丘^[10]，言采其蝱^[11]。女子善怀^[12]，亦各有行^[13]。许人尤之^[14]，众稚且狂^[15]。

[10]阿丘：一边高一边低的山丘。

[11]蝱（méng）：就是贝母，药草名，可以治疗心气郁结不开的病。

[12]善怀：太多思念。

[13]行：道理。

[14]许：古时国名，旧地在今河南许昌。尤：过错。许人尤之：是说许人以我为错。

[15]众：这里和"终"同义，即"既"的意思。稚：骄傲。众稚且狂：就是说既骄傲又狂妄。

我行其野，芃芃^[16]其麦。控^[17]于大邦，谁因谁极^[18]？大夫君子，无我有尤^[19]。百尔^[20]所思，不如我所之^[21]。

[16]芃（péng）芃：茂盛的样子。

[17]控：控诉。

[18]因：依靠。极：正。谁因谁极：是说谁是和自己亲近的国家，谁能来匡正这祸乱呢？

[19]无：勿。尤：和上文"许人尤之"的"尤"字同义。

[20]百尔：凡是你们。

[21]之：代替上文"百尔所思"的思字。这句的意思是说不如我之所思。

[8]济：过渡。

[9]閟（bì）：闭，也就是停止的意思。

陟彼阿丘[10]，言采其蝱[11]。女子善怀[12]，亦各有行[13]。许人尤之[14]，众稚且狂[15]。

[10]阿丘：一边高一边低的山丘。

[11]蝱（méng）：就是贝母，药草名，可以治疗心气郁结不开的病。

[12]善怀：太多思念。

[13]行：道理。

[14]许：古时国名，旧地在今河南许昌。尤：过错。许人尤之：是说许人以我为错。

[15]众：这里和"终"同义，即"既"的意思。稚：骄傲。众稚且狂：就是说既骄傲又狂妄。

我行其野，芃芃[16]其麦。控[17]于大邦，谁因谁极[18]？大夫君子，无我有尤[19]。百尔[20]所思，不如我所之[21]。

[16]芃（péng）芃：茂盛的样子。

[17]控：控诉。

[18]因：依靠。极：正。谁因谁极：是说谁是和自己亲近的国家，谁能来匡正这祸乱呢？

[19]无：勿。尤：和上文"许人尤之"的"尤"字同义。

[20]百尔：凡是你们。

[21]之：代替上文"百尔所思"的思字。这句的意思是说不如我之所思。

卫风

参看《邶风》前面的说明。

淇奥

这是卫国人赞美卫武公的诗。

瞻彼淇奥[1]，绿竹[2]猗猗[3]。有匪[4]君子，如切如磋[5]，如琢如磨[6]。瑟兮僴兮[7]，赫兮咺兮[8]。有匪君子，终不可谖[9]兮。

[1] 奥：河岸的内侧。

[2] 绿竹：一说是绿色的竹子。一说"绿"读为"菉"，即王刍，一种可吃的水草。竹：萹竹，也是可吃的菜。又一说，菉竹乃一物，是一种类似竹子的草。以上三说，第一种说法较合理。

[3] 猗（yī）猗：美丽而茂盛的样子。

[4] 匪："斐"字的假借，文采的样子。有匪：和"斐然"同义。

[5] 磋：一作瑳，比喻讨论、研究。

[6] 琢：雕琢。磨：用沙磨。以上两句，用治玉石骨角作比喻，意思是说武公修德，好了还要好。

[7] 瑟：矜持庄重的样子。僴（xiàn）：威严的样子。

[8] 赫、咺（xuān）：都是昭明显著的意思；指威仪容止说。

[9] 谖（xuān）：忘。

瞻彼淇奥，绿竹青青[10]。有匪君子，充耳[11]琇莹[12]，会弁[13]如星。瑟兮僴兮，赫兮咺兮。有匪君子，终不可谖兮。

[10] 青青：茂盛的样子。

[11] 充耳：用玉塞耳，古人叫作"瑱"。

[12] 琇（xiù）莹：美好的石头。

[13] 会（kuài）：缝。弁（biàn）：帽子的一种。会弁：弁上的缝。弁缝用玉为饰，形状像星星似的。

瞻彼淇奥，绿竹如箦[14]。有匪君子，如金如锡[15]，如圭如璧[16]。宽兮绰兮[17]，猗重较[18]兮。善戏谑[19]兮，不为虐[20]兮。

[14]箦（zé）：竹席。

[15]金、锡：是说武公的品德，像金和锡一样锻炼得精纯。

[16]圭、璧：都是玉器中高贵的东西。

[17]宽、绰：意义相近，是说性情宽宏的样子。

[18]猗：和"倚"同义。较：车辆旁的木板，有的板高两层，所以称为重较。

[19]戏谑：开玩笑。

[20]虐：过甚的意思。

考槃

这是一首赞美贤者能安贫乐道的诗。

考槃在涧[1]，硕人之宽[2]。独寐寤言[3]，永矢弗谖[4]。

[1]考：敲打。槃：通"盘"。考槃：敲着盘子，用作节拍来唱歌。涧：山间小溪。

[2]硕人：大人。宽：心胸宽阔。

[3]独寐寤言：独寐、独寤、独言；就是独自睡觉，独自醒来又独自言语。

[4]矢：发誓。这句诗是说：对于这孤独的生活，发誓永远不忘。

考槃在阿[5]，硕人之薖[6]。独寐寤歌，永矢弗过[7]。

[5]阿：丘陵弯曲的地方。

[6]薖（kē）：宽大的样子。

[7]过：交往。弗过：不和外人来往。

考槃在陆[8]，硕人之轴[9]。独寐寤宿，永矢弗告[10]。

[8]陆：地势高而平坦的地方。

[9]轴：车轴，引申为盘旋的地方。

[10]永矢弗告：发誓永远不把这种乐趣告诉别人。

硕人

卫庄公娶了齐国东宫得臣的妹妹庄姜做妻子。庄姜长得非常漂亮。这是她出嫁时，卫国人赞美她的诗。

硕人其颀[1]，衣锦绸衣[2]。齐侯[3]之子，卫侯[4]之妻，东宫[5]之妹，邢侯[6]之姨[7]，谭公[8]维私[9]。

[1] 硕：大。颀（qí）：长，高。

[2] 衣锦绸衣：第一个衣字是动词。衣锦：穿着用锦做的衣服。绸（jiǒng）衣：罩袍。这句是说：穿着锦衣，外面套着罩袍。

[3] 齐侯：指齐庄公，庄姜的父亲。

[4] 卫侯：指卫庄公。

[5] 东宫：太子住的宫室。这里是指齐庄公的太子得臣说。

[6] 邢侯：邢国的诸侯；这里所指的，不知究竟是谁。邢国的旧址在今河北邢台。

[7] 姨：妻子的姊妹。

[8] 谭：谭国的旧址在今山东济南的东面。谭公：谭国的诸侯，这里也不知是指的哪个谭公。

[9] 私：姊妹的丈夫叫作"私"。

手如柔荑[10]，肤如凝脂[11]，领[12]如蝤蛴[13]，齿如瓠犀[14]，螓[15]首蛾眉[16]，巧笑倩兮[17]，美目盼[18]兮。

[10] 荑：茅草的新芽。

[11] 凝脂：凝结的油脂。凝结的动物油，洁白而且光润。

[12] 领：脖子。

[13] 蝤（qiú）蛴（qí）：一种白而长的木虫。

[14] 瓠（hù）犀：瓠瓜的种子。

[15] 螓（qín）：像蝉的飞虫，形容额头广阔。

[16] 蛾眉：指飞蛾的触须说。蛾的触须，细长而弯曲。

[17] 倩：两腮美好的样子。

[18] 盼：眼睛黑白分明的样子。

硕人敖敖[19]，说于农郊[20]。四牡有骄[21]，朱帻[22]镳[23]

镳，翟茀以朝[24]。大夫夙退[25]，无使君劳。

[19]敖敖：长（高）的样子。

[20]说（shuì）：止息。说于农郊：是说庄姜从齐国来，才到卫国的郊野，还未进城。

[21]骄：强壮的样子。有骄：和"骄然"同义。

[22]帻（fén）：马衔（马嘴里所衔的铁器）外面的铁制附着物。朱帻：用红绳子缠着帻。

[23]镳（biāo）镳：美盛的样子。

[24]翟（dí）：山雉。这里是指用山雉的羽毛装饰的车子（翟车）说。茀（fú）：遮挡车子的帘子，古时妇女坐的车子，前后都用茀遮挡起来。翟茀以朝：是叙述庄姜上朝的情形。

[25]夙：早。夙退：尽早退朝的意思。

河水洋洋[26]，北流活活[27]。施罛[28]涉涉[29]，鳣[30]鲔[31]发发[32]，葭菼[33]揭揭[34]。庶姜[35]孽孽[36]，庶士[37]有朅[38]。

[26]洋洋：盛大的样子。

[27]活（guō）活：水流的声音。

[28]施：设置。罛（gū）：鱼网。

[29]涉（huò）涉：鱼网入水阻碍水流的声音。

[30]鳣（zhān）：鲤鱼；又有说是黄鱼。

[31]鲔（wěi）：像鳣鱼，比鳣鱼小。

[32]发（bō）发：鱼在网上拨动尾巴的样子。

[33]葭（jiā）、菼（tǎn）：都是芦苇一类的植物。

[34]揭揭：很长的样子。

[35]庶：众多。庶姜：是指跟庄姜来的那些侄娣说。

[36]孽孽：装饰很盛的样子。

[37]庶士：指跟庄姜来的齐国人士说。

[38]朅（qiè）：武壮的样子。有朅：和"朅然"同义。

氓

这是被丈夫抛弃的妻子，自己感伤的诗。

氓[1]之蚩蚩[2]，抱布贸丝[3]。匪来贸丝，来即我谋[4]。

送子涉淇[5]，至于顿丘[6]。匪我愆期[7]，子无良媒。将子无怒[8]，秋以为期。

[1]氓（méng）：乡下人。

[2]蚩（chī）蚩：敦厚的样子。

[3]布：布匹。贸：买。抱布贸丝：是说用抱来的布卖去买丝。

[4]即：就。谋：商量。来即我谋：意思是说来和我商量结婚的事情。

[5]淇：河流名，在卫国。

[6]顿丘：地名，在现今的河南丰县。

[7]愆：过了。愆期：误过了时期。

[8]将（qiāng）：请。无：勿。

乘[9]彼垝垣[10]，以望复关[11]。不见复关，泣涕涟涟[12]。既见复关，载[13]笑载言。尔卜尔筮[14]，体[15]无咎言[16]。以尔车来，以我贿迁。[17]

[9]乘：登上。

[10]垝（guǐ）：毁坏的。又一说"垝"和"危"同义，高的意思。垣：墙壁。

[11]复关：地名，当是这个求婚的氓所居住的地方。

[12]涟（lián）涟：眼泪流下的样子。

[13]载：则。

[14]卜：用龟甲卜吉凶。筮：用蓍草占吉凶。古时遇有重要的事情，常常用卜或筮来决定可以做或不可做。

[15]体：占卜的兆象，这里兼指卦象说。

[16]咎：凶灾。咎言：不吉利的话。

[17]贿：财物。以上二句，是说结婚的时候，将财物搬到夫家。

桑之未落，其叶沃若[18]。于[19]嗟鸠兮，无食桑葚[20]。于嗟女兮，无与士耽[21]。士之耽兮，犹可说也。女之耽兮，不可说也。

[18]沃若：柔嫩润泽的样子。

[19]于（xū）：同"吁"。

[20] 葚（shèn）：桑树的果实。

[21] 耽（dān）：过分地沉溺于欢乐。

桑之落矣，其黄而陨[22]。自我徂[23]尔，三岁食贫[24]。
淇水汤汤[25]，渐[26]车帷裳[27]。女也不爽[28]，士贰其行[29]。
士也罔极[30]，二三其德[31]。

[22] 陨：落。

[23] 徂：往。意思是说嫁到这里来。

[24] 食贫：过穷日子。

[25] 汤（shāng）汤：水盛大的样子。

[26] 渐：被水打湿。

[27] 帷裳：车子的帷幔，也叫作"车衣"。古代妇女所乘的车子，多有车衣。以上两句，是
回忆嫁来时的情景。

[28] 爽：差错。

[29] 贰：两样。行：行为。贰其行：是说行为改变和最初不一样了。

[30] 罔极：无良或缺德之意。

[31] 二三其德：三心二意。

三岁为妇，靡室劳矣[32]。夙兴夜寐[33]，靡有朝矣[34]。
言既遂矣[35]，至于暴矣。兄弟不知，咥[36]其笑矣。静言
思之，躬[37]自悼[38]矣。

[32] 靡室劳矣：意思是说自己辛劳得没有时间到房子里休息。

[33] 夙兴夜寐：是说天不亮就起来，深夜才能睡觉。

[34] 靡有朝矣：意思是说没早晨没晚上地忙着。

[35] 遂：成，定。言既遂矣：是说事情既已商量妥当。

[36] 咥（xì）：笑的样子。"咥其"和"咥然"同义。

[37] 躬：自己。

[38] 悼：悲伤。

及尔偕老，老使我怨[39]。淇则有岸，隰则有泮[40]。总角[41]
之宴[42]，言笑晏晏[43]。信誓旦旦[44]，不思其反[45]。反

是不思^[46]，亦已焉哉^[47]！

[39] 老使我怨：承上句"偕老"说，意思是说提到白首偕老，就使我怨恨。有人把"老使我怨"解释为"到老年而被丈夫遗弃，所以怨恨"，恐怕不是。因为诗中有"三岁食贫"和"三岁为妇"等话语，这分明是才结婚三年就被抛弃了的。

[40] 隰：低洼的地方。泮：水涯。淇有岸、隰有泮：是用反语比喻夫妇不得偕老。

[41] 总角：就是结发，将头发结扎成两个角形，即向上翘的辫子。古代男女未到成年时，都是这样装束。

[42] 宴：欢乐。

[43] 晏晏：温和而柔顺的样子。

[44] 信誓：就是发誓。旦旦：明白昭著的样子。

[45] 不思其反：想不到你却变心。

[46] 反是不思：誓言全部忘一边。

[47] 已：完了。这句是说："也只好算了吧！"

竹竿

　　这似乎是一个男子怀念旧日女友的诗。

籊籊^[1]竹竿，以钓于淇。岂不尔思？远莫致^[2]之。

[1] 籊籊（tì tì）：细长尖锐的样子。

[2] 致：招致，使其来的意思。这章诗是写触景思人。

泉源在左，淇水在右。女子有行^[3]，远兄弟父母。

[3] 有行：出嫁。这句诗是说其人已嫁。

淇水在右，泉源在左。巧笑之瑳^[4]，佩玉之傩^[5]。

[4] 瑳（cuō）："齹"的假借字。齹（zī）：开口见齿的样子。

[5] 傩（nuó）：行动有节度。这句诗是想念其人的容止。

淇水浟浟^[6]，桧楫松舟。驾言出游，以写我忧。

[6] 浟浟（yōu yōu）：水流的样子。

[7] 桧：木名。楫：划船用的桨。这句诗是以写忧为全篇作一结束。

芄兰

这首诗大概是卫国的大夫为讽刺卫惠公骄傲无礼而作的。

芄兰之支[1]，童子佩觿[2]。虽则佩觿，能[3]不我知。容兮遂兮[4]，垂带悸兮[5]。

[1] 芄（wán）兰：草名，又叫萝摩。支：枝。
[2] 觿（xī）：古时用象骨做成解结用的锥子，是成年人所佩带的。
[3] 能：而。
[4] 容兮：摇摇摆摆的样子。遂：坠。遂兮：下垂的样子。
[5] 悸：动。

芄兰之叶，童子佩韘[6]。虽则佩韘，能不我甲[7]。容兮遂兮，垂带悸兮。

[6] 韘（shè）：古时以象骨做成戴在拇指上的环子，射箭时用它来钩弦，可保护指头免受疼痛。
[7] 甲：狎，亲近的意思。

河广

这是侨居在卫国的宋国人所作的诗。

谁谓河广？一苇杭之[1]。谁谓宋远？跂[2]予望之。

[1] 苇：草名。杭：和"航"字同义，过渡的意思。一苇杭之：极力形容从卫到宋过黄河非常容易。
[2] 跂：和"企"同义，提高脚跟。

谁谓河广？曾不容刀[3]。谁谓宋远？曾不崇朝[4]。

[3] 曾不容刀：是用刀的窄狭来形容黄河窄狭容易渡过。

[4]崇：终了。曾不崇朝：是说用不了一早上的时间。

伯兮

　　卫宣公的时候，蔡国、卫国和陈国的人随着周天子征伐郑国。日子久了，眷属们思念出征的人，作了这首诗。

伯[1]兮朅[2]兮，邦之桀[3]兮。伯也执殳[4]，为王前驱[5]。

[1]伯：类似现在说"老大"，这里是妇人对丈夫的称呼。

[2]朅（qiè）：武壮的样子，已见前面《硕人》篇。

[3]桀：同"杰"，和豪杰的"杰"字同义。

[4]殳（shū）：一种兵器的名字。

[5]前驱：先锋。

自伯之[6]东，首如飞蓬[7]。岂无膏沐[8]？谁适[9]为容！

[6]之：往。

[7]蓬：草名，果实上有茸毛，和棉絮相似，风一吹就乱飞。这里用来形容头发散乱的样子。

[8]膏：擦头发的油。沐：米汁，可以洗发。

[9]适：悦，喜欢。

其雨其雨[10]，杲杲[11]出日。愿言[12]思伯，甘心首疾[13]。

[10]其雨其雨：即现在说的"要下雨了吧？""要下雨了吧？"

[11]杲（gǎo）杲：明亮的样子。

[12]愿：思念，或者说是情愿。言：语助词。

[13]首疾：头痛。

焉得谖草[14]？言树之背[15]。愿言思伯，使我心痗[16]。

[14]谖（xuān）草：就是萱草。古人说萱草可以使人忘忧。

[15]背：古时和"北"字相通。言树之背：是说把萱草种在房子的北面（即后面）。

[16]痗（mèi）：病痛。

有狐

这首诗是丈夫行役在外，妻子在家忧念他而作的。

有狐绥绥[1]，在彼淇梁[2]。心之忧矣，之子[3]无裳。

[1] 绥绥：慢慢行走的样子。

[2] 梁：在河中水浅的地方摆上石头以供人行的东西，就是现在的拦河坝。

[3] 之子：即这个人；是指她丈夫说。

有狐绥绥，在彼淇厉[4]。心之忧矣，之子无带。

[4] 厉："濑"的假借字，河中水浅的地方。

有狐绥绥，在彼淇侧。心之忧矣，之子无服。

木瓜

这是咏朋友互相馈赠的诗。

投我以木瓜[1]，报之以琼琚[2]。匪报也，永以为好[3]也。

[1] 木瓜：楸木的果实，形状像瓜，可以吃。

[2] 琼：形容玉色的美丽。琚（jū）：一种佩带的玉器。

[3] 好：友好。

投我以木桃[4]，报之以琼瑶[5]。匪报也，永以为好也。

[4] 木桃：即桃子；因上文说木瓜，这里也就说木桃。

[5] 瑶：美玉。

投我以木李[6]，报之以琼玖[7]。匪报也，永以为好也。

[6] 木李：即李子。

[7] 玖（jiǔ）：质似玉而色黑的石。

王风

　　王，是王畿，即天子的都城附近，乃是天子所直辖的地方。这里所谓王，是指周平王东迁以后的王畿说。平王建都于王城（今河南洛阳西边），所以《王风》就是在王城附近所采得的诗歌了。

黍离

这是行役在外的人伤感时事的诗。

彼黍离离[1]，彼稷之苗。行迈[2]靡靡[3]，中心摇摇。知我者，
谓我心忧；不知我者，谓我何求。悠悠[4]苍天，此何人哉[5]？

[1] 离离：草木分披的样子。

[2] 行迈：走路。

[3] 靡靡：缓慢的样子。

[4] 悠悠：高远的样子。

[5] 此何人哉：意思是责备"不知我者"的那些人。

彼黍离离，彼稷之穗。行迈靡靡，中心如醉。知我者，
谓我心忧；不知我者，谓我何求。悠悠苍天，此何人哉！
彼黍离离，彼稷之实。行迈靡靡，中心如噎[6]。知我者，
谓我心忧；不知我者，谓我何求。悠悠苍天，此何人哉！

[6] 噎（yē）：食物阻塞咽喉。

君子于役

行役在外的人，久不回家；家里的人思念他，作了这首诗。

君子于役，不知其期。曷[1]至哉？鸡栖于埘[2]，日之夕矣，
羊牛下来[3]。君子于役，如之何勿思！

[1] 曷（hé）：什么时候。

[2] 埘（shí）：凿墙造成的鸡窠。

[3] 羊牛下来：牧羊和牛多在山上或高的地方，所以"返归"叫作"下来"。

君子于役，不日不月[4]。曷其有佸[5]？鸡栖于桀[6]，日

之夕矣，羊牛下括^[7]。君子于役，苟无饥渴^[8]？

[4]不日不月：没有一定的日期。

[5]有（yòu）：又。佸（huó）：聚会。

[6]桀：橛子。

[7]括：通"佸"。

[8]苟：或许。苟无饥渴：会否忍饥饿肚肠？

君子阳阳

这是一首描写夫妇之间和乐情形的诗。

君子阳阳^[1]，左执簧^[2]，右招我由房^[3]。其乐只且^[4]。

[1]阳阳：也作"扬扬"，得意快乐的样子。

[2]簧：就是笙。

[3]由房：可能是"由庚""由仪"一类的笙乐。

[4]只且（jū）：古时的一种语助词。

君子陶陶^[5]，左执翿^[6]，右招我由敖^[7]。其乐只且。

[5]陶陶：和乐的样子。

[6]翿（dào）：古时舞者手中所拿的羽毛舞具。

[7]敖：舞曲名。

扬之水

这首诗是王室士兵戍守南国，思念家室而作的。

扬^[1]之水，不流束薪。彼其之子^[2]，不与我戍申^[3]。怀哉^[4]怀哉！曷月予还归哉？

[1]扬：悠扬的样子。

[3] 戍：防守。申：姜姓国，是周平王的母家。在现今河南信阳。

[4] 怀：思念的意思。

扬之水，不流束楚[5]。彼其之子，不与我戍甫[6]。怀哉怀哉！
曷月予还归哉？

[5] 楚：是一种木名，也是一种草名。

[6] 甫：也是一个姜姓之国，又叫吕。在现今河南南阳境内。

扬之水，不流束蒲。彼其之子，不与我戍许[7]。怀哉怀哉！
曷月予还归哉？

[7] 许：也是一个姜姓国。在现今河南许昌境内。

中谷有蓷

　　妇女所嫁的丈夫不善，以致被弃；诗人因而作了这首诗，以咏其事。

中谷[1]有蓷[2]，暵其[3]干矣。有女仳离[4]，嘅其[5]叹矣。
嘅其叹矣，遇人之艰难矣[6]。

[1] 中谷：山谷之中。

[2] 蓷（tuī）：草名，即益母草。

[3] 暵（hàn）：干燥的样子。暵其：和"暵然"同义。

[4] 仳（pǐ）离：即别离。

[5] 嘅：叹息的声音。嘅其：和"嘅然"同义。

[6] 人：指丈夫说。艰难：穷困。

中谷有蓷，暵其修[7]矣。有女仳离，条[8]其歗[9]矣。条
其歗矣，遇人之不淑[10]矣。

[7] 修：将要干的样子。

[8] 条：长的样子。

[9] 歗：和"啸"字同。

[10] 淑：善。

中谷有蓷，暵其湿[11]矣。有女仳离，啜[12]其泣矣。啜其泣矣，何嗟及矣[13]！

[11] 湿："隰"的假借字，快要干的样子。

[12] 啜：哭泣的样子。

[13] 何嗟及矣：嗟叹怎来得及呢！

兔爰

这是感伤时事的诗。

有兔爰爰[1]，雉离[2]于罗[3]。我生之初，尚无为[4]。我生之后，逢此百罹[5]。尚[6]寐无吪[7]！

[1] 爰爰：慢行的样子。

[2] 离：同"罹"，即遭遇。

[3] 罗：网罗。

[4] 为：作为；指军事战乱说。

[5] 罹：忧苦。

[6] 尚："还可"的意思。

[7] 吪（é）：惊动。这句是说：还可以高卧而不惊动吗！

有兔爰爰，雉离于罦[8]。我生之初，尚无造[9]。我生之后，逢此百忧。尚寐无觉[10]！

[8] 罦（fú）：用覆车做的网。

[9] 造：作为。

[10] 觉：惊觉。

有兔爰爰，雉离于罿[11]。我生之初，尚无庸[12]。我生之后，逢此百凶。尚寐无聪[13]！

[11] 罿（chōng）：和"罦"同义。

[12] 庸：事；指战乱之事说。

[13] 聪：听闻。

葛藟

这是流浪在异乡的人，感伤之诗。

绵绵[1]葛藟，在河之浒[2]。终远[3]兄弟，谓他人父。谓[4]
他人父，亦莫我顾。

[1] 绵绵：绵长的样子。

[2] 浒（hǔ）：水边。

[3] 终：永久。远：远离。

[4] 谓：称呼。

绵绵葛藟，在河之涘。终远兄弟，谓他人母。谓他人母，
亦莫我有[5]。

[5] 有：和"友"字义近，亲爱的意思。

绵绵葛藟，在河之漘[6]。终远兄弟，谓他人昆[7]。谓他人昆，
亦莫我闻[8]。

[6] 漘（chún）：水边。

[7] 昆：哥哥。

[8] 闻：恤问，即慰问的意思。

采葛

这是男女相思的诗。

彼采葛兮。一日不见，如三月兮。

彼采萧[1]兮。一日不见，如三秋兮。

[1]萧：蒿子。

彼采艾[2]兮。一日不见，如三岁兮。

[2]艾：蒿一类的植物。

大车

这是女子有所爱恋而不能遂她心意的诗。

大车槛槛[1]，毳衣[2]如菼[3]。岂不尔思？畏子不敢[4]。

[1]槛（kǎn）槛：车行的声音。

[2]毳（cuì）：兽的细毛。毳衣：用兽毛制的衣服，可以防雨。古时大夫出来巡察时穿的。

[3]菼（tǎn）：荻草。如菼：是说毳衣的颜色像菼一样青。

[4]尔：指她所思慕的人说。子：指穿毳衣的大夫说。

大车啍啍[5]，毳衣如璊[6]。岂不尔思？畏子不奔[7]。

[5]啍（tūn）啍：车行的声音。

[6]璊（mén）：红色玉。如璊：是说毳衣的颜色像璊一样红。

[7]奔：私奔。

榖[8]则异室，死则同穴[9]。谓予不信[10]，有如皦[11]日。

[8]榖：生。

[9]穴：墓穴。死则同穴：是希望的话语，并不是说死了便真的埋在一起。

[10]谓予不信：要说我这话靠不住。

[11]皦（jiǎo）：明亮。

丘中有麻

这是一首男女相爱的诗。

丘中有麻，彼留子嗟[1]。彼留子嗟，将其来施施[2]。

[1]留：姓，即后来的留姓。子嗟：是一位姓留人的字。

[2]将（qiāng）：请。施施：帮助。

丘中有麦，彼留子国[3]。彼留子国，将其来食。

[3]子国：也是一位姓留人的字。

丘中有李，彼留之子[4]。彼留之子，贻我佩玖[5]。

[4]彼留之子：姓留的那个人。

[5]玖：一种次于玉的黑石。

郑风

　　周宣王把他的弟弟名字叫友的（即郑桓公），封于咸林之地，这是郑国立国之始（这时的都城，在今陕西华县境内）。到周平王东迁的时候，郑武公（桓公的儿子）护卫着平王定都于王城。他自己也掠取了虢、郐等十个邑，而建都于新郑（今河南新郑），这便是东周时的郑国。《郑风》里的诗，都是从东周时候的郑国里采得的。

缁衣

这是赞美郑武公的诗。武公的父亲桓公，是周幽王的司徒；武公又是平王的司徒。他们都能善于职守。郑人于是作了这首诗赞美武公。

缁衣之宜兮[1]，敝，予又改为兮[2]。适子之馆兮[3]，还，予授子之粲兮[4]。

[1]缁（zī）：黑色。缁衣：是卿士们在自己的朝堂上所穿的衣服。宜：合适。

[2]敝：破旧。予：这里是假托天子的口气，以下同。改为：另做。

[3]适：往。子：你；这是假托天子称呼郑武公的口气，下同。馆：指诸官员共同办公的官舍说，在天子的宫廷里。

[4]还：指回到私朝说。私朝：是乡士们自己家里的朝堂。之：这里和"以"同义。粲：这里和"餐"同义。授子之粲：就是请你吃饭。这首诗是诗人假托天子的口气，用以表示武公的被信任。

缁衣之好兮，敝，予又改造[5]兮，适子之馆兮，还，予授子之粲兮。

[5]造：作。

缁衣之席[6]兮，敝，予又改作兮。适子之馆兮，还，予授子之粲兮。

[6]席：大。

将仲子

这是女子拒人求爱的诗。

将[1]仲子[2]兮，无逾[3]我里[4]，无折我树杞[5]。岂敢爱之？畏我父母。仲可怀[6]也，父母之言，亦可畏也。

[1]将（qiāng）：请。

[3]逾：越过。

[4]里：住处，类似现今所谓村庄。

[5]杞（qǐ）：树木名。

[6]怀：想念。

将仲子兮，无逾我墙，无折我树桑。岂敢爱之？畏我诸兄。
仲可怀也，诸兄之言，亦可畏也。

将仲子兮，无逾我园，无折我树檀。岂敢爱之？畏人之
多言。仲可怀也，人之多言，亦可畏也。

叔于田

共叔段虽行不义，但得到很多人的拥护。郑国人作这首诗来赞美他。

叔于田[1]，巷无居人。岂无居人？不如叔也，洵[2]美且仁。

[1]田：打猎。于田：去打猎。

[2]洵：真的。

叔适狩[3]，巷无饮酒。岂无饮酒？不如叔也，洵美且好。

[3]狩：打猎。

叔适野，巷无服马[4]。岂无服马？不如叔也，洵美且武。

[4]服马：乘马。

大叔于田

这是颂扬共叔段的诗。

大[1]叔于田，乘乘[2]马。执辔[3]如组[4]，两骖[5]如舞[6]。

叔在薮^[7]，火烈^[8]具^[9]举。袒裼^[10]暴虎^[11]，献于公所^[12]。将叔无狃^[13]，戒^[14]其伤女。

[7]薮：低洼多草的地方。

[8]烈：大火。

[9]具：和"俱"同，全部的意思。

[10]袒（tǎn）裼（xī）：裸露上身。

[11]暴虎：徒手打虎。

[12]公所：郑庄公所在的地方。

[13]狃（niǔ）：习惯；常常如此。

[14]戒：防备。

叔于田，乘乘黄^[15]。两服^[16]上襄^[17]，两骖雁行^[18]。叔在薮，火烈具扬^[19]。叔善射忌^[20]，又良御忌。抑^[21]磬控^[22]忌，抑纵送^[23]忌。

[15]乘黄：驾车的四匹马全是黄颜色。

[16]两服：见注[5]。

[17]上：前面。襄：驾御。这句的意思，是说服马在骖马之前。

[18]雁行：意思是说骖马像雁飞时的行列一样。

[19]扬：举起。

[20]忌：语助词。

[21]抑：和"噫"同义，感叹词。

[22]磬（qìng）控：两字同义，控制住马使它不前进。

[23]纵、送：两字同义，即放马使它驰骋。

叔于田，乘乘鸨[24]。两服齐首[25]，两骖如手[26]。叔在薮，火烈具阜[27]。叔马慢忌，叔发罕忌[28]。抑释掤[29]忌，抑鬯弓[30]忌。

[24] 鸨（bǎo）：骊白杂毛的马。

[25] 齐首：马首齐一。

[26] 两骖如手：两骖夹着两服，好像两手夹身一样。

[27] 阜：盛旺。

[28] 马慢、发罕：是形容田猎将要终止的情形。发：射箭。罕：稀少。

[29] 抑：和"噫"同义。释：解下。掤（bīng）：箭筒的盖子。这句是说：射猎完毕，解下箭筒。

[30] 鬯（chàng）："韔"字的假借，即弓囊。此处作动词用，意思是说把弓盛在韔中。

清人

郑国因不喜欢高克，就派他率领军队驻在黄河防守狄人，久久不把他召回来。后来他的军队溃散，高克逃亡到陈国去。这首诗便是郑人为他而作的。

清人在彭[1]，驷介旁旁[2]。二矛重英[3]，河上乎翱翔[4]。

[1] 清：郑国邑名；在现今河南中牟西。清人就是高克所率领来自清邑的士兵。彭：也是郑国邑名；大概在现今河南延津、滑县境内。古时濒临黄河。

[2] 驷介：四匹披着甲的马。旁旁：盛壮的样子。

[3] 二矛：两个酋矛（酋矛长二丈）。英：矛柄上的朱彩画饰。重英：每支矛都有双重画饰。

[4] 翱翔：来往遨游。

清人在消[5]，驷介麃麃[6]。二矛重乔[7]，河上乎逍遥[8]。

[5] 消：也是郑国邑名，应当也在古黄河之滨。

[6] 麃（biāo）麃：威武的样子。

[7] 乔：这里和"鹬"同，是一种雉。古人用其羽毛作为矛上的装饰品。因上下都有这种装

饰品，所以说是"重乔"。

[8] 逍遥：优游。

清人在轴^[9]，驷介陶陶^[10]。左旋右抽^[11]，中军^[12]作好。

[9] 轴：也是郑国邑名，也应当在古黄河之滨。

[10] 陶陶：和乐的样子。

[11] 左旋：左手执旗指挥队伍操演。抽：应该作"搯"。右抽：右手拔出兵刃练习击刺的方
    法。

[12] 中军：军中。

羔裘

这是赞美一位大夫的诗。

羔裘如濡^[1]，洵直且侯^[2]。彼其^[3]之子，舍命不渝^[4]。

[1] 羔裘：大夫所穿用羔羊皮所做的裘。如濡：润泽的样子。

[2] 洵：真的。直：正直。侯：美好。

[3] 其（jī）：语助词。

[4] 舍命：舍弃生命。不渝：不变更。

羔裘豹饰^[5]，孔^[6]武有力。彼其之子，邦之司直^[7]。

[5] 豹饰：用豹皮缘袖口作装饰物。

[6] 孔：甚。

[7] 司：主持，管理。直：纠正别人的过错。古有司直之官。

羔裘晏^[8]兮，三英粲兮^[9]。彼其之子，邦之彦^[10]兮。

[8] 晏：新鲜美盛的样子。

[9] 英：用白色丝线在裘上做的装饰。三英：三种这样的装饰品。粲：鲜明的样子。

[10] 彦：贤良的人。

遵大路

这首诗是描写男女二人相爱，其中一个因失和而去，另一个后悔而要留他。

遵[1]大路兮，掺执子之袪兮[2]。无我恶兮，不寁[3]故也。

[1] 遵：沿着，顺着。

[2] 掺（shǎn）：执，拉着。袪（qū）：袖子。

[3] 寁（zǎn）：速离。

遵大路[4]兮，掺执子之手兮。无我魗[5]兮，不寁好[6]也。

[4] 路：因押韵的关系，这里应该是个"道"字。

[5] 魗（chǒu）：丑恶。

[6] 好：欢好。

女曰鸡鸣

这是男女相爱恋的诗。

女曰："鸡鸣。"士[1]曰："昧旦[2]。""子兴视夜[3]。""明星有烂[4]，将翱将翔，弋凫与雁[5]。"

[1] 士：未婚夫叫作"士"；这里是情人的意思。

[2] 昧旦：黎明的时候。

[3] 兴：起。视夜：看看夜晚。这是女子说的话。

[4] 明星：启明星，早晨在东方的一颗明亮的星。烂：明亮。天快亮的时候，众星都不见了，唯独启明星在东方明亮地照耀着。

[5] 弋：射。以上三句是男子的话语。

"弋言加[6]之，与子宜[7]之。宜言饮酒[8]，与子偕老[9]。琴瑟在御[10]，莫不静[11]好。"

［6］言：和"而"字同义。加：射中。这以下是男子说的话。

［7］宜：殽；这里作动词用，即做殽。

［8］宜言饮酒：即做殽而饮酒。

［9］偕老：相偕到老。

［10］御：用。古人不遇到凶丧疾病等事故，不撤掉琴瑟。琴瑟在御：表示常常安乐的意思。

［11］静好：美好。

"知子之来之^[12]，杂佩以赠^[13]之。知子之顺之^[14]，杂佩以问之^[15]。知子之好之^[16]，杂佩以报之。"

［12］来之：来到这里。以下是女子说的话。

［13］杂佩：各种玉器，如珩、璜、琚、瑀、冲牙等，系连在一起，带在身上，叫作"佩"，也叫作"杂佩"。赠字按韵应当作"贻"，也是赠送的意思。

［14］顺之：和我相处得很和顺。

［15］问：赠送。

［16］好之：喜欢我。

有女同车

这像是结婚时新郎赞美新娘的诗。

有女同车^[1]，颜如舜华^[2]。将翱将翔，佩玉琼琚^[3]。彼美孟姜^[4]，洵美且都^[5]。

［1］朱子以为这是淫奔之诗；但由"有女同车"一句，可以知道那说法是不对的。因为古代男女的界限很严，如果是淫奔的男女，决不会公然同乘一辆车子的。

［2］舜：木槿。华：同"花"。

［3］琼琚：见《卫风·木瓜》篇。

［4］孟姜：姜姓家的长女。

［5］都：美丽。

有女同行，颜如舜英^[6]。将翱将翔，佩玉将将^[7]。彼美孟姜，德音不忘^[8]。

[6] 英：花。

[7] 将（qiāng）将：和"锵锵"同义。形容声音。

[8]《诗经》中常常看到德音两字，归纳起来有两种意义：一是指他人的言语，一是声望名誉；这里是指声望名誉说。忘：这里和"亡"字同义。不忘：是无尽无休的意思。

山有扶苏

这像是新婚的女子不满意于新郎的诗。或者是女子和所爱的人相约聚会，而所约的人没有来，反而遇见了她讨厌的人，因而作的诗。

山有扶苏^[1]，隰有荷华^[2]。不见子都^[3]，乃见狂且^[4]！

[1] 扶苏：树木的名字，就是扶木。

[2] 隰（xí）：指洼地。华（huā）：义同"花"。

[3] 子都：漂亮的男子。

[4] 且（jū）：和"伹"同义，笨拙的意思。狂且：狂妄笨拙的人。

山有桥^[5]松，隰有游龙^[6]。不见子充^[7]，乃见狡童^[8]！

[5] 桥：这里和"乔"同义，高大的样子。

[6] 龙：水荭。游龙：枝叶疏落放纵的水荭。

[7] 子充：和"子都"意义一样。

[8] 狡童：狡狯的孩子。

萚兮

这是一首描写亲友之间和乐的诗。

萚兮萚兮，风其吹女^[1]。叔兮伯兮^[2]，倡予和女^[3]。

[1] 萚（tuò）：落在地上的木叶树皮。女：同"汝"。

[2] 伯：弟兄排行的老大。叔：弟兄排行的老三。

[3] 倡：先唱歌。和：跟着别人一起唱。

蒋兮蒋兮，风其漂女[4]。叔兮伯兮，倡予要[5]女。

[4] 漂：飘。

[5] 要：是"成"的意思。一支乐曲结束叫作"成"。

狡童

这是女子责备男子不能始终相爱的诗。

彼狡童兮，不与我言[1]兮。维子之故，使我不能餐兮[2]。

[1] 不与我言：不和我说话。

[2] 餐：食饭。

彼狡童兮，不与我食[3]兮。维子之故，使我不能息兮[4]。

[3] 不与我食：不和我共食。

[4] 息：喘气。使我不能息兮，意思是说：又愤怒，又忧郁，所以使我喘不过气来。

褰裳

这是女子怨恨男子疏远自己的诗。

子惠[1]思我，褰裳[2]涉溱[3]。子不我思，岂无他人？狂童之狂也且[4]！

[1] 惠：爱。

[2] 褰（qiān）裳：提起衣裳。

[3] 溱（zhēn）：水名，在郑国。

[4] 且（jū）：语助词。

子惠思我，褰裳涉洧[5]。子不我思，岂无他士[6]？狂童之狂也且！

[5]洧（wěi）：水名，也在郑国。
[6]士：指自己所爱的人说。

丰

这首诗是写一个女子起初不肯嫁给某人，后来懊悔又要嫁给他。

子之丰[1]兮，俟我乎巷兮。悔予不送兮。

[1]丰：丰满；这里是指面貌丰润而讲的。

子之昌[2]兮，俟我乎堂兮。悔予不将[3]兮。

[2]昌：俊美的样子；或是说盛壮的样子。
[3]将：送。与前一章"送"字一样，都有相随一起走的意思。

衣锦绡衣，裳锦绡裳[4]。叔兮伯兮[5]，驾予与[6]行。

[4]绡：衣服外面的罩袍。绡衣、绡裳：都是出嫁时穿的衣服。穿着这种衣服，就是准备出嫁了。
[5]叔兮伯兮：不定其人的称谓。此女子不愿明指其人，才这样含混言之。
[6]与：共同。这是表示她的愿望，盼望那个男子驾车来接她同去。

裳锦绡裳，衣锦绡衣。叔兮伯兮，驾予与归。

东门之墠

这是一首描写男女相思而不能相见的诗。

东门之墠[1]，茹藘在阪[2]。其室则迩，其人甚远。[3]

[1] 埠（shàn）：平坦之地。

[2] 茹藘（rú lú）：茜草，古时用来作绛色的染料。阪（bǎn）：高坡不平的地方。

[3] 这两句是说：看到他的房子，却见不到他的人。即所谓咫尺天涯的意思。

东门之栗^[4]，有践^[5]家室。岂不尔思，子不我即^[6]。

[4] 栗：栗树。

[5] 践：房整齐的样子。

[6] 即：就是到跟前来。

风雨

这是男女相约会的诗。

风雨凄凄^[1]，鸡鸣喈喈^[2]。既见君子，云胡不夷^[3]？

[1] 凄凄：寒冷的样子。

[2] 喈（jiē）喈：鸡鸣的声音。已见《周南·葛覃》篇。

[3] 云胡：如何。夷：喜悦。

风雨潇潇^[4]，鸡鸣胶胶^[5]。既见君子，云胡不瘳^[6]？

[4] 潇潇：暴风雨声。

[5] 胶胶：鸡鸣声。

[6] 瘳（chōu）：病愈。

风雨如晦^[7]，鸡鸣不已。既见君子，云胡不喜？

[7] 晦：昏夜。

子衿

这是女子想念她所爱之人的诗。

青青子衿^[1]，悠悠^[2]我心。纵我不往，子宁不嗣音^[3]？

[1] 衿：衣服的领子。

[2] 悠悠：深长的样子；这里是形容思念的心情。

[3] 嗣：和"贻"同义。嗣音：寄以书信的意思。

青青子佩[4]，悠悠我思。纵我不往，子宁不来？

[4] 佩：佩玉的带。青青：形容系佩玉之绳子的颜色。

挑兮达兮[5]，在城阙[6]兮。一日不见，如三月兮。

[5] 挑（tāo）兮达（tà）兮：指往来的样子。

[6] 阙：城门外左右两边的楼台。以上两句，是写女子在城阙上走来走去地望她所想念的人。

扬之水

这是写兄弟二人被别人离间而不和睦的诗。

扬之水，不流束楚。终[1]鲜兄弟，维予与女。无信人之言，人实迂女[2]。

[1] 终：既，已经。

[2] 无：勿。迂（kuāng）：诳，说话欺骗人。

扬之水，不流束薪。终鲜兄弟，维予二人。无信人之言，人实不信。

出其东门

这是写一个男子能专一于爱情的诗。

出其东门，有女如云[1]。虽则如云，匪我思存[2]。缟衣綦巾[3]，聊乐我员[4]。

[1] 如云：众多的样子。

[2] 思存：心思所在，就是在念、在心、在意的意思。

[3] 缟衣：白色的衣服。綦（qí）：苍艾色。綦巾：苍艾色的佩巾。缟衣綦巾在古时都是未嫁女子穿戴的东西，在此即指这位男子心目中那位女子而说的。

[4] 聊：姑且，暂且。员：语助词。这一句即是说：我且乐之。

出其闉阇^[5]，有女如荼^[6]。虽则如荼，匪我思且^[7]。缟衣茹藘^[8]，聊可与娱。

[5] 闉（yīn）：城门外遮护城门的环墙。阇（dū）：城台。

[6] 荼：茅草的穗。茅草生得多而穗子色白，比喻穿白衣服女子之多。

[7] 且（jū）：语助词。也可以读为 cú，也是存的意思。

[8] 茹藘：指用茜草染的佩巾。

野有蔓草

这是写一对青年男女在田野间相遇的诗。

野有蔓草^[1]，零露漙兮^[2]。有美一人，清扬婉兮^[3]。邂逅^[4]相遇，适^[5]我愿兮。

[1] 蔓草：有藤蔓的草。

[2] 零：落。漙（tuán）：圆圆的样子。

[3] 清扬：眼睛清朗明亮的样子。婉：美好的样子。

[4] 邂（xiè）逅（hòu）：偶然相遇。

[5] 适：合。

野有蔓草，零露瀼瀼^[6]。有美一人，婉如^[7]清扬，邂逅相遇，与子偕臧^[8]。

[6] 瀼瀼（ráng ráng）：露水多的样子。

[7] 婉如：即婉然，美丽的。

[8] 臧：同"藏"，就是躲藏起来。

溱洧

这是写一对情侣游乐的诗。郑国有一种风俗:每逢三月的上巳,大家都到溱水和洧水去招魂续魄,用兰草祓除灾难。这首诗,就是那种风气之下的产物。

溱与洧,方涣涣[1]兮。士与女,方秉蕳[2]兮。女曰:"观乎?"士曰:"既且[3]。""且往观乎!"洧之外,洵訏且乐[4]。维士与女,伊[5]其相谑[6],赠之以勺药[7]。

[1]涣涣:水盛大的样子。

[2]蕳(jiān):兰草。

[3]且(cú):古时和"徂"字通用,"往"的意思。既且:已经去过了。

[4]洵(xún):实在。訏(xū):乐。洵訏且乐:实在是快乐。与"洵美且都"的句法相似,《诗三百》中常有这种叠床架屋的句子。

[5]伊:通"咿",笑声。

[6]谑:戏谑。

[7]勺药:香草名(不是现在的芍药),又名江蓠,和"将离"同音,所以古人将要离别的时候,常用此物相赠。这里当是男子以勺药赠送女子。

溱与洧,浏[8]其清矣。士与女,殷其盈[9]矣。女曰:"观乎?"士曰:"既且。""且往观乎!"洧之外,洵訏且乐。维士与女,伊其将[10]谑,赠之以勺药。

[8]浏:清澈的样子。

[9]殷:众多的样子。盈:满。

[10]将:是"相"字的误写。

齐风

　　周武王的时候，太师吕望（即姜太公）被封在营丘（在今山东昌乐东南），这是齐国立国之始。后来到了胡公，迁都于薄姑（在今山东博兴的境内）；到了献公，又迁都于临菑（今山东临淄）。它的领域，约为现今山东的东北部。战国初年，田和篡了齐国。从这以后，便是田氏之齐，而不是姜氏之齐了。这里的诗，都是姜齐时代的作品。

鸡鸣

这是歌咏贤妃警惕君主的诗。

"鸡既鸣矣，朝既盈矣。"[1]"匪鸡则鸣，苍蝇之声。"[2]

[1]二句是贤妃催促君主的语气。

[2]不是鸡的声音，而是苍蝇嗡嗡的声音。以上二句是君主答贤妃的话语。

"东方明矣，朝既昌[3]矣。""匪东方则明，月出之光。"

[3]昌：盛多；指上朝的人说。以上二句是贤妃一再催促君主起身所说的话。

"虫飞薨薨[4]，甘与子同梦[5]。""会且归矣[6]，无庶予子憎。"[7]

[4]薨薨：昆虫飞的声音。以下四句是贤妃所说的话。

[5]甘：甘心情愿。同梦：即共眠的意思。

[6]会且归矣：朝会将要散了。归：是说上朝的人归去。

[7]无庶：庶无的倒装句；即庶几乎不要的意思。予：给予。憎：恨。这句诗的意思是说：你赶快去参加将散的朝会吧，那么庶几乎就不会被朝臣所憎恨了。

还

这是赞美一个猎人的诗。

子之还[1]兮，遭我乎猺之间兮[2]。并驱从两肩兮[3]，揖我谓我儇兮[4]。

[1]还（xuán）：灵活便捷的样子。

[2]遭：遇到。猺（náo）：山名。在现今山东临淄南。

[3]并：共同，一起。从：跟从，追赶。肩：是"豣（jiān）"的假借字。豣：三岁大的猪。

[4]儇（xuān）：与前面的"还"字同义。

子之茂[5]兮，遭我乎猺之道兮。并驱从两牡兮，揖我谓我好兮。

子之昌^[6]兮，遭我乎猺之阳^[7]兮。并驱从两狼兮，揖我谓我臧^[8]兮。

[6]昌：壮盛的样子。

[7]阳：山南。

[8]臧：美善。

著

这是一首描写女子出嫁的诗。

俟我于著^[1]乎而^[2]，充耳以素^[3]乎而，尚之以琼华^[4]乎而。

[1]著：通"宁"，正门内两边偏堂之间的地方。

[2]乎而：语词。

[3]充耳：古时塞耳的玉叫瑱（tiàn）；瑱上系的丝绳叫纮（dǎn），统称充耳。以素：即是说纮是以素丝做成的。

[4]尚：加。琼：色美的玉。琼华：用美玉雕刻的花。把它们系在纮上作为饰物。

俟我于庭乎而，充耳以青^[5]乎而，尚之以琼莹^[6]乎而。

[5]青：青色的纮。

[6]莹：玉的光彩。

俟我于堂乎而，充耳以黄^[7]乎而，尚之以琼英^[8]乎而。

[7]黄：黄色的丝。

[8]英：花。

东方之日

这是一首情歌。

东方之日兮，彼姝者子，在我室兮。在我室兮，履我即[1]兮。

[1] 履我：就是蹑着足迹而行。即：到来。

东方之月兮，彼姝者子，在我闼[2]兮。在我闼兮，履我发[3]兮。

[2] 闼：内室的门。

[3] 发：走去。

东方未明

这是讽刺君主没有法度，胡乱发布号令的诗。

东方未明，颠倒衣裳[1]。颠之倒之，自公召之。[2]

[1] 颠倒衣裳：是说急忙起身，把衣裳都穿得颠倒了。

[2] 这二句的意思是：之所以把衣裳穿得七颠八倒，是由于公家的召唤。

东方未晞[3]，颠倒裳衣。倒之颠之，自公令[4]之。

[3] 晞（xī）：太阳将要出来的时候。

[4] 令：命令。

折柳樊圃[5]，狂夫瞿瞿[6]。不能辰夜[7]，不夙则莫[8]。

[5] 樊：围起来。圃：菜园。折柳樊圃：是说折下柳枝，围起菜园的四周。

[6] 瞿瞿：惊惶四顾的样子。以上二句的意思是说：用柳枝围起菜园，虽然不坚牢，但监工也还有些顾忌。言外的意思是：只要有些法度，总比没有好。

[7] 辰夜：即时夜，也就是司夜。古时有司夜的官，叫作"挈壶氏"。不能辰夜，是说挈壶氏不善管理夜间的漏刻。

[8] 夙：早。莫：同"暮"，晚。这句诗的意思是说：不是太早了，就是太晚了。诗人不便率直地责斥君主，所以归咎于挈壶氏。

南山

据《诗序》说，这是齐人讽刺齐襄公的诗。因为襄公和他的妹妹文姜（鲁桓公夫人）通奸。

南山崔崔[1]，雄狐绥绥[2]。鲁道[3]有荡[4]，齐子[5]由归[6]。
既曰归止[7]，曷又怀[8]止？

[1] 崔崔：高大的样子。

[2] 绥绥：慢行的样子。

[3] 鲁道：去鲁国的道路。

[4] 荡：平坦。有荡：坦然的意思。

[5] 齐子：指文姜。

[6] 归：出嫁。由归：由此路出嫁于鲁。

[7] 止：语助词。

[8] 曷：为什么。怀：思念，指襄公。

葛屦[9]五两[10]，冠绥[11]双止。鲁道有荡，齐子庸[12]止。
既曰庸止，曷又从[13]止？

[9] 葛屦：葛草编的鞋子。

[10] 五两：五与"伍"通，这里指并排摆列。

[11] 冠绥（ruí）：帽缨下面的装饰品。

[12] 庸：用的意思。

[13] 从：跟从。

艺[14]麻如之何？衡从[15]其亩；取妻如之何？必告父母。
既曰告止，曷又鞠[16]止？

[14] 艺（yì）：种植。

[15] 衡从：即横纵。

[16] 鞠：放任的意思，指襄公的行为说。

析薪^[17]如之何？匪斧不克^[18]。取妻如之何？匪媒不得。既曰得止，曷又极^[19]止？

[17] 析薪：劈柴。

[18] 克：能够的意思。

[19] 极：穷极，放任。

甫田

这是喜欢远行人归来的诗。

无田^[1]甫田^[2]，维莠^[3]骄骄^[4]。无思远人，劳心忉忉^[5]。

[1] 田（diàn）：作动词用，即耕治的意思。

[2] 甫：大。甫田：面积广大的田。

[3] 莠（yǒu）：草名，俗称狗尾草。

[4] 骄骄：高的样子。

[5] 忉（dāo）忉：忧劳的样子。

无田甫田，维莠桀桀^[6]。无思远人，劳心怛怛^[7]。

[6] 桀（jié）桀：高长的样子。

[7] 怛（dá）怛：和"忉忉"同义。

婉兮娈兮^[8]，总角丱兮^[9]。未几见兮^[10]，突而弁兮^[11]。

[8] 婉、娈：年少美好的样子。

[9] 总角：见《卫风·氓》篇。丱（guàn）：总角上耸的样子。

[10] 未几见：相见没有多久；也就是相别没有多久的意思。

[11] 突而：突然。弁：帽子的一种。古时男子二十岁行冠礼，把弁戴起，表示已经成了大人的意思。

卢令

这是一首赞美猎人的诗。

卢令令[1]，其人美且仁。

[1] 卢：猎犬。令令：响声，指猎犬脖子上所佩环子的响声而言。

卢重环[2]，其人美且鬈[3]。

[2] 重环：大环套小环，即所谓"子母环"。也是猎犬所佩的。
[3] 鬈（quán）：和"权"同义，强壮勇敢的样子。

卢重鋂[4]，其人美且偲[5]。

[4] 鋂（méi）：一个大环套两个小环。
[5] 偲（cāi）：有才。

敝笱

这首诗是描写文姜嫁到鲁国时的情形。

敝笱[1]在梁，其鱼鲂鳏[2]。齐子归止[3]，其从如云。

[1] 敝：破旧的。笱（gǒu）：竹制捉鱼的用具。
[2] 鲂：鳊鱼。鳏（guān）：鲲鱼。
[3] 齐子：指文姜说。归：回娘家。止：句末语助词。

敝笱在梁，其鱼鲂鱮[4]。齐子归止，其从如雨。

[4] 鱮（xù）：鲢鱼。

敝笱在梁，其鱼唯唯[5]。齐子归止，其从如水。

[5] 唯唯：相随而行的样子。

载驱

这是写文姜和她的哥哥齐襄公聚会的诗。

载驱薄薄[1]，簟茀朱鞹[2]。鲁道有荡[3]，齐子发夕[4]。

[1] 薄薄：车马快行时发出的声音。

[2] 簟（diàn）：竹席。茀（fú）：遮挡车前面车门的东西。鞹（kuò）：刮去了毛的兽皮。
朱鞹：漆成红色的鞹，也是用来遮车门的。这两句是用来描写文姜所乘的车。

[3] 荡：平坦。有荡：即荡然。

[4] 齐子：指文姜。发夕：傍晚时出行。

四骊济济[5]，垂辔沵沵[6]。鲁道有荡，齐子岂弟[7]。

[5] 骊：黑色的马。济济：众多壮盛的样子。

[6] 沵（nǐ）沵：柔软的样子。

[7] 岂（kǎi）弟（tì）：和乐平易的样子。

汶水汤汤[8]，行人彭彭[9]。鲁道有荡，齐子翱翔[10]。

[8] 汶水：水名，在现今山东东南部。汤（shāng）汤：水盛大貌。

[9] 彭（bāng）彭：众多的样子。

[10] 翱翔：遨游。

汶水滔滔，行人儦儦[11]。鲁道有荡，行人游遨。

[11] 儦儦（biāo）：众多的样子。

猗嗟

这是齐人赞美鲁庄公的诗。

猗嗟昌兮[1]！颀而长兮。抑若扬兮[2]，美目扬[3]兮。巧
趋跄[4]兮，射则臧[5]兮。

[1] 猗嗟：惊叹词。昌：盛壮的样子。

[2] 抑、扬：射箭时把弓箭按下来叫抑；把弓箭举起来叫扬。若：语助词。

[3] 扬：张开眼睛。

[4] 跄（qiàng）：快走的样子。

[5] 臧：善。

猗嗟名^[6]兮，美目清^[7]兮。仪既成兮^[8]，终日射侯^[9]，
不出正^[10]兮，展我甥兮^[11]。

[6] 名：也是盛壮的样子。

[7] 清：明朗。

[8] 仪：习射的仪式。成：完备。

[9] 侯：射箭的靶子。

[10] 正：靶子正当中的圆心。

[11] 展：诚然，真的。甥：鲁庄公是齐襄公的外甥。

猗嗟娈兮^[12]，清扬婉兮^[13]。舞则选兮^[14]，射则贯兮^[15]。
四矢反兮^[16]，以御乱兮^[17]。

[12] 娈（luán）：美好的样子。

[13] 清扬：眼目清明。婉：美。

[14] 选：齐一；在这里是指舞容与乐节齐一谐调。

[15] 贯：射中目标。

[16] 反：覆，意即重复。这一句是说：四支箭都重复地射中一个地方。

[17] 以御乱兮：是说箭射得如此之好，就可以防御变乱了。

魏风

魏，是姬姓之国，大约建国于西周的初年。但开始被封的魏君是什么人，现在已经不可考了。它的领域，约为现今山西的西南部和河南的西北部。周惠王十六年（即春秋时鲁闵公元年），晋献公灭了魏，把魏地封给了毕万，毕万的后代，又和韩赵三分了晋国。所以毕万以后的魏，就不是原来的魏了。这里的诗，还是姬魏时代的作品。

葛屦

这是一首讽刺器量狭小、性情急躁之人的诗。

纠纠葛屦[1]，可以履霜。掺掺[2]女手，可以缝裳。要之襋之[3]，好人[4]服之。

[1] 纠纠：缠结在一起的样子。葛屦：用葛草编的鞋子。

[2] 掺（xiān）掺：就是纤纤，细长的样子。

[3] 要：裳褶；裳，类似现在的裙子。襋（jí）：衣服领子。要、襋二字在这里都当动词用，意思是做裙褶、做领子。

[4] 好人：这里大概是指君夫人而言。

好人提提[5]，宛然左辟[6]，佩其象揥[7]。维是褊心[8]，是以为刺[9]。

[5] 提提：安详舒适的样子；或解作美好的样子。

[6] 宛然：转身貌。左辟：向左回避闪开。

[7] 象揥：用象骨做的头簪，是贵妇人的饰物。

[8] 褊（biǎn）心：就是器量狭小性情急躁。

[9] 刺：讽刺。

汾沮洳

这是讽刺一个大夫爱修饰的诗。

彼汾沮洳[1]，言采其莫[2]。彼其之子，美无度[3]。美无度，殊异乎公路[4]。

[1] 汾：水名，在现今山西。沮（jù）洳（rù）：低湿的地方。

[2] 莫：一种可以作汤用的菜名。这两句完全是用来作起兴用的，与诗的本身了无关系。

[3] 度：节制，节度。

[4] 公路：为国君掌管路车的官，与下文公行、公族，都是大夫。殊异乎公路：即是说与

一般的公路大夫大不一样。有讽刺的意思。

彼汾一方^[5]，言采其桑。彼其之子，美如英^[6]。美如英，殊异乎公行^[7]。

[5] 一方：一旁。古时"方""旁"两字可以通用。

[6] 英：花。

[7] 公行：为国君掌管兵车的官。

彼汾一曲^[8]，言采其藚^[9]。彼其之子，美如玉。美如玉，殊异乎公族^[10]。

[8] 曲：水流弯曲的地方，现在叫作"湾"。

[9] 藚（xù）：也是一种可食的野菜，又名泽葛。

[10] 公族：掌管君主宗族之事的官。

园有桃

这是诗人忧伤时事的诗。

园有桃，其实之殽^[1]。心之忧矣，我歌且谣^[2]。不知我者，谓我"士也骄"。彼人^[3]是哉！子曰何其^[4]？心之忧矣，其谁知之？其谁知之，盖亦勿思^[5]！

[1] 之：是。殽：吃。

[2] 歌、谣：唱歌时配合着乐器的叫作"歌"，不配合乐器的叫作"谣"。

[3] 彼人：指当时的国君或执政者。

[4] 何其：什么。

[5] 盖：和"盍"通用；这里和"何"同义。亦：语助词。思：忧愁。盖亦勿思：即怎么能不忧愁呢！

园有棘^[6]，其实之食。心之忧矣，聊以行国^[7]。不知我者，谓我"士也罔极"^[8]。彼人是哉！子曰何其？心之忧矣，其谁知之？其谁知之，盖亦勿思！

[6]棘：树枣。

[7]聊：姑且。行国：行于国内。古时都城也叫作"国"。

[8]罔极：无良。

陟岵

　　这是行役之人想家的诗。

陟彼岵[1]兮，瞻望父兮。父曰："嗟！予子行役[2]，夙夜无已。上[3]慎旃[4]哉，犹来无止[5]！"

[1]岵（hù）：多草木的山。

[2]行役：因公出差。

[3]上：同"尚"，"庶几"之意。

[4]旃（zhān）："之焉"二字的合声。

[5]来：归来。止：留止在外。

陟彼屺[6]兮，瞻望母兮。母曰："嗟！予季[7]行役，夙夜无寐，上慎旃哉，犹来无弃！"

[6]屺（qǐ）：没有草木的山。

[7]季：小儿子。

陟彼冈兮，瞻望兄兮。兄曰："嗟！予弟行役，夙夜必偕[8]。上慎旃哉，犹来无死！"

[8]偕：一同（和其他行役的人同行止）。

十亩之间

政治混乱，贤人不愿意做官，而打算和友人回到乡村，因而作的这首诗。

十亩之间兮，桑者闲闲[1]兮。行与子还兮[2]。

[1] 桑者：采桑的人。闲闲：悠闲自得的样子。

[2] 这句是说：走吧！和你一同回去啊。

十亩之外兮，桑者泄泄[3]兮。行与子逝[4]兮。

[3] 泄泄：很多的样子。

[4] 逝：去。

伐檀

这是讥刺贪官的诗。

坎坎[1]伐檀[2]兮，置[3]之河之干[4]兮，河水清且涟猗[5]。不稼不穑[6]，胡取禾三百廛[7]兮？不狩不猎[8]，胡瞻尔庭有县貆[9]兮？彼君子兮，不素餐[10]兮！

[1] 坎坎：斫木的声音。

[2] 檀：树木名，可以做车。

[3] 置：同“寘”。

[4] 干：河边。

[5] 涟：波纹。猗：语助词，如同“啊”字。

[6] 稼、穑：种植叫作“稼”，收获叫作“穑”。

[7] 廛（chán）：一个人的房地产业叫作“廛”。

[8] 狩：冬季打猎。猎：夜间打猎。

[9] 县：同“悬”。貆（huān）：兽名，即獾。

[10] 素餐：吃闲饭不做事。

坎坎伐辐[11]兮，置之河之侧兮，河水清且直[12]猗。不稼
不穑，胡取禾三百亿[13]兮？不狩不猎，胡瞻尔庭有县特[14]
兮？彼君子兮，不素食兮！

[11] 辐：连接车辋和车毂的细木。

[12] 直：河水直流不转弯。

[13] 亿：十万曰亿；这是指禾秉（禾一叫作"一秉"）说。

[14] 特：兽生三年叫作"特"。

坎坎伐轮兮，置之河之漘兮，河水清且沦[15]猗。不稼不穑，
胡取禾三百囷[16]兮？不狩不猎，胡瞻尔庭有县鹑[17]兮？
彼君子兮？不素飧兮[18]！

[15] 沦：小风吹水所成的波纹。

[16] 囷：粮仓。

[17] 鹑：鸟名，即鹌鹑。

[18] 飧（sūn）：晚餐；此处亦即餐或食的意思。

硕鼠

这是讽刺政府收税太重的诗。

硕[1]鼠硕鼠，无食我黍。三岁贯女[2]，莫我肯顾[3]。逝[4]
将去女，适彼乐土。乐土乐土，爰得我所[5]。

[1] 硕：大。

[2] 贯：就是现在所说娇生惯养之"惯"的意思。女：读作"汝"，古时"汝"字多这样写。

[3] 莫我肯顾：不肯眷顾我。

[4] 逝：同"誓"。

[5] 爰得我所：是说这样才得到我安身的地方。

硕鼠硕鼠，无食我麦。三岁贯女，莫我肯德[6]。逝将去女，

适彼乐国。乐国乐国,爰得我直[7]。

[6]莫我肯德:不肯给我些好处。

[7]直:道理。爰得我直:是说这样才得到(合乎)我的正道理。

硕鼠硕鼠,无食我苗。三岁贯女,莫我肯劳[8]。逝将去女,
适彼乐郊。乐郊乐郊,谁之永号[9]。

[8]莫我肯劳:不肯慰劳我。

[9]之:和"其"同义。谁其永号:是说谁还会长久地呼号呢!呼号是疾痛的表现,这就
　　是说我将不再痛苦了。

唐风

　　周成王的弟弟名字叫作叔虞的，被封在唐地，是唐国建国之始。因为又叫作晋，所以也就是晋国之始。唐的领域，是现今山西的太原一带。最初的都城是晋阳（今山西太原），后来屡次迁都。到春秋时候，晋国的疆域越来越大，唐的旧地，只是晋国的一部分了。这里叫作唐不叫作晋，乃是表示这些诗是从唐的旧地采集来的。

蟋蟀

这是一年快完的时候，饮酒行乐的诗。

蟋蟀在堂，岁聿其莫[1]。今我不乐，日月其除[2]。无已
大康[3]，职思其居[4]。好乐无荒[5]，良士瞿瞿[6]。

[1] 聿：语助词。莫（mù）：古时的"暮"字。

[2] 除：去。日月其除：和下面的日月其迈、日月其慆，都是说岁月快要过去的意思。

[3] 已：古时和"以"字通用。大：古时和"太"字通用。康：乐。无已大康：是说不
要过分地享乐。

[4] 职：经常。居：等于说家。职思其居：是说要经常想到家中的事。

[5] 荒：太贪快乐而荒废了事情的意思。

[6] 瞿（jù）瞿：受惊四顾的样子。这句的意思是说：良士不过度享乐，总是有所顾虑的。

蟋蟀在堂，岁聿其逝[7]。今我不乐，日月其迈[8]。无已大康，
职思其外[9]。好乐无荒，良士蹶蹶[10]。

[7] 逝：过去。

[8] 迈：行去。

[9] 职思其外：是说要经常想到家以外的事。

[10] 蹶（jué）蹶：敏捷。

蟋蟀在堂，役车[11]其休。今我不乐，日月其慆[12]。无已大康，
职思其忧[13]。好乐无荒，良士休休[14]。

[11] 役车：行役所用的车子。

[12] 慆：过去。

[13] 职思其忧：经常想到值得忧虑的事。

[14] 休休：安闲的样子。

山有枢

这是一首劝友人及时行乐的诗。

山有枢[1]，隰有榆。子有衣裳，弗曳弗娄[2]。子有车马，弗驰弗驱。宛[3]其死矣，他人是愉[4]。

[1] 枢：一种有刺的榆树。

[2] 娄：与"曳"同义，"拖曳"的意思。曳、娄：意谓穿着起来。

[3] 宛：通"苑"，枯萎。

[4] 愉：快乐。

山有栲[5]，隰有杻[6]。子有廷内[7]，弗洒弗埽。子有钟鼓，弗鼓弗考[8]。宛其死矣，他人是保[9]。

[5] 栲：树名，就是山樗（chū）。

[6] 杻（niǔ）：也是一种树名，又名檍（yì）。

[7] 廷：中庭。内：堂室。

[8] 考：敲击。

[9] 保：保有，占有。

山有漆，隰有栗。子有酒食，何不日鼓瑟？且以喜乐，且以永日[10]。宛其死矣，他人入室。

[10] 永日：终日。

扬之水

这是讽刺晋昭公的诗。因昭公把他的叔公桓叔封在沃，后桓叔强盛，昭公微弱，国人有叛归桓叔的趋势。

扬之水[1]，白石凿凿[2]。素衣朱襮[3]，从子于沃[4]。既见君子[5]，云何不乐？

[1]扬之水：激扬起来的水。

[2]凿凿：鲜明的样子。

[3]襮（bó）：古时诸侯所用的绣花衣领。

[4]沃：曲沃。

[5]君子：指桓叔说的。

扬之水，白石皓皓[6]。素衣朱绣[7]，从子于鹄[8]。既见君子，
云何其忧？

[6]皓皓：洁白的样子。

[7]绣：刺绣，也是指衣领子说的。

[8]鹄：曲沃的邑名。

扬之水，白石粼粼[9]。我闻有命[10]，不敢以告人。

[9]粼粼：清澈的样子。

[10]命：命令。这是指桓叔图谋晋的事。

椒聊

这是一首颂扬别人的诗。

椒聊之实[1]，蕃衍[2]盈升。彼其之子，硕大无朋[3]。椒
聊且[4]，远条且[5]。

[1]椒聊：花椒。实：果实。

[2]蕃衍：繁多。

[3]无朋：无比。

[4]且：语词。

[5]远条：枝条很长。

椒聊之实，繁衍盈匊[6]。彼其之子，硕大且笃[7]。椒聊且，
远条且。

[6] 匊（jū）：一捧。

[7] 笃：性情厚重。

绸缪

  诗人看到乱世的婚姻，而忧虑着他们不能时常相聚，因而作了这首诗。

绸缪[1]束薪，三星[2]在天。今夕何夕？见此良人[3]。子兮[4]子兮，如此良人何[5]？

[1] 绸缪：捆扎。

[2] 三星：二十八宿中的参宿。

[3] 良人：指新郎说。

[4] 子："咨"的假借字，感叹词。

[5] 是说身在乱世，恐怕不能时常相聚。

绸缪束刍[6]，三星在隅[7]。今夕何夕？见此邂逅[8]。子兮子兮，如此邂逅何！

[6] 刍：干草。

[7] 隅：指天的东南角说。

[8] 邂（xiè）逅（hòu）：会合；这里作名词用，合指夫妇说。

绸缪束楚[9]，三星在户[10]。今夕何夕？见此粲者[11]。子兮子兮，如此粲者何！

[9] 楚：木名，荆属，可以作柴薪。

[10] 在户：当户。

[11] 粲者：美人；指新娘说。

杕杜

这是一个没有兄弟的人，感伤自己孤独无助的诗。

有杕^[1]之杜^[2]，其叶湑湑^[3]。独行踽踽^[4]，岂无他人？不如我同父。嗟行^[5]之人，胡不比^[6]焉？人无兄弟，胡不佽^[7]焉？

[1] 杕（dì）：孤独特立的样子。有杕：和"杕然"同义。

[2] 杜：赤棠树。

[3] 湑（xǔ）湑：茂盛的样子。

[4] 踽（jǔ）踽：孤单的样子。

[5] 行：道路。

[6] 比：亲近。

[7] 佽（cì）：帮助。

有杕之杜，其叶菁菁^[8]。独行睘睘^[9]，岂无他人？不如我同姓。嗟行之人，胡不比焉？人无兄弟，胡不佽焉？

[8] 菁（jīng）菁：茂盛的样子。

[9] 睘（qióng）睘：孤独没有什么依靠的样子。

羔裘

这是赞美某官员的诗。

羔裘豹祛^[1]，自我人居居^[2]。岂无他人？维子之故^[3]。

[1] 祛（qū）：衣袖。

[2] 居居：即裾裾，衣服华美的样子。自我人居居：意思就是这华美的羔裘，乃是出自我们之手。

[3] 之：是。故：故旧。

羔裘豹褎[4]，自我人究究[5]。岂无他人，维子之好[6]。

[4] 褎：衣袖。

[5] 究究：恶。

[6] 好：喜好。

鸨羽

这是服役在外，而不能够奉养父母的人所作的诗。

肃肃[1]鸨羽[2]，集于苞栩[3]。王事靡盬[4]，不能艺[5]稷黍。父母何怙[6]？悠悠苍天，曷其有所[7]？

[1] 肃肃：翅膀飞动的声音。

[2] 鸨（bǎo）：鸟名，形状像大雁，而比雁大，脚上没有后趾。

[3] 苞：茂盛。栩（xǔ）：即栎树。它的果实，俗名叫作橡子。

[4] 盬（gǔ）：停息。靡盬：没有停息。

[5] 艺：种植。

[6] 怙（hù）：依靠。

[7] 曷：什么时候。所：处所；是指安身的地方说。

肃肃鸨翼，集于苞棘[8]。王事靡盬，不能艺黍稷。父母何食？悠悠苍天，曷其有极[9]？

[8] 棘：枣树。

[9] 极：终了。

肃肃鸨行[10]，集于苞桑。王事靡盬，不能艺稻粱。父母何尝[11]？悠悠苍天，曷其有常[12]？

[10] 鸨行：鸨鸟结队而飞的行列。

[11] 尝：吃食。

[12] 常：即常时，平常无事的时候。

无衣

晋武公是曲沃桓叔的孙子，并了晋国。周釐王因受了他的贿赂，而以他为晋侯。这首诗便是他的大夫为他请命于天子的官吏或使者而作的。

岂曰无衣七[1]兮？不如子[2]之衣，安且吉[3]兮。

[1] 七：古时侯伯的冕服七章（七种花纹），画在上衣三章，绣在下裳四章。

[2] 子：指天子之使说。

[3] 吉：善。

岂曰无衣六[4]兮？不如子之衣，安且燠[5]兮。

[4] 六：古时侯天子之卿的冠服，以六数为节度；譬如冠是用六块皮合成的，用六块玉作饰物等。

[5] 燠（yù）：暖。

有杕之杜

这是一首怀念朋友的诗。

有杕之杜[1]，生于道左。彼君子兮，噬肯适我[2]？中心好之，曷[3]饮食之？

[1] 杕（dì）、杜：皆见前。

[2] 噬：通"逝"，发语词。适我：来我家。这两句是说：那位君子肯不肯到我家来呢？

[3] 曷：何时。

有杕之杜，生于道周[4]。彼君子兮，噬肯来游？中心好之，曷饮食之？

[4] 道周：道右。

葛生

这当是丈夫死亡，妻子悼念的诗。

葛生蒙楚[1]，蔹蔓于野[2]。予美亡此[3]，谁与？独处[4]！

[1]蒙：掩盖。楚：树木的名字。

[2]蔹（liǎn）：草名，蔓生。以上两句，是形容暮春时候的景象。

[3]亡：去。亡此：即离此而去。因为不忍说死，所以这样说。

[4]与：相共。这句是说和谁相共呢？只有独处罢了！

葛生蒙棘，蔹蔓于域[5]。予美亡此，谁与？独息[6]！

[5]域：有坟墓的地方。

[6]息：寝息。

角枕[7]粲[8]兮，锦衾烂[9]兮。予美亡此，谁与？独旦[10]！

[7]角枕：用兽骨做装饰的枕头。

[8]粲：鲜明的样子。

[9]衾（qīn）：睡觉用的被。烂：也是鲜明的样子。

[10]独旦：独自到天明。

夏之日，冬之夜[11]。百岁之后，归于其居[12]。

[11]夏之日，冬之夜：夏日长，冬夜长。二句是度日如年之意。

[12]居：这里是指坟墓说。

冬之夜，夏之日。百岁之后，归于其室[13]。

[13]室：指墓室说。

采苓

这是一首讽劝国君不要听信谗言的诗。

采苓采苓[1]，首阳[2]之巅。人之为言[3]，苟亦无信[4]。舍旃舍旃[5]，苟亦无然[6]。人之为言，胡得焉[7]？

[1] 苓（líng）：一种药草的名字。

[2] 首阳：山名，又名雷首山，在现今山西永济。

[3] 为：古时与"伪、讹"二字通用。为言：即伪言，亦即讹言；就是谎话的意思。

[4] 苟：且。无信：不要相信。

[5] 舍：舍弃。旃（zhān）：之焉二字的合声。

[6] 无然：勿以为然；也是不要相信的意思。

[7] 胡：怎么。得：合理的意思。

采苦采苦[8]，首阳之下。人之为言，苟亦无与[9]。舍旃舍旃，苟亦无然。人之为言，胡得焉？

[8] 苦：苦菜。

[9] 与：允许的意思。

采葑采葑[10]，首阳之东。人之为言，苟亦无从。舍旃舍旃，苟以无然。人之为言，胡得焉？

[10] 葑：即芜菁。

秦风

　　秦，本来是附庸之国。周宣王时，始封秦仲为大夫。西周灭亡的时候，秦襄公曾经护卫着周平王东迁，平王因而封襄公为诸侯。襄公打退了犬戎，于是西周的旧地，都成了秦国的领域。秦国的都城，本来在秦（今甘肃陇西）；到了德公，迁都于雍（今陕西兴平）。

车邻

这首诗是诗人因得会见了秦君而作的。

有车邻邻[1]，有马白颠[2]。未见君子[3]，寺人之令[4]。

[1] 邻邻：和"辚辚"同义，很多车子行走时发出的声音。

[2] 白颠：额头上长有白毛。

[3] 君子：指秦君说。

[4] 寺人：在宫中侍奉君主的小臣。之：是。令：使。这两句是说：将要会见君主的时候，使寺人通报。

阪有漆，隰有栗。既见君子，并坐鼓瑟。今者不乐，逝者其耋[5]。

[5] 逝者：指逝去的岁月而言。耋（dié）：古同"耋"，八十岁。

阪有桑，隰有杨。既见君子，并坐鼓簧[6]。今者不乐，逝者不亡[7]。

[6] 簧：本是笙、竽等乐器中吹之可以发声的铜片，但笙也叫簧。

[7] 亡：死亡。

驷驖

这是歌咏秦君田猎的诗。

驷驖孔阜[1]，六辔[2]在手。公之媚[3]子，从公于狩。

[1] 驖（tiě）：铁色的马。阜：高大。

[2] 六辔：古时一车四马；一马二辔，四马八辔。其中二辔挽在车上，所以在手的只有六辔。

[3] 媚：爱。

奉时辰牡[4]，辰牡孔硕。公曰："左之！"[5]舍拔[6]则获。

[4]奉：献。时：是，这些。辰："麕（chén）"的假借字。麕：即"牝麋"。所以，这里的"辰"字应该是与下面的"牡"字相对，指牝兽而言。这一句是叙述秦君到猎场之后，掌管山林的虞人献出许多牝兽牡兽，以供秦君射猎之用。

[5]左之：是叫虞人驱兽使兽的左半身对着秦君。古时射猎，以射中兽的左边为最好。

[6]舍：释；就是放出。拔：箭的末端。

游于北园，四马既闲^[7]。辅车鸾镳^[8]，载猃歇骄^[9]。

[7]闲：熟练。

[8]辅（yóu）车：轻车。鸾：镳两边的铃铛。镳：马衔。

[9]载：把东西装在车上。猃（xiǎn）：长嘴巴的猎犬。歇骄：短嘴巴的猎犬。

小戎

这是军人出征，他的妻子在家思念他而作的诗。

小戎俴收^[1]，五楘梁辀^[2]，游环胁驱^[3]。阴靷鋈续^[4]，文茵畅毂^[5]，驾我骐馵^[6]。言念君子^[7]，温其^[8]如玉，在其板屋^[9]，乱我心曲^[10]。

[1]小戎：兵车。将帅所乘先行的兵车叫元戎，一般官佐所乘随行的兵车叫小戎。俴（jiàn）：浅。收：就是轸，车后端的横木和车四面的木头都叫轸。兵车的前轸到后轸，比起一般的车子来，距离较短浅，所以谓之"浅收"。

[2]楘（mù）：缠束的意思；这里是指辀上用皮革缠束的地方。一辆车上有五处缠束的地方，所以叫"五楘"。辀（zhōu）：车辕。大车叫辕，兵车、田车、乘车叫"辀"。辀的前端上曲像桥梁一样，所以叫作"梁辀"。

[3]游环：在服马（一车四马，中间的两匹马叫服马）背上用以穿骖马外辔的皮环子；因游移不固定，所以叫"游环"。胁驱：一种皮绳子，前面系在衡的两端，后面系在轸的两端；它的位置是服马胁之外，用来隔着骖马使它不影响服马，所以叫"胁驱"。

[4]阴：车箱前端式下的木板；半圆形，是用来围护辀身的。靷（yìn）：骖马用来拉车的皮绳子，现叫作"套"；它的前端系在骖马的肩上，后端系在轴上。阴下的靷叫"阴靷"。鋈（wù）：白色金属。靷（皮绳子）很长，必须用几条皮绳子接续起来；接续处用白金做的环子，所以叫"鋈续"。

[5]文茵：虎皮做的车席。畅：长。毂（gǔ）：车轮中心包着车轴的圆木头。

[6] 骐（qí）：有青骊文的马。异（zhù）：后左足是白色的马。

[7] 君子：指她的丈夫而言。

[8] 温其：即温然，就是温顺的。

[9] 板屋：古时西戎人用木板做屋。

[10] 心曲：就是现在人所说的心灵深处。思而不见自然会使心乱。

四牡孔阜，六辔在手。骐骝是中[11]，骗骊是骖[12]。龙盾之合[13]，鋈以觼軜[14]。言念君子，温其在邑。方何为期[15]？胡然我念之。[16]

[11] 骝（liú）：亦作"䯄"，赤身黑鬃的马。中：就是靠车辕的两匹服马。

[12] 骗（guā）：黑嘴的黄马。骊：黑色的马。骖：服马外边的马。

[13] 龙盾：上面画龙形饰物的盾。之：是。合：一车合载两个盾。

[14] 觼（jué）：带舌的环。軜（nà）：骖马的内辔。这一句是说用白金来作系軜的觼。

[15] 方：将。期：归期。

[16] 这一句是说：我怎么这样地想念他！

俴驷孔群[17]，厹矛鋈镦[18]。蒙伐有苑[19]，虎韔镂膺[20]。交韔二弓，竹闭绲縢[21]。言念君子，载寝载兴[22]。厌厌良人，秩秩德音[23]。

[17] 俴：不披甲。俴驷：驷马都不披甲。孔群：很能合群；形容其调合。

[18] 厹（qiú）矛：三楞的矛。镦（duì）：矛的下端。鋈镦：白金的镦。

[19] 蒙：龙杂。伐：盾。蒙伐：上面画有各种羽文的盾。有苑：即"苑然"，有文采的样子。

[20] 虎韔（chàng）：用虎皮做的弓囊。镂：雕刻。膺：弓囊的表面。镂膺：弓囊的表面雕有花纹。

[21] 闭：和"秘"同义；或作"柲"。就是弓檠，用竹子缚在弓背里面，用来加强弓的力量。绲（gǔn）：绳子。縢：捆扎。

[22] 载：则。兴：起来。这一句是说思念君子的起居。

[23] 厌厌：沉静的样子。秩秩：有次序的样子。德音：言语。

蒹葭

这是描写爱慕什么人而不得亲近的诗；似情诗，又似访求贤人的诗。

蒹葭[1]苍苍[2]，白露为霜。所谓伊人，在水一方[3]。溯洄[4]从之，道阻[5]且长；溯游[6]从之，宛[7]在水中央[8]。

[1] 蒹（jiān）葭（jiā）：即芦草和荻草。

[2] 苍苍：深青颜色，形容茂盛。

[3] 方：同"旁"。一方：即一旁。

[4] 溯（sù）洄（huí）：逆流而上。

[5] 阻：阻碍不平。

[6] 溯游：顺流而行。

[7] 宛：俨然。

[8] 水中央：即水当中；指水中的洲渚说。或云："央""旁"义通，即水之旁。

蒹葭凄凄[9]，白露未晞[10]。所谓伊人，在水之湄[11]。溯洄从之，道阻且跻[12]；溯游从之，宛在水中坻[13]。

[9] 凄凄：和"萋萋"同义，茂盛的样子。

[10] 晞（xī）：干。

[11] 湄（méi）：水边。

[12] 跻：上坡路。

[13] 坻（chí）：水中高地。

蒹葭采采[14]，白露未已[15]。所谓伊人，在水之涘[16]。溯洄从之，道阻且右[17]；溯游从之，宛在水中沚[18]。

[14] 采采：茂盛的样子。

[15] 未已：未了；即没有干的意思。

[16] 涘（sì）：水边。

[17] 右：迂回曲折。

[18] 沚（zhǐ）：水中小渚。

终南

这是秦人赞美他们君主的诗。

终南^[1]何有？有条有梅^[2]。君子至止，锦衣狐裘。颜如渥丹^[3]，其君也哉！

[1]终南：山名，在现今陕西西安南。

[2]条：树名，就是山楸。梅：树名，就是楠。现在所说的酸味水果之梅，古时作"某"。

[3]这一句是说面色红润好像用丹浸染过似的。

终南何有？有纪有堂^[4]。君子至止，黻衣绣裳^[5]。佩玉将将^[6]，寿考不忘^[7]。

[4]纪：杞，树名。堂：棠，也是树名。

[5]黻（fú）衣：衮衣，黑和青间杂的花纹叫作"黻"。绣裳：绣成五色俱备的花纹的下裳。

[6]将将：就是锵锵；玉石相撞发出的声音。

[7]忘：与"亡"通用，失掉的意思。寿考不忘：就是说到老也不要忘记。

黄鸟

秦穆公殁，用了三个良臣殉葬。秦人痛惜他们，作了这首诗。

交交^[1]黄鸟，止于棘。谁从穆公？子车奄息^[2]。维此奄息，百夫之特^[3]。临其穴^[4]，惴惴^[5]其栗。彼苍者天，歼^[6]我良人！如可赎兮，人百其身^[7]！

[1]交交：鸟叫声。

[2]子车：姓。奄息：名字。

[3]之：是。特：相当。意思是相当于一百个人。

[4]穴：墓穴。

[5]惴惴：恐惧的样子。

[6]殄：杀尽。

[7]人百其身：以一百人赎回他一个人的生命。

交交黄鸟，止于桑。谁从穆公？子车仲行[8]。维此仲行，
百夫之防[9]。临其穴，惴惴其栗。彼苍者天，歼我良人！
如可赎兮，人百其身！

[8]仲行：人名。

[9]防：抵挡。

交交黄鸟，止于楚[10]。谁从穆公？子车鍼虎[11]。维此鍼
虎，百夫之御。临其穴，惴惴其栗。彼苍者天，歼我良人！
如可赎兮，人百其身！

[10]楚：木名。

[11]鍼虎：人名。

晨风

这是妻子思念丈夫的诗。

鴥[1]彼晨风[2]，郁[3]彼北林。未见君子，忧心钦钦[4]。
如何如何？忘我实多[5]！

[1]鴥（yù）：飞得很快的样子。

[2]晨风：鸟名，像鹞，青黄色。

[3]郁：茂盛的样子。

[4]钦钦：忧愁的样子。

[5]多：甚。忘我实多：就是说忘我太甚。

山有苞栎[6]，隰有六驳[7]。未见君子，忧心靡乐。如何如何？
忘我实多！

[6]苞：茂盛。栎（lì）：树木名，已见《唐风·鸨羽》篇。

[7]隰（xí）：低湿的地方。六：应该是"宍"字。宍（kù）：植物丛生的意思。驳（bó）：就是驳马，木名；指梓榆一类的树木。

山有苞棣[8]，隰有树檖[9]。未见君子，忧心如醉。如何如何！
忘我实多。

[8]棣（dì）：树木名，又叫唐棣。

[9]檖（suì）：树木名，又叫赤罗。

无衣

　　这大概是歌咏秦襄公护卫周平王东迁之事的诗。

岂曰无衣？与子同袍。王于兴师[1]，修我戈矛，与子同仇！

[1]王于兴师：就是说王在兴兵。

岂曰无衣？与子同泽[2]。王于兴师，修我矛戟，与子
偕作[3]！

[2]泽："襗"的假借字，即裤子。

[3]作：起来。

岂曰无衣？与子同裳。王于兴师，修我甲兵，与子偕行！

渭阳

　　晋公子重耳（就是后来的晋文公）从秦国返回晋国的时候，他的外甥秦康公（那时还是太子）送他，作了这首诗。

我送舅氏[1]，曰至渭阳[2]。何以赠之？路车乘黄[3]。

[1]舅氏：即舅父，指重耳说。

[2]曰：和"爰"同义，发语词。渭阳：渭水的北面。

[3]路车：诸侯所乘的车。乘（shèng）黄：四匹黄马。

我送舅氏，悠悠我思。何以赠之？琼瑰玉佩^[4]。

[4]瑰：比玉稍次的石头。这句是说：美石和玉做的佩。佩，见《郑风·女曰鸡鸣》篇。

权舆

这是失宠的臣子自我嗟叹的诗。

於，我乎！夏屋渠渠^[1]，今也每食无余。于嗟乎！不承权舆^[2]！

[1]夏：大。屋：馔具。大具，就是盛馔、盛筵的意思。渠渠：招待殷勤的意思。

[2]承：继续的意思。权舆：开始，起初的意思。

於，我乎！每食四簋^[3]，今也每食不饱。于嗟乎！不承权舆！

[3]簋（guǐ）：古时盛饭用的器具。

陈风

　　周武王封帝舜的后人名字叫妫满的（即陈胡公）于陈，这是陈国建国之始。到春秋时候，陈闵公二十四年（鲁哀公十七年），被楚惠王灭掉。陈国的领域，约为今河南开封以东到安徽亳州一带。陈都城的旧址，在今河南淮阳。

宛丘

这是一首讽刺游荡的诗。

子之汤兮[1]，宛丘[2]之上兮。洵[3]有情兮，而无望兮[4]。

[1] 汤（dàng）：游荡。

[2] 宛丘：地名，在陈都（现今河南淮阳）城南。

[3] 洵：真的。

[4] 无望：与"无妄"同，是说没有希望的意思。

坎其[5]击鼓，宛丘之下。无冬无夏，值其鹭羽[6]。

[5] 坎其：即"坎然"，敲鼓的声音。

[6] 值：持。鹭羽：舞者所持的鹭鸶羽毛。

坎其击缶[7]，宛丘之道。无冬无夏，值其鹭翿[8]。

[7] 缶（fǒu）：古时人用来盛流体物用的大腹小口陶器，作乐时也扣之以节拍。

[8] 翿（dào）：也是舞者所持的鸟羽毛。

东门之枌

这是描写男女聚会歌舞相乐的诗。

东门之枌[1]，宛丘之栩[2]。子仲之子[3]，婆娑[4]其下。

[1] 枌（fén）：白榆树。

[2] 栩（xǔ）：栎树。

[3] 子仲：姓氏。子仲之子：子仲家的女子。

[4] 婆娑：跳舞。

穀旦于差[5]，南方之原[6]。不绩[7]其麻，市[8]也婆娑。

[5] 穀：善。旦：日子。穀旦：好日子。差：选择。这一句是说：选择一个好日子。

[6]原：高而平坦的地方。

[7]绩：纺。

[8]市（pèi）：疾速。在这里是指舞步的疾速。又作女，即女子之女。

穀旦于逝^[9]，越以鬷迈^[10]。视尔如荍^[11]，贻我握椒^[12]。

[9]逝：往，去。这句是说：趁良日而去。

[10]越以：语词。鬷（zōng）：总合，共同。迈：行走。鬷迈：一同行走。

[11]荍（qiáo）：植物名，就是锦葵，花色粉红有紫纹。

[12]贻：赠送。握椒：一把花椒。女子赠男子一把花椒。和《邶风·静女》篇的归荑相似。

衡门

　　这首诗是一个不为君主所用，而隐居独处的贤人作的。

衡门^[1]之下，可以栖迟^[2]。泌^[3]之洋洋^[4]，可以乐饥^[5]。

[1]衡门：用横木做的门；简陋的住处。

[2]栖迟：游玩休息。

[3]泌（bì）：泉水名。

[4]洋洋：形容水势盛大的样子。

[5]乐：和"疗"字同义，治疗的意思。

岂其食鱼，必河之鲂^[6]？岂其取妻，必齐之姜^[7]？

[6]鲂：见《周南·汝坟》篇。黄河中的鲂鱼和鲤鱼，味道特别美。

[7]齐君姓姜。古时称齐国姜姓的女子，叫作齐姜。齐是大国。

岂其食鱼，必河之鲤？岂其取妻，必宋之子^[8]？

[8]宋君姓子。宋国，是帝王（商）之后。

东门之池

这是一首写男女会遇的诗。

东门之池[1]，可以沤麻[2]。彼美淑姬[3]，可与晤歌[4]。

[1] 池：护城河。

[2] 沤（òu）：久浸在水中。沤麻：是把生麻秆砍下来，在水中浸泡相当时日后，把皮剥取下来洗涤洁净，便做成了麻。

[3] 淑姬：贤慧女子。

[4] 晤（wù）：相对。晤歌：相对而歌。

东门之池，可以沤纻[5]。彼美淑姬，可以晤语。

[5] 纻（zhù）：麻的一种，也叫苎。

东门之池，可以沤菅[6]。彼美淑姬，可以晤言。

[6] 菅（jiān）：一种草名。

东门之杨

这是男女相约而未能相见的诗。

东门之杨，其叶牂牂[1]。昏以为期，明星煌煌[2]。

[1] 牂（zāng）牂：茂盛的样子。

[2] 明星：是指长庚星说（或以为指启明星）；长庚星在黄昏时出现于西方。煌煌：明亮的样子。以上两句是说相约在日落黄昏的时候，但等候到明星煌煌还没有见到。

东门之杨，其叶肺肺[3]。昏以为期，明星晢晢[4]。

[3] 肺（pèi）肺：茂盛的样子。

[4] 晢（zhé）晢：明亮的样子。

墓门

这是讽刺某官员的诗。

墓门[1]有棘，斧以斯[2]之。夫[3]也不良，国人知之。知而不已[4]，谁昔然矣[5]。

[1]墓门：陈国都城的一个城门名字。

[2]斯：劈开。

[3]夫：指讽刺的那个官员。

[4]不已：是说他做坏事不停止。

[5]谁昔：和"畴昔"同义，即"从前、往昔"。谁昔然矣：从前就是这样。

墓门有梅，有鸮萃[6]止。夫也不良，歌以讯[7]之。讯予不顾[8]，颠倒思予[9]。

[6]萃：聚集在一起。

[7]讯：这里是劝谏的意思。

[8]这句是说：劝谏（讯）他，也不理会我。

[9]颠倒：仆倒。这句的意思是说：到他失败的时候，就会思念我了。

防有鹊巢

这是男女之间有私情，而怕别人离间的诗。

防[1]有鹊巢，邛有旨苕[2]。谁侜予美[3]，心焉忉忉[4]。

[1]防：堤防。

[2]邛（qióng）：丘陵。旨：味道甜甘。苕（tiáo）：一种可生吃的草本植物。

[3]侜（zhōu）：即"侜张，欺骗"的意思。予美：我的爱人。

[4]忉忉：忧劳的样子。

中唐有甓[5]，邛有旨鹝[6]。谁侜予美，心焉惕惕[7]。

[5] 中：中庭。唐：中庭间的路。甓（pì）：砖。

[6] 鷊（yì）：即"虉"，一种杂色像绶带一样的草。又叫绶草。

[7] 惕惕：惧怕的样子。

月出

这是男女互相思念的诗。

月出皎兮，佼人僚兮[1]。舒窈纠兮[2]，劳心悄兮[3]。

[1] 佼（jiǎo）：美好的样子。佼人：漂亮的人。僚："嫽"字的假借，也是美好的样子。

[2] 舒：发声词，没有意义。窈纠：意思和窈窕一样。

[3] 劳：忧愁。悄：忧愁的样子。

月出皓兮，佼人懰[4]兮。舒懮受[5]兮，劳心慅[6]兮。

[4] 懰（liǔ）：美好的样子。

[5] 懮（yǒu）受：缓慢的样子。

[6] 慅（cǎo）：忧愁的样子。

月出照兮，佼人燎[7]兮。舒夭绍[8]兮，劳心惨[9]兮。

[7] 燎：鲜明的样子。

[8] 夭绍：和"要绍"同义，姿态美好的样子。

[9] 惨（cǎo）：忧愁不安的样子。

株林

这是讽刺陈灵公和夏姬通奸的诗。

胡为乎株林[1]？从夏南[2]？匪适株林，从夏南。[3]

[1] 株：夏徵舒的封邑，在现今河南柘城。林：郊野的意思。

[2] 夏南：夏徵舒，字子南。夏姬：是徵舒的母亲，陈大夫御叔之妻。

驾我乘马^[4]，说^[5]于株野。乘我乘驹，朝食于株。

[4] 乘（shèng）马：四匹马。

[5] 说（shuì）：休息。

泽陂

这是男女相思念的诗。

彼泽之陂^[1]，有蒲与荷。有美一人，伤^[2]如之何！寤寐无为^[3]，涕泗滂沱^[4]。

[1] 陂（bēi）：水泽的堤岸。

[2] 伤：思念。

[3] 无为：没有事可做。

[4] 涕泗：眼泪叫作"涕"，鼻液叫作"泗"。滂沱：本是大雨的样子；这里借以形容涕泗之多。

彼泽之陂，有蒲与蕳^[5]。有美一人，硕大且卷^[6]。寤寐无为，中心悁悁^[7]。

[5] 蕳：见《郑风·溱洧》篇。

[6] 卷（quán）："婘"字的假借，美好。

[7] 悁（yuān）悁：忧愁思念的样子。

彼泽之陂，有蒲菡萏^[8]。有美一人，硕大且俨^[9]。寤寐无为，辗转伏枕。

[8] 菡（hàn）萏（dàn）：荷花。

[9] 俨：美好的样子。

桧风

　　桧，或作邻，是西周时候的一个小国。相传桧君是祝融的后人，周武王时候开始封的，但它的世次已经不可考了。周平王时候，桧被郑灭掉。它的都城，在今河南密县东北。这些诗，大概都是被郑灭以前的作品。

羔裘

这像是桧人爱慕他们的君主而不能够接近他，因而作的这首诗。

羔裘逍遥，狐裘以朝[1]。岂不尔思？劳心忉忉[2]。

[1] 逍遥：游散。旧说君主游宴的时候穿羔裘，上朝的时候穿狐裘。

[2] 忉忉：见《齐风·甫田》篇。

羔裘翱翔[3]，狐裘在堂。岂不尔思？我心忧伤！

[3] 翱翔：本来是鸟类盘旋飞翔的意思；这里和"逍遥"同义。

羔裘如膏[4]，日出有曜[5]。岂不尔思？中心是悼[6]！

[4] 膏：油脂。如膏：形容羔裘的光泽。

[5] 曜（yào）：明亮的样子。有曜：和"曜然"同义。这句也是形容羔裘。

[6] 悼：悲伤。

素冠

这当是女子思慕男子的诗。

庶见素冠兮[1]，棘人栾栾兮[2]，劳心慱慱兮[3]。

[1] 庶：庶几；表示愿望的意思。素冠：古时男女的衣冠多用白色的；这里是指男子而言。

[2] 棘：和"瘠"同义，就是瘦。棘人：这里是女子自称。栾栾：瘦弱的样子。这一句是"为郎憔悴"的意思。

[3] 劳心：忧劳的心。慱（tuán）慱：忧劳的样子。

庶见素衣兮，我心伤悲兮，聊与子同归兮。

庶见素韠兮[4]，我心蕴结兮[5]，聊与子如一兮[6]。

[4] 韠（bì）：即蔽膝。遮蔽前半身用的东西。

[5] 蕴结：忧思不解。

[6] 如一：如一人；言其意志相同。

隰有苌楚

　　这首诗的大意，是自叹生不逢辰，而羡慕儿童无愁无苦，没有家室的累赘。

隰有苌楚[1]，猗傩[2]其枝。夭之沃沃[3]，乐子之无知[4]。

[1] 苌（cháng）楚：羊桃。

[2] 猗（ē）傩（nuó）：美好茂盛的样子。

[3] 夭：年轻的人。沃沃：健美的样子。

[4] 无知：不知道愁苦。

隰有苌楚，猗傩其华。夭之沃沃，乐子之无家。
隰有苌楚，猗傩其实。夭之沃沃，乐子之无室。

匪风

　　这首诗当是平王东迁之前，桧国将要被郑国灭掉的时候，桧人忧国思周而作的。

匪风发兮[1]，匪车偈兮[2]。顾瞻周道[3]，中心怛兮[4]。

[1] 匪：彼。匪风：那一阵风。发：疾速。

[2] 偈（jié）：车行得很快的样子。

[3] 周道：大道，大路。

[4] 怛（dá）：悲伤。

匪风飘兮[5]，匪车嘌兮[6]。顾瞻周道，中心吊兮[7]。

［5］飘：疾速。

［6］嘌（piāo）：快。

［7］吊：悲伤。

谁能亨鱼[8]？溉之釜鬵[9]。谁将西归[10]？怀之好音[11]。

［8］亨：烹。

［9］溉（gài）：洗涤。之：其。鬵（xín）：大釜。

［10］西归：桧在周东，西归就是归仕于周。

［11］怀：怀念；即盼望的意思。之：其。好音：好消息。

曹风

　　曹国的领域，约为现今山东的菏泽和定陶一带，是周武王的弟弟叔振铎的始封之国。传了二十四世到曹伯阳，被宋国灭掉，那时是鲁哀公八年。曹国都城的旧址，在今定陶。

蜉蝣

这大概是一个做官的人伤时之诗。

蜉蝣之羽[1]。衣裳楚楚[2]。心之忧矣，于我归处[3]。

[1] 蜉蝣：飞虫名。这种虫往往数小时即死，所以有朝生暮死的说法。这一句是用来作起兴用的。

[2] 楚楚：衣服鲜明的样子。这一句是讽刺在位之人的奢侈。

[3] 于我：我且。这两句是诗人的本意。

蜉蝣之翼，采采[4]衣服。心之忧矣，于我归息。

[4] 采采：华美的样子。

蜉蝣掘阅[5]。麻衣[6]如雪。心之忧矣，于我归说[7]。

[5] 掘：穿。阅（xué）：穴。掘穴：就是穿一个洞。蜉蝣幼虫生在粪土之中，成虫须穿穴而出。

[6] 麻衣：白布衣服。

[7] 说（shuì）：休息。归说：就是归隐的意思。

候人

这是讽刺曹共公的诗。

彼候人兮[1]，何戈与祋[2]。彼其之子，三百赤芾[3]。

[1] 候人：古时在道路上迎送宾客的官。

[2] 何：古时与"荷"通用，肩负的意思。祋（duì）：即殳，兵器名。

[3] 芾（fú）：蔽膝；古时大夫以上"赤芾乘轩"。曹共公有乘轩者三百人，所以这里说"三百赤芾"。

维鹈[4]在梁，不濡[5]其翼。彼其之子，不称[6]其服。

[4] 鹈（tí）：即鹈鹕，一种水鸟。体比鹅大，灰白色，嘴长一尺多，颔下有一个大喉囊。捕鱼时，先连水吞入，贮在喉囊中，再将水吐出，把鱼吃掉。

[6] 称：配合得很适当的意思。

维鹈在梁，不濡其咮[7]。彼其之子，不遂其媾[8]。

[7] 咮（zhòu）：鸟类的嘴巴。

[8] 遂：达成。媾：宠爱。

荟兮蔚兮[9]，南山朝隮[10]。婉兮娈兮[11]，季女斯饥[12]。

[9] 荟（huì）、蔚：本是草木茂盛的样子，在这里是指云的兴起说。

[10] 隮（jī）：虹。

[11] 婉、娈：皆年轻貌美的意思。

[12] 季女：少女。上章说"不遂其媾"；这章说"季女斯饥"。似乎是这位少女未成婚而被
弃以至于饥馁，才会有这话。但是否这样，就没法确知了。

鸤鸠

这是曹人赞美他们的君主或某官员的诗。

鸤鸠在桑，其子七兮[1]。淑人君子[2]，其仪一兮[3]。其
仪一兮，心如结[4]兮。

[1] 鸤（shī）鸠：鸟名，就是布谷。以上两句是起兴。后三章也是一样。

[2] 淑人：善人。君子：有官位的人。

[3] 仪：态度。一：始终一致。

[4] 结：绳结。如结：形容心意的坚定。

鸤鸠在桑，其子在梅。淑人君子，其带伊丝[5]。其带伊丝，
其弁伊骐[6]。

[5] 伊：和"维"同义。伊丝：是丝的。

[6] 骐（qí）：本字应该作"璂"，弁上的玉石。其弁伊骐：是说他戴的弁是镶着玉石的。

鸤鸠在桑，其子在棘。淑人君子，其仪不忒[7]。其仪不忒，

正是四国[8]。

[7] 忒（tè）：差错。

[8] 四国：四方的各国，也就是天下的意思。正是四国：是说天下的人都以他为准则。

鸤鸠在桑，其子在榛。淑人君子，正是国人。正是国人，胡不万年？[9]

[9] 这句是说：怎能不长寿万年呢？

下泉

这是曹国人赞美郇伯能够救护周天子的诗。

冽[1]彼下泉[2]，浸彼苞稂[3]。忾[4]我寤[5]叹，念彼周京[6]。

[1] 冽（liè）：寒冷。

[2] 下泉：从高处向下流的泉水。

[3] 苞：茂盛。稂（láng）：像禾苗的野草。

[4] 忾（xì）：叹息的声音。

[5] 寤：睡醒。

[6] 周京：周朝的都城，这里是指成周说。

冽彼下泉，浸彼苞萧[7]。忾我寤叹，念彼京周[8]。

[7] 萧：蒿子。

[8] 京周：就是周京的意思。因为押韵的关系，故意倒过来说。

冽彼下泉，浸彼苞蓍[9]。忾我寤叹，念彼京师。

[9] 蓍（shī）：蒿一类的草；古人用它的茎来占卜。

芃芃[10]黍苗，阴雨膏[11]之。四国有王[12]，郇伯[13]劳[14]之。

[10] 芃芃：茂盛的样子；已见《鄘风·载驰》篇。

[11] 膏：这里当动词用，润泽的意思。

[12] 有王：诸侯朝见天子的意思。

[13] 郇（xún）伯：荀跞，也就是知伯。春秋昭公二十二年，王子朝作乱，晋国的籍谈、荀跞，率领九州的戎人，平定了祸乱，保护周敬王进入王城。昭公二十六年，知伯等又辅佐敬王回到成周。昭公二十五年，晋国人在黄父大会诸侯，维护周天子的地位。二十七年，又在扈会诸侯，保卫成周。这几次曹国人都曾参加。这就是诗中所说的"四国有王"的事情，也就是曹人所以赞美郇伯的原因。从这些年代看，恐怕这是《诗经》中最晚的一首诗了。

[14] 劳：慰劳。

豳风

豳是周文王的先世公刘立国的地方。它的故城，在现今陕西邠县。《豳风》里的诗，除了《七月》一篇是咏豳地的风土外，其余各篇多是咏周公东征，或者是和周公有关的事。这必定有原因。我疑心周公东征的时候，所率领的人，有很多豳地之民。这些人由于思念乡土和感触时事，而作了这些歌。因为这些歌都是豳地的声调，所以被列在《豳风》里。不过，这些诗的文辞都很浅近，不像西周初年的作品，恐怕是起初只流传在口头，到后来才用文字写起的。

七月

这是歌咏豳国乡土风物的诗。可能是豳国人随着周公东征的时候，怀念乡土的作品。

七月流火[1]，九月授衣[2]。一之日[3]觱发[4]，二之日栗烈[5]。
无衣无褐[6]，何以卒岁[7]？三之日于耜[8]，四之日举趾[9]。
同我妇子，馌[10]彼南亩，田畯[11]至喜[12]。

[1] 这首诗里的七月、九月……是指夏历的七月、九月。火：星名，又名大火，即二十八宿中的心宿。六月薄暮时，在正南方出现；到七月薄暮，渐渐向西方下沉。因为像水往下流似的，所以叫作"流火"。

[2] 授衣：授给冬天的衣裳。

[3] 一之日：夏历的十一月，即周历的一月。下文二之日、三之日、四之日，是夏历的十二月、一月和二月；即周历的二月、三月和四月。

[4] 觱（bì）发：风寒。

[5] 栗烈：气寒。

[6] 褐：毛布衣。贫贱的人所穿的衣服。

[7] 何以卒岁：怎么能过完（过得去）这一年呢？

[8] 于：这里作"为"字解；即"准备"或"修理"的意思。耜（sì）：农具，略像现在用的铁锹；耜的柄叫作"耒"。

[9] 举趾：举脚踏耜，把土地耕松。

[10] 馌（yè）：送饭。

[11] 田畯（jùn）：督导耕种的官吏，或叫作"农大夫"，又叫作"农正"。

[12] 至喜：到田野来，看见这些工作的人，心里很喜欢。

七月流火，九月授衣。春日载阳[13]，有鸣仓庚[14]。女执
懿筐[15]，遵彼微行[16]，爰求柔桑[17]。春日迟迟[18]，采
蘩祁祁[19]。女心伤悲，殆及公子同归[20]。

[13] 载：和"则"同义。阳：温暖。春日载阳：就是说春天是温暖的。

[14] 仓庚：黄鹂的另一个名字。

［15］懿：深。筐：盛物用的竹器。

［16］遵：顺着。微行：小路。

［17］求：寻求。柔桑：嫩的桑叶。

［18］迟迟：缓慢的样子。这句的意思是说春天渐渐长了。

［19］蘩：白蒿。祁祁：盛多的样子。

［20］殆及公子同归：就是说恐怕要和公子一同归去吧？大概是怕被公子强纳为姬妾的意思。

七月流火，八月萑^[21]苇。蚕月条桑^[22]，取彼斧斨^[23]，以伐远扬^[24]，猗彼女桑^[25]。七月鸣鵙^[26]，八月载绩^[27]。载玄载黄，我朱孔阳^[28]，为公子裳。

［21］萑（huán）：荻草。

［22］蚕月：养蚕的时期。条："挑"的假借字。条桑：修剪桑枝。

［23］斨（qiāng）：和斧相类似的器物。手柄处的洞孔方的叫作"斨"，椭圆的叫作"斧"。

［24］远扬：远而扬起的枝条。

［25］猗：美好的样子。女桑：矮小而枝条长的桑树叫作"女桑"。

［26］鵙（jú）：鸟名，即伯劳。

［27］绩：纺织。

［28］载：则。玄、黄、朱：都是染丝的颜色。我朱：我所染的红色。孔：很。阳：明亮。

四月秀葽^[29]，五月鸣蜩^[30]。八月其获，十月陨萚^[31]。一之日于貉^[32]，取彼狐狸，为公子裘。二之日其同^[33]，载缵武功^[34]。言私其豵^[35]。献豜^[36]于公^[37]。

［29］葽（yāo）：草名。

［30］蜩：蝉。

［31］陨：落。萚（tuò）：草木的皮叶落在地上。

［32］貉（hé）：本是打猎时的祭祀；这里是打猎的意思。于貉：去打猎。

［33］同：大家会合起来。这是说大家聚在一起打猎。

［34］载：则。缵（zuǎn）：继续。功：事。打猎是为了习武，所以说继续武事。

［35］私：私有。豵（zōng）：一岁的猪。

［36］豜（jiān）：三岁的猪。

五月斯螽动股^[38]，六月莎鸡振羽^[39]。七月在野，八月在宇^[40]，九月在户，十月蟋蟀^[41]入我床下。穹窒^[42]熏鼠^[43]，塞向^[44]墐户^[45]。嗟我妇子，曰为改岁^[46]，入此室处。

[38]斯螽（zhōng）：蝗虫类，能以大腿摩擦翅膀作声。

[39]莎（suō）鸡：蝗虫类，俗名红娘子或纺织娘。振羽：鼓动翅膀发出一种声音。

[40]宇：屋檐。

[41]从上文七月以下到这里，说的都是蟋蟀。

[42]穹：古时和"空"字一样意思。窒：塞。穹窒：去掉窒塞的东西（室中的秽物）。

[43]熏鼠：用烟火熏鼠洞，迫使老鼠逃出。

[44]向：北向的窗户。

[45]墐（jìn）：用泥涂物。老百姓们用荆竹树枝编织成的门户，在冬天很难抵御风寒，所以用泥涂了挡风。

[46]为：将要。改岁：改换旧年。

六月食郁^[47]及薁^[48]，七月亨葵及菽^[49]。八月剥^[50]枣，十月获稻。为此春酒^[51]，以介眉寿^[52]。七月食瓜，八月断壶^[53]，九月叔苴^[54]。采荼^[55]薪樗^[56]，食我农夫。

[47]郁：唐棣类。

[48]薁（yù）：蘡薁，俗称野葡萄。

[49]亨：烹。葵：菜名。菽：大豆。

[50]剥：击；击打使它掉下来。

[51]春酒：即冻醪。冬天结冰的时候酿造它，所以叫作"冻醪"。

[52]介：求。眉寿：即高寿；年高的人多有豪眉，所以高寿叫作"眉寿"。

[53]壶："瓠"的假借字，一名瓠瓜，又叫作"葫芦"。断壶：弄断葫芦的蒂，把它从秧子上取下来。

[54]叔：拾。苴：麻子。

[55]荼：苦菜；植物的一种。

[56]樗（chū）：树木名，俗语叫作"臭椿"。薪樗：采樗木来作薪柴。

九月筑场圃[57]，十月纳禾稼。黍稷重穋[58]，禾麻菽麦。嗟我农夫，我稼既同[59]，上入执宫功[60]。昼尔于茅[61]，宵尔索绹[62]。亟其乘屋[63]，其始播百谷[64]。

[57] 场圃：园地叫作"圃"；春夏时用它种菜，到秋冬时把它筑平，便成了场，所以叫作"场圃"。

[58] 重（tóng）穋（lù）：后熟的谷类叫作"重"，先熟的叫作"穋"。

[59] 同：聚拢起来。

[60] 上入：意思是说到都城去。执宫功：去做豳公宫室的事。

[61] 尔：语助词。于：做。于茅：治理茅草，准备缮屋。

[62] 索：搓制。绹（táo）：绳。宵尔索绹：意思是夜里搓绳。

[63] 亟：急。乘：覆盖。乘屋：用茅草覆盖在屋上。

[64] 其：将要。这句诗的意思是说：之所以急忙地修理房屋，是因为将要开始播种百谷了。

二之日凿冰冲冲[65]，三之日纳于凌阴[66]。四之日其蚤[67]，献羔祭韭[68]。九月肃霜[69]，十月涤场[70]。朋[71]酒斯飨[72]，曰[73]杀羔羊。跻彼公堂[74]，称彼兕觥[75]，万寿无疆[76]！

[65] 冲冲：凿冰的声音。

[66] 凌阴：置冰的房间。

[67] 蚤：早。

[68] 献：把祭品奉献给神。为着要打开冰室，所以用羔羊和韭菜先来祭祀神灵。

[69] 肃霜：天气肃杀，所以霜降。

[70] 涤场：清扫地。到了十月，农事已做完，所以把场地扫除一下。

[71] 朋：两樽。

[72] 斯：是。飨：宴会。

[73] 曰：语助词。和"于是"同义。

[74] 跻：升。公堂：官员办公的地方；这里指豳公的宫廷说。

[75] 称：举。兕觥：酒器，见《周南·卷耳》篇。

[76] 万寿无疆：祝福的话语。万寿：万岁。无疆：无穷尽。

鸱鸮

据《尚书·金縢》篇，周武王殁后，管叔和蔡叔散布流言，说："周公将不利于孺子（成王）。"周公为躲避这流言，往居东国；两年后，捕到造谣的人。周公因作此诗给成王。

鸱鸮[1]鸱鸮！既取我子，无毁我室[2]。恩斯[3]勤[4]斯，鬻子[5]之闵[6]斯。

[1] 鸱鸮：即猫头鹰，捕其他小鸟为食。这首诗完全假作鸟语。鸱鸮鸱鸮：是其他的鸟呼鸱鸮的名字。

[2] 这是比喻。意思是说：既因武庚之乱，而连累了管叔、蔡叔，不要再摧毁了王室。

[3] 恩：爱护。斯：语终了之助词。

[4] 勤：爱惜的意思。

[5] 鬻：通"育"，养育。鬻子：养育小鸟。

[6] 闵：怜悯。

迨[7]天之未阴雨，彻[8]彼桑土[9]，绸缪[10]牖户。今女下民[11]，或敢侮予[12]。

[7] 迨：趁着。

[8] 彻：取。

[9] 桑土：或作桑杜，即桑树根。

[10] 绸缪：缠扎的意思。鸟窠用草或草木细根缠扎而成，所以说，绸缪牖户。

[11] 下民：指鸟巢下的人。

[12] 这句是说：我如此勤苦，或且还会有人敢来欺侮我吧。

予手拮据[13]，予所捋荼[14]，予所蓄租[15]，予口卒瘏[16]，曰予未有室家[17]。

[13] 拮（jié）据（jū）：勤苦的意思。

[14] 捋（luō）：取。荼：荻草的穗，可以铺巢。

[15] 蓄：储藏。租：和"苴"同义，茅草垫。

[16] 卒：同"瘁"，疾病。瘏：也是疾病；已见《周南·卷耳》篇。

[17] 这是说：他之所以这样勤劳，是没有家室的缘故。

予羽谯谯^[18]，予尾翛翛^[19]，予室翘翘^[20]，风雨所漂摇，
予维音哓哓^[21]。

[18] 谯（qiáo）谯：减少。

[19] 翛（xiāo）翛：残敝的意思。

[20] 翘翘：危而不安。

[21] 哓（xiāo）哓：恐惧的声音。

东山

这是跟从周公东征的人士回来之后所作的诗。

我徂^[1]东山^[2]，慆慆^[3]不归。我来自东，零雨其濛^[4]。
我东曰归，我心西悲。制彼裳衣^[5]，勿士^[6]行枚^[7]。蜎蜎^[8]
者蠋^[9]，烝^[10]在桑野。敦^[11]彼独宿，亦在车下。

[1] 徂：往。

[2] 东山：东方有山的地方。

[3] 慆（tāo）慆：久久的意思。

[4] 零：落。濛：毛毛雨的样子。

[5] 裳衣：指归装。

[6] 士：事。这里作动词用，即"从事于"之意。

[7] 行：行阵。枚：行军时马嘴里所衔的短木棍。

[8] 蜎（yuān）蜎：蠕动的样子。

[9] 蠋（zhú）：桑虫。

[10] 烝：发语词。

[11] 敦：团团的样子。独宿怕冷，四肢团团地蜷曲着。

我徂东山，慆慆不归。我来自东，零雨其濛。果臝^[12]之实，

亦施于宇[13]。伊威[14]在室，蟏蛸[15]在户。町疃[16]鹿场，熠耀宵行[17]。不可畏也，伊可怀也[18]。

[12] 果蓏（luǒ）：植物名，即栝楼，根可作药。

[13] 施：见《周南·葛覃》篇。宇：屋檐。

[14] 伊威：虫名，似土鳖而小。

[15] 蟏（xiāo）蛸（shāo）：长脚蜘蛛。

[16] 町（tǐng）疃（tuǎn）：鹿的足迹。

[17] 熠（yì）耀：即磷火。宵行：萤火虫。

[18] 伊：维。以上两句是说如此凄凉的夜景，并不可怖，反而可以怀念。

我徂东山，慆慆不归。我来自东，零雨其蒙。鹳[19]鸣于垤[20]，妇叹于室。洒埽穹窒，我征聿[21]至。有敦[22]瓜苦[23]，烝在栗薪[24]。自我不见，于今三年。

[19] 鹳（guàn）：鸟名，似鹤而顶不红。

[20] 垤（dié）：蚂蚁冢。

[21] 聿：于是。

[22] 有敦：即敦然，团团的样子。

[23] 瓜苦：即苦匏。

[24] 栗薪：栗树柴。

我徂东山，慆慆不归。我来自东，零雨其蒙。仓庚[25]于飞，熠耀[26]其羽。之子于归[27]，皇驳[28]其马。亲结其缡[29]，九十其仪[30]。其新孔嘉[31]，其旧[32]如之何？

[25] 仓庚：即黄鹂。

[26] 熠耀：这里作形容词用，鲜明的样子。

[27] 之子于归：这是追念过去其妻出嫁时的事情。

[28] 皇、驳：马毛的颜色黄白相杂的叫作"皇"，赤身黑鬣又杂以白色的叫作"驳"。

[29] 缡（lí）：遮蔽膝盖的东西，女子出嫁时，母亲为之结缡。

[30] 九十：或九或十，形容仪礼之多。

[31] 新：指新婚的时候。嘉：善；指谐和说。

[32] 旧：长久。这两句是打趣话，意思是说：新婚的时候是很要好的；现在结婚已久，则又该怎样呢？

破斧

这是东征的战士赞美周公的诗。

既破我斧，又缺我斨[1]。周公东征，四国是皇[2]。哀我人斯[3]，亦孔之将[4]。

[1] 斧、斨（qiāng）：都是伐木破柴的工具。这里说破、缺，乃表示历时之久。

[2] 四国：即四方之国，意谓天下。皇：匡正的意思。

[3] 哀：哀矜，怜悯。斯：句末语助词。

[4] 将：美好。这四句意思是说：周公东征，天下安定，征人得到休息，是很好的事。

既破我斧，又缺我锜[5]。周公东征，四国是吪[6]。哀我人斯，亦孔之嘉。

[5] 锜（qí）：凿一类的工具。

[6] 吪（é）：感化。

既破我斧，又缺我銶[7]。周公东征，四国是遒[8]。哀我人斯，亦孔之休[9]。

[7] 銶（qiú）：凿的柄。

[8] 遒：敛；意谓收敛起叛乱的行为。

[9] 休：美好。

伐柯

这是一首歌咏结婚的诗。

伐柯[1]如何？匪斧不克。取妻如何？匪媒不得。

[1] 柯：斧柄。伐柯：伐树枝作斧柄。

伐柯伐柯，其则不远[2]。我觏之子[3]，笾豆有践。[4]

[2] 则：样子。手中拿着一个斧头伐柯，柯的样子就在手中，所以说"其则不远"。

[3] 觏（gòu）：看见。之子：指新妇说。

[4] 笾（biān）：竹器，用来盛果实干肉等食物，其形如豆。豆：是一种大腹高足有盖的圆形陶器或铜器，用来盛肉酱用的。有践：即践然、整齐的样子。这两句是说：我看到这女子，并看到笾豆整整齐齐地排列着。意思是说在结婚的时候。

九罭

这是留在东方的周人听说周公将要回到镐京去，而作的惜别诗。

九罭[1]之鱼，鳟[2]鲂。我觏之子[3]，衮衣[4]绣裳。

[1] 九罭（yù）：一种很密的网。

[2] 鳟（zūn）：鱼名。

[3] 之子：指周公说的。

[4] 衮衣：上公所穿的衣服。

鸿飞遵渚[5]，公归无所[6]。于女信处[7]。

[5] 遵：循着。渚：水中露出的陆地。

[6] 所：就是处。处：就是留止的意思。这一句是说：周公不再留在东方。

[7] 于：且。女：你，指周公。于女：你且。信：住宿两天叫信。这一句是说：你且在这里住两天。

鸿飞遵陆，公归不复[8]，于女信宿。

[8] 复：回来。

是以有衮衣兮^[9]，无以我公归兮，无使我心悲兮。

[9] 是：此；谓此地；指东方。这一句是说：东方这里有穿衮衣的人。

狼跋

　　这是赞美周公的诗。

狼跋其胡^[1]，载疐其尾^[2]。公孙硕肤^[3]，赤舄几几^[4]。

[1] 跋：用脚踏。胡：脖子下面垂着的肉，就是颌。

[2] 载：则。疐（zhì）：阻碍的意思。

[3] 公孙：指周公。硕：大。肤：肥胖。

[4] 舄（xì）：鞋子。赤舄：上公所穿的红鞋子。几几：华美的意思。

狼疐其尾，载跋其胡。公孙硕肤，德音不瑕。^[5]

[5] 德音：美好的声誉。瑕：已，停止。这一句是说：公孙的美好声誉，将永远流传下去。

[8] 复：回来。

是以有衮衣兮[9]，无以我公归兮，无使我心悲兮。

[9] 是：此；谓此地；指东方。这一句是说：东方这里有穿衮衣的人。

狼跋

　　这是赞美周公的诗。

狼跋其胡[1]，载疐其尾[2]。公孙硕肤[3]，赤舄几几[4]。

[1] 跋：用脚踏。胡：脖子下面垂着的肉，就是颌。

[2] 载：则。疐（zhì）：阻碍的意思。

[3] 公孙：指周公。硕：大。肤：肥胖。

[4] 舄（xì）：鞋子。赤舄：上公所穿的红鞋子。几几：华美的意思。

狼疐其尾，载跋其胡。公孙硕肤，德音不瑕。[5]

[5] 德音：美好的声誉。瑕：已，停止。这一句是说：公孙的美好声誉，将永远流传下去。

小雅

雅字和夏字古音很相近，雅就是夏的意思。就地域说：夏是中原一带文化较高的地区。就乐律说：各国的《国风》，即是各国流行的土乐乐调；那么，雅，便是流行于中原一带而为王朝所崇尚的正声。拿现在的戏剧来比，正如山东大鼓、河南坠子等之与平剧一样。"雅"又分《小雅》和《大雅》，那是因为它们的音节和用处互不相同的关系（详见朱熹《诗集传》）。小雅共七十四篇（另有有题无诗的六篇），古人把它每十篇合为一组，叫作"什"。如第一篇至第十篇叫作"《鹿鸣之什》"；第十一篇至第二十篇，叫作"《南有嘉鱼之什》"……都是把每什开头的第一篇诗的篇名，作为什的名称。小雅的最后一什，是"《鱼藻之什》"；因为到这里还剩了十四首诗，所以这一什是十四首。本书既是选本，原来那些"什"的面目，已不存在，所以也就不再存留那些"什"的名称了。《大雅》和《周颂》同此。

鹿鸣

这是天子宴会群臣和客人的诗。

呦呦[1]鹿鸣，食野之苹[2]。我有嘉宾[3]，鼓[4]瑟吹笙。
吹笙鼓簧[5]，承筐是将[6]。人之好我[7]，示我周行[8]。

[1] 呦 (yōu) 呦：鹿鸣的声音。

[2] 苹：蒿类植物，又名藾蒿。嫩的可以吃。

[3] 嘉宾：好的客人。

[4] 鼓：敲击。

[5] 鼓簧：鼓动起笙里的簧舌。

[6] 承：捧着。筐：即筐子，用以盛币帛送礼的东西。将：进献的意思。

[7] 人：指群臣宾客说。好我：喜欢我。

[8] 周行：本是大路；此处喻大道理。

呦呦鹿鸣，食野之蒿。我有嘉宾，德音孔昭[9]。视民不恍[10]，
君子是则是效[11]。我有旨酒[12]。嘉宾式燕以敖[13]。

[9] 德音：说话的声音。孔：很。昭：明朗。

[10] 视：同"示"，昭示于人之意。恍 (tiāo)：刻薄之意。

[11] 则、效：都是效法之意。

[12] 旨酒：甜美的酒。

[13] 式：语助词。燕：同"宴"，即宴饮的意思。敖：心情舒畅之意。

呦呦鹿鸣，食野之芩[14]。我有嘉宾，鼓瑟鼓琴。鼓瑟鼓琴，
和乐且湛[15]。我有旨酒，以燕乐嘉宾之心。

[14] 芩 (qín)：蔓生草，叶如竹，茎如钗股。

[15] 湛 (dān)：快乐得深而且久之意。

四牡

这当是出征军人思归所作，用作天子慰劳使臣的诗。

四牡骓骓[1]，周道倭迟[2]。岂不怀归？王事靡盬[3]，我心伤悲。

[1] 骓（fēi）骓：行进不止的样子。

[2] 周道：大路。倭迟：道路弯曲的意思。

[3] 盬（gǔ）：停息。靡盬：不停息的意思。

四牡骓骓，啴啴骆马[4]。岂不怀归？王事靡盬，不遑启处[5]。

[4] 啴啴（tān）：群马行走的声音。骆：黑鬃的白马。

[5] 启：跪。古人席地而坐，跪和坐没有分别。启处：就是坐处，也就是安居的意思。

翩翩者雏[6]，载飞载下，集于苞栩[7]。王事靡盬，不遑将父[8]。

[6] 翩翩：鸟类飞翔的样子。雏（zhuī）：鸟名，即鹑鸠。

[7] 苞：茂盛。栩：柞树。

[8] 将：奉养。

翩翩者雏，载飞载止，集于苞杞[9]。王事靡盬，不遑将母。

[9] 杞：树名，前已数见。

驾彼四骆，载骤骎骎[10]。岂不怀归？是用作歌，将母来谂[11]。

[10] 骤：车马奔驰。骎（qīn）骎：车马奔驰的样子。

[11] 将（qiāng）：发语词。来：是。谂（shěn）：思念。将母来谂：唯母是念的意思。

皇皇者华

这是天子派遣使臣的诗。

皇皇者华[1]，于彼原隰[2]。莘莘征夫[3]，每怀靡及[4]。

[1] 皇皇：和"煌煌"同义，灿烂的样子。华：同"花"。

[2] 原：地势高而平坦的地方。隰：低湿的地方。

[3] 莘（shēn）莘：众多的样子。

[4] 每：虽然。怀：想念。及：逢到。就是见到面的意思。这一句是说：虽然很想念也不能相见。

我马维驹，六辔如濡[5]。载驰载驱，周爰咨诹[6]。

[5] 如濡：颜色润泽像沾了水的样子。

[6] 周：遍。爰：于。咨诹（zōu）：访问。周爰咨诹：到处访问。

我马维骐，六辔如丝。载驰载驱，周爰咨谋。

我马维骆，六辔沃若[7]。载驰载驱，周爰咨度[8]。

[7] 沃若：也是颜色润泽鲜亮的样子。

[8] 咨度：也是访问的意思。

我马维骃[9]，六辔既均[10]。载驰载驱，周爰咨询。

[9] 骃（yīn）：浅黑色带有白色杂毛的马。

[10] 均：调和。

常棣

这是宴饮兄弟的诗。

常棣[1]之华[2]，鄂不[3]韡韡[4]。凡今之人，莫如兄弟。

[1] 常棣：即棠棣，又名郁李。

[2] 华：同"花"。

[3] 鄂不：即萼跗，花萼的下端。

[4] 韡（wěi）韡：鲜明的样子。

死丧之威[5]，兄弟孔怀[6]。原隰裒矣[7]，兄弟求矣[8]。

[5] 威：和"畏"字通用，死于战争的尸体叫作"畏"。

[6] 怀：怀念。

[7] 原：高平之地。隰：低下之地。裒（póu）：聚拢之意。这是说死于战争的尸体聚拢于高地或低地。

[8] 求：指寻求尸体说。

脊令[9]在原，兄弟急难[10]。每[11]有良朋，况也永叹[12]。

[9] 脊令：鸟名。此句只是起兴，和下文无关。可是后人用脊令表示兄弟，却由此附会。

[10] 这句是说：遇有患难的事，则兄弟急于相救。

[11] 每：这里作"虽"字解。

[12] 况：发语词。永叹：长叹。

兄弟阋于墙[13]，外御其务[14]。每[15]有良朋，烝也无戎[16]。

[13] 阋（xì）：争斗。墙：墙内，即家中。

[14] 务：同"侮"。以上两句是说：兄弟虽然自己在家中互相打架，但对外来的欺侮，却还是共同抵御。

[15] 每：虽。

[16] 烝：发语词。戎：帮助。

丧乱既平，既安且宁。虽有兄弟，不如友生[17]。

[17] 友生：即朋友。

傧尔笾豆[18]，饮酒之饫[19]。兄弟既具[20]，和乐且孺[21]。

[18] 傧（bīn）：陈列。笾（biān）：盛果实等物用的竹器。豆：盛肴类的器物。

[19] 之：此处作"是"字解。饫：饱。

[20] 具：同"俱"。意思是说俱在。

156

[21]孺：相亲。

妻子好合[22]，如鼓瑟琴。兄弟既翕[23]，和乐且湛[24]。

[22]好合：即欢好。

[23]翕（xī）：和合。

[24]湛：见《鹿鸣》注。

宜尔家室，乐尔妻帑[25]。是究是图[26]，亶[27]其然乎？

[25]帑（nú）：同"孥"。妻孥：即妻子儿女。两"尔"字都是指兄弟说。意思是说：处家能合宜，妻子才能合乐。

[26]究：研究。图：考虑。

[27]亶（dǎn）：诚然。以上二句是说：来研究一下，考虑一下，诚然是那样子吧。

伐木

这是宴饮亲戚故旧的诗。

伐木丁丁[1]，鸟鸣嘤嘤[2]。出自幽谷[3]，迁于乔木[4]。嘤其[5]鸣矣，求其友声[6]。相[7]彼鸟矣，犹求友声；矧伊[8]人矣，不求友生？神[9]之听之，终[10]和且平。

[1]伐木：即砍伐树木。丁（zhēng）丁：砍树的声音。

[2]嘤嘤：鸟鸣声。

[3]幽谷：即深谷。这是说鸟从深谷里出来。

[4]迁：迁移。乔木：高树。

[5]嘤其：是副词，和"嘤然"同义。

[6]这句是说：这是求友的声音。

[7]相：看。

[8]矧（shěn）：何况。伊：彼。

[9]神：神灵。

[10]终：既。

伐木许许^[11]，酾酒有藇^[12]。既有肥羜^[13]，以速诸父^[14]。宁适不来^[15]，微^[16]我弗顾。於粲洒埽^[17]，陈馈八簋^[18]。既有肥牡，以速诸舅^[19]。宁适不来，微我有咎^[20]。

[11] 许（hǔ）许：也是伐木的声音。

[12] 酾（shī）酒：滤酒。藇（xù）：美好的样子。"有藇"和"藇然"同义。

[13] 羜（zhù）：羊羔。

[14] 速：招请。诸父：同姓的长辈。

[15] 宁：和"乃"同义。这句是说：客人乃有适巧不来的。

[16] 微：义同"非"。

[17] 於（wū）：叹声，类似现在的"啊"。粲：鲜明。洒：洒水。埽：同"扫"，即扫地。这句话是赞美房间洒扫得清洁鲜明。

[18] 陈：陈列。馈（kuì）：食品。簋（guǐ）：盛食物的一种器具。

[19] 诸舅：异姓的长辈。

[20] 咎：过错。

伐木于阪^[21]，酾酒有衍^[22]。笾豆有践^[23]，兄弟无远^[24]。民之失德^[25]，乾餱以愆^[26]。有酒湑我^[27]，无酒酤我^[28]。坎坎^[29]鼓我。蹲蹲^[30]舞我。迨^[31]我暇矣，饮此湑矣。

[21] 阪（bǎn）：同"坂"，斜坡。

[22] 有衍：美好的样子。

[23] 有践：意即"践然"，形容陈列整齐的样子。

[24] 无远：勿疏远。

[25] 民：人。失德：失和。

[26] 乾餱（hóu）：干的食品，今北方叫作"干粮"。愆：过失。这是说：干粮是很微细的东西，人们有为此失和的。

[27] 湑（xǔ）：过滤后去其滓。湑我：过滤了给我吃。

[28] 酤我：买来给我吃。

[29] 坎坎：击鼓声。

[30] 蹲蹲：舞蹈的样子。

[31] 迨：趁着。

天保

天子用鹿鸣等诗，宴饮诸臣；诸臣歌此诗，以报答天子。

天保定尔[1]，亦孔之固[2]。俾尔单厚[3]，何福不除[4]？
俾尔多益[5]，以莫不庶[6]。

[1] 保：安。尔：指天子。

[2] 固：牢固。

[3] 单：大。厚：和"多"义同。两字皆指福禄说。

[4] 除："备有"的意思。

[5] 益：多。多益：也是说福禄众多。

[6] 庶：众多，仍讲福禄。

天保定尔，俾尔戬穀[7]。罄[8]无不宜，受天百禄。降尔遐[9]
福，维日不足。[10]

[7] 戬（jiǎn）：福。穀：禄。

[8] 罄：尽；统统地。

[9] 遐：大。

[10] 这句话是说：福禄纷纷地到来，天子接受福禄都忙不迭，以至于感觉日子都不够用。

天保定尔，以莫不兴[11]。如山如阜[12]，如冈如陵。如川
之方至，以莫不增[13]。

[11] 兴：盛。

[12] 阜：土山。

[13] 增：加多。这二句是说：福禄之至，像川流到来一样，后浪吹前浪，越来越多。

吉蠲为饎[14]，是用孝享[15]。禴祠烝尝[16]，于公先王[17]。
君曰："卜尔[18]，万寿无疆。"[19]

[14] 吉：善。蠲（juān）：洁净。饎（chì）：酒食。这是说：做的酒食既良好又洁净。

[15] 享：奉献。因为用这酒食祭祖先，所以说"孝享"。

[16] 禴（yuè）：夏天的祭祀。祠：春天的祭祀。烝：冬天的祭祀。尝：秋天的祭祀。

[17] 于公先王：这是说祭于先公先王。

[18] 君：指先公先王的神灵说。卜："报答"的意思。

[19] 无疆：无穷无尽。

神之吊[20]矣，诒[21]尔多福。民之质[22]矣，日用饮食。群黎百姓[23]，遍为尔德[24]。

[20] 吊：到来。"吊"字的古写为"弔"，和"叔"字的古写很相近；所以吊、叔二字，常常混用。此处的吊字，讲作叔字也可以。"叔"和"淑"古时通用。淑：是良善之意。

[21] 诒：同"贻"，留给的意思。

[22] 质：质朴。

[23] 群黎：众民。百姓：百官。

[24] 为：和"化"字同义。这是说民众和官员，统统被你（天子）的德性所感化。

如月之恒[25]，如日之升。如南山之寿，不骞不崩[26]。如松柏之茂，无不尔或承。[27]

[25] 恒：月亮上弦的时候。意思是说，一天一天地继续光明起来。

[26] 骞（qiān）：亏损。崩：倒塌。此二句指天子的年寿说。

[27] 承：继承。松柏树都是当新叶子生出来之后，旧叶子才落。这两句是祝颂天子的子孙延绵不断。

采薇

这是参加讨伐猃狁的军士所作的诗；大约是周宣王时候的作品。

采薇[1]采薇，薇亦作止[2]。曰归曰归，岁亦莫[3]止。靡室靡家[4]，猃狁[5]之故。不遑启居[6]，猃狁之故。

[1] 薇：似蕨而高，嫩叶可以煮食。

[2] 作：生。止：语助词。

[3] 莫：同"暮"。

［4］靡：无。出征的人，不能顾家事，仿佛无家室似的，所以说靡室靡家。

［5］狎（xiǎn）狁（yǔn）：即猃狁，西北方的狄国，殷末和周初时，叫作"鬼方"；到西周中叶以后，叫作"猃狁"。也就是后来的匈奴。

［6］遑：暇。启：跪。古人坐着，就是跪着。所以启居就是安居的意思。

采薇采薇，薇亦柔^[7]止。曰归曰归，心亦忧止。忧心烈烈^[8]，载^[9]饥载渴。我戍未定^[10]，靡使归聘^[11]。

［7］柔：柔嫩。

［8］烈烈：忧愁的样子。

［9］载："就如"的意思。

［10］戍：军队把守边疆叫作"戍"。未定：没一定的地方。

［11］归："使"的意思。聘：问候。这句话的意思是：家里的人没法子打发使者，使其问候自己。

采薇采薇，薇亦刚^[12]止。曰归曰归，岁亦阳^[13]止。王事靡盬^[14]，不遑启处^[15]。忧心孔疚^[16]，我行不来^[17]。

［12］刚：薇已壮而茎刚硬。

［13］阳月：阴历十月。

［14］靡盬：见《唐风·鸨羽》。

［15］启处：和"启居"同义。

［16］孔：很。疚：病痛。

［17］来：归来。

彼尔^[18]维何？维常^[19]之华。彼路斯何^[20]？君子^[21]之车。戎车^[22]既驾，四牡业业^[23]。岂敢定居^[24]？一月三捷。

［18］尔：同"苶"，花茂盛的样子。

［19］常：即"棠棣"。

［20］路：车。斯：和"维"同义。

［21］君子：指将帅说。

［22］戎车：兵车。

［23］业业：盛壮的样子。

[24]定居：安居不动。

驾彼四牡，四牡骙骙[25]。君子所依[26]，小人所腓[27]。
四牡翼翼[28]，象弭鱼服[29]。岂不日戒[30]？玁狁孔棘[31]。

[25]骙（kuí）骙：和"业业"同义。

[26]依：谓倚靠在车内。

[27]小人：即平民；这里指兵士说。腓（féi）：躲避。谓兵士避而不乘。

[28]翼翼：和"业业"同义，整齐的样子。

[29]象：指象骨说。弭（mǐ）：弓的末弰。象弭：用象骨饰弓的末弰。鱼：海兽名，似猪。
　　服：盛箭之囊。鱼服：用鱼兽皮做的箭囊。

[30]戒：警备。

[31]棘：紧急。

昔我往矣，杨柳依依[32]；今我来思[33]，雨雪霏霏[34]。
行道迟迟[35]，载渴载饥。我心伤悲，莫知我哀[36]。

[32]依依：茂盛的样子。

[33]思：语助词。

[34]雨雪：落雪。霏（fēi）霏：雪落得盛多的样子。

[35]迟迟：缓慢的样子。

[36]这句是说：没人知道自己的悲哀。

出车

　　这是征伐玁狁的将佐，归来之后，自己叙述的诗。当是周宣王时候
的作品。

我出我车，于彼牧[1]矣。自天子所，谓[2]我来矣。召彼仆夫，
谓之载矣[3]。王事多难，维其棘矣。

[1]牧：指郊外说。

[2]谓：使。

［3］这两句是说召唤赶车的仆夫，使他驾起车来。

我出我车，于彼郊矣。设此旐^[4]矣，建彼旄矣^[5]。彼旟^[6]
旐斯，胡不旆旆^[7]？忧心悄悄，仆夫况瘁^[8]。

［4］旐（zhào）：画着龟蛇图案的旗子。

［5］建：立。旄（máo）：旗杆顶端系着牛尾的旗子。

［6］旟：画着鸟隼图案的旗子。

［7］旆（pèi）旆：旗的穗头下垂的样子。

［8］况瘁：病痛的意思。

王命南仲^[9]，往城于方^[10]。出车彭彭^[11]，旂旐央央^[12]。
天子命我，城彼朔方^[13]。赫赫^[14]南仲，玁狁于襄^[15]。

［9］南仲：率兵伐玁狁的将帅；周宣王时人。

［10］方：地名；一说其地在今山西的西南部，即清代的蒲州。

［11］彭彭：盛多的样子。

［12］央央：鲜明的样子。

［13］城：修城。朔方：北方。

［14］赫赫：威严的样子。

［15］于：和"是"同义。襄："除去"的意思。

昔我往矣，黍稷方华。今我来思，雨雪载涂^[16]，王事多难，
不遑启居。岂不怀归？畏此简书^[17]。

［16］载：则。涂：泥泞。

［17］简书：公文；指政府的命令说。

喓喓草虫，趯趯阜螽。未见君子，忧心忡忡。既见君子，
我心则降。^[18]赫赫南仲，薄伐西戎^[19]。

［18］以上六句见《召南·草虫》篇。

［19］薄：紧迫之意。西戎：指玁狁说。

春日迟迟，卉木萋萋^[20]。仓庚喈喈，采蘩祁祁^[21]。执讯

163

获丑[22]，薄言还归。赫赫南仲，狎狁于夷[23]。

[20] 卉：草。萋萋：茂盛的样子。

[21] 祁祁：众多的样子。

[22] 讯：间谍。丑：恶人；指狎狁说。

[23] 于：是。夷：平。

杕杜

这是出征的人思归之诗，诗中多是描述家中人想念征人的情形，用来烘托征人思归的心情。

有杕之杜[1]，有睆[2]其实。王事靡盬，继嗣我日[3]。日月阳止，女心伤止，征夫遑止[4]！

[1] 杕（dì）：树木孤独的样子。杜：赤棠。

[2] 睆（huǎn）：果实美好的样子。

[3] 继嗣：继续。这句意思是：延长了我出征的日期。

[4] 遑：暇。这句是说：征人应该得暇（可以回家）了吧！

有杕之杜。其叶萋萋。王事靡盬，我心伤悲。卉木萋止，女心悲止，征夫归止[5]！

[5] 征夫归止：征夫应该回来了吧！

陟彼北山，言采其杞[6]。王事靡盬，忧我父母。檀车幝幝[7]，四牡痯痯[8]，征夫不远！

[6] 杞（qǐ）：当是杞柳，其枝条可以编筐子等物。

[7] 檀车：檀木车。幝（chǎn）幝：车行的声音。

[8] 痯（guǎn）痯：疲惫的样子。

匪载匪来[9]，忧心孔疚[10]。期逝[11]不至，而多为恤[12]。

164

卜筮偕止^[13]，会言近止^[14]，征夫迩止^[15]！

[9] 载：乘车。这句是说：不能够乘车回来。

[10] 疚（jiù）：病痛。

[11] 期：预定的出征日期。逝：过去。

[12] 而：和"乃"同义。为恤：成为忧苦。

[13] 偕：共同。这句是说既用龟卜，又用蓍草占卦。

[14] 会：合，即共同。会言近止：卜和筮都说征夫离家近了。

[15] 征夫迩止：征夫（真的）离家近了吧!

南山有台

这是宴飨通用的诗。

南山有台^[1]，北山有莱^[2]。乐只^[3]君子，邦家之基；乐只君子，万寿无期^[4]。

[1] 台：莎草，可制蓑衣。

[2] 莱：草名。

[3] 乐只：乐啊!

[4] 无期：没有尽期。

南山有桑，北山有杨。乐只君子，邦家之光；乐只君子，万寿无疆。

南山有杞，北山有李。乐只君子，民之父母；乐只君子，德音不已^[5]。

[5] 德音：好的声誉。不已：不止，就是无穷的意思。

南山有栲，北山有杻^[6]。乐只君子，遐不眉寿^[7]？乐只君子，德音是茂^[8]。

[6] 栲（kǎo）：山樗。杻（niǔ）：檍树。

[7] 遐：和"胡"同义，即"为什么"。眉寿：高寿。这一句是说：怎能不享高寿呢？

[8] 茂：盛。

南山有枸^[9]，北山有楰^[10]。乐只君子，遐不黄耇^[11]？乐只君子，保艾尔后^[12]。

[9] 枸（jǔ）：树名，现在叫木蜜。

[10] 楰（yú）：树名，现在叫苦楸。

[11] 黄：黄发，老年人的头发先白后黄。耇（gǒu）：年老。

[12] 艾：养。保艾：意即保护。

湛露

这是天子宴诸侯的诗。

湛湛^[1]露斯，匪阳不晞^[2]。厌厌^[3]夜饮，不醉无归。

[1] 湛湛：露水很多的样子。

[2] 阳：大阳光。晞（xī）：干。

[3] 厌厌：安静的样子。

湛湛露斯，在彼丰草。厌厌夜饮，在宗载考^[4]。

[4] 宗：宗庙。载：则。考：一说敲击，这里指敲钟说；又一说宗，是宗室；一说解作成，成礼的意思。

湛湛露斯，在彼杞棘。显允^[5]君子，莫不令德^[6]。

[5] 显：明。允：信实。

[6] 令：美善。

其桐其椅^[7]，其实离离^[8]。岂弟君子，莫不令仪^[9]。

[7] 椅：树名。

[8] 离离：下垂的样子。

[9] 仪：威仪。

彤弓

这是天子赏赐有功诸侯的诗。

彤弓弨兮[1]，受言[2]藏之。我有嘉宾，中心贶之[3]。钟鼓既设，一朝飨之。

[1]彤弓：漆成红色的弓。弨（chāo）：弓松弛下来的样子。古时天子所赐的弓都是松弛的。

[2]言：语助词。在这里的用法犹如"而"字。

[3]贶（kuàng）：善。

彤弓弨兮，受言载之。我有嘉宾，中心喜之。钟鼓既设，一朝右之[4]。

[4]右：这里和"侑"字同义，劝的意思。这是说劝诸侯饮宴。

彤弓弨兮，受言櫜之[5]。我有嘉宾，中心好之。钟鼓既设，一朝醻之[6]。

[5]櫜（gāo）：本是收藏弓、矢等物的囊；在这里作动词用，是收藏弓矢的意思。

[6]醻（chóu）："酬"，是古时一种饮酒的礼节。饮酒时，主人先斟酒献给客人，叫作"献"；客人回敬主人酒，叫作"酢"；然后主人再斟酒自饮，同时也劝客人饮，叫作"酬"。

菁菁者莪

这是宴饮宾客的诗。

菁菁者莪[1]，在彼中阿[2]。既见君子，乐且有仪[3]。

[1]菁菁：茂盛的样子。莪：萝蒿。

[2]阿：大的丘陵。中阿：就是阿中。

[3]仪：礼仪。

菁菁者莪，在彼中沚^[4]。既见君子，我心则喜。

[4] 沚（zhǐ）：水中的小洲。

菁菁者莪，在彼中陵。既见君子，锡我百朋^[5]。

[5] 朋：古时用贝作货币，十个贝为一朋。

泛泛杨舟^[6]，载沉载浮。既见君子，我心则休^[7]。

[6] 泛泛：漂浮的样子。杨舟：杨木做的船。
[7] 休：喜欢，高兴。

六月

这首诗是叙述吉甫率兵伐狎狁的事；也是周宣王时候的作品。

六月棲棲^[1]，戎车既饬^[2]。四牡骙骙，载是常服^[3]。狎狁孔炽^[4]，我是用急^[5]。王于出征^[6]，以匡^[7]王国。

[1] 棲棲：和"栖栖"同义，忙着行路的样子。
[2] 饬：整饬。
[3] 载：用车载着。常服：指军服说。
[4] 炽：盛。
[5] 《盐铁论》引此句，"急"字作"戒"；戒是警备的意思。
[6] 王于出征：即"王在出征"。征伐的命令总是出于天子，并不一定是王亲征。
[7] 匡：纠正；即救乱的意思。

比物四骊^[8]，闲之维则^[9]。维此六月，既成我服^[10]。我服既成，于三十里^[11]。王于出征，以佐天子。

[8] 比物：马力相等。骊：黑色的马。这是说：一部车四匹黑色的马，它们的力气都相等。
[9] 闲：熟习。则：法。维则：意即有法则。
[10] 服：指军服说。
[11] 古时候行军，通常每天行三十里。

四牡修广[12]，其大有颙[13]。薄伐猃狁，以奏肤公[14]。有严有翼[15]，共武之服[16]。共武之服，以定王国。

[12] 修：长。广：大。

[13] 颙（yóng）：大的样子。有颙：和"颙然"同义。

[14] 奏：作成。肤：大。公：功。

[15] 严：威严。翼：护持。有严有翼：意即严然翼然，形容将帅的风度。

[16] 共：同"恭"，谨慎之意。服：事。

猃狁匪茹[17]，整居焦获[18]。侵镐及方[19]，至于泾阳[20]。织文鸟章[21]，白旆[22]央央。元戎[23]十乘，以先启行[24]。

[17] 茹：柔弱。

[18] 整：指整饬队伍说。居：住。焦获：地名，在今陕西泾阳县。

[19] 镐：地名，当在"方"地附近，不是镐京。方：地名，见《出车》篇。这是追叙猃狁开始侵略的地方。

[20] 泾阳：泾水的北边；这是指泾水下流将入渭水的地方。

[21] 织：同"帜"。士卒们穿的衣服，上面有花纹标识，叫作"帜"。文：花纹。章：也是花纹。鸟章：花纹作鸟形。

[22] 旆：旗下面的飘带。

[23] 元：大。戎：兵车。元戎：军队的前锋。

[24] 启行：出发。

戎车既安，如轾如轩[25]。四牡既佶[26]，既佶且闲[27]。薄伐猃狁，至于大原[28]。文武吉甫[29]，万邦为宪[30]。

[25] 如：和"或"同义。轾（zhì）：车后面低。轩：车前面高。这是说车子行起路来前后忽高忽低。

[26] 佶（jí）：壮健的样子。

[27] 闲：熟练。

[28] 大：读为太。大原：一说在今山西西部。

[29] 文武吉甫：又文又武的吉甫。

[30] 宪：法。

吉甫燕喜[31]，既多受祉[32]。来归自镐[33]，我行永久。
饮御[34]诸友，炰鳖脍鲤[35]。侯[36]谁在矣？张仲孝友[37]。

[31] 燕：乐。燕喜：即快乐。

[32] 祉：福。受祉：指受朝廷的赏赐说。

[33] 来归自镐：从镐回来。

[34] 御：进奉，指饮食说。

[35] 炰（páo）：煮。脍（kuài）：细切肉。

[36] 侯：和"维"同义。

[37] 张仲孝友：张仲既孝顺又友爱。

采芑

这是歌咏周宣王派方叔南征荆蛮的诗。

薄言采芑[1]，于彼新田[2]，于此菑亩[3]。方叔莅止[4]，
其车三千，师干之试[5]。方叔率止，乘其四骐，四骐翼翼[6]。
路车有奭[7]，簟茀鱼服[8]，钩膺鞗革[9]。

[1] 芑（qǐ）：菜名。

[2] 新田：新开垦出来两年的田。

[3] 菑（zī）亩：新开垦出来一年的田。

[4] 方叔：人名，其生平无可考。莅（lì）：到来。

[5] 师：众。干：盾。之：是。试：练习。这首诗前三章讲的是练兵之事，后一章才讲到
征伐。

[6] 翼翼：盛壮的样子。

[7] 有奭（shì）：即"奭然"，红红的。

[8] 簟：竹席。茀：车蔽。服：盛箭的囊。鱼服：用鱼皮做的箭囊。

[9] 钩：用来扣接皮带的带钩。膺：马胸前用的皮带。鞗（tiáo）：应是鋚（tiáo），马辔头
上的金制饰物。革：马辔头。

薄言采芑，于彼新田，于此中乡[10]。方叔莅止，其车

三千，旂旐央央^[11]。方叔率止，约轵错衡^[12]，八鸾玱玱^[13]。服其命服^[14]，朱芾斯皇^[15]，有玱葱珩^[16]。

[10] 乡：处所的意思。中乡：指笛宙的中间。

[11] 旂：绘有龙饰的旗。旐：绘有龟蛇花纹的旗。央央：鲜明的样子。

[12] 轵（qí）：兵车上的长毂。约：缠束。约轵：用皮革缠束的长毂。错：文彩。衡：车辕前端的横木。

[13] 鸾：镳两端的铃。一车四马，一马二鸾，故曰八鸾。玱（qiāng）玱：铃声。

[14] 命服：天子所赐给的衣服，像现今的礼服、制服。

[15] 朱芾：天子的芾纯朱色；诸侯的芾黄朱色。斯：其。皇：鲜明的样子。斯皇：即皇然。

[16] 有玱：即玱然，形容玉的声音。葱：苍色。珩：佩上端的横玉。这一句是说：佩上端苍色横玉发出玱玱的声音。

鴥^[17]彼飞隼，其飞戾天^[18]，亦集爰止^[19]。方叔莅止，其车三千，师干之试。方叔率止，钲人伐鼓^[20]，陈师鞫旅^[21]。显允方叔，伐鼓渊渊^[22]，振旅阗阗^[23]。

[17] 鴥（yù）：飞得很快的样子。

[18] 戾：至。

[19] 亦：语词；不是承上启下的语气。集：鸟落在树上。爰：于是。止：休止，息止。

[20] 钲（zhēng）：形状略像钟而口向上的一种乐器。古代于战争之时，击鼓进兵，击钲止兵。伐：击。钲人伐鼓：是征人击钲，鼓人伐鼓的省略语。

[21] 陈：排列。鞫：训告。这一句是说：把军队（师旅）排列出来誓师训话。

[22] 渊渊：鼓声。

[23] 振旅：整饬军队准备战争。阗（tián）阗：鼓声。

蠢尔蛮荆^[24]，大邦为仇。方叔元老，克壮其犹^[25]。方叔率止，执讯获丑^[26]。我车啴啴^[27]，啴啴焞焞^[28]，如霆如雷。显允方叔，征伐猃狁，蛮荆来威^[29]。

[24] 蠢：愚而不逊的样子。蛮：南方的夷人。荆：楚。

[25] 壮：大。犹：同"猷"，计谋。

[26] 讯：间谍。丑：恶人；指荆蛮人说。

［27］嘽嘽：车马行的声音。

［28］焞（tūn）焞：壮盛的样子。

［29］来：是。威：畏。这三句是说：方叔（随吉甫）征伐猃狁之后，又来讨伐荆蛮。

车攻

这是咏周宣王畋猎的诗。

我车既攻^[1]，我马既同^[2]。四牡庞庞^[3]，驾言徂东^[4]。

［1］攻：坚固。

［2］同：相等，指马行的速度说。

［3］庞：此处读"龙"字音。庞庞：强盛的样子。

［4］言：义同"而"。徂：往。东：东方。

田车既好，四牡孔阜^[5]。东有甫草^[6]，驾言行狩^[7]。

［5］阜：大。

［6］甫草：甫田的草。甫田：郑国的地方，在今河南中牟西。

［7］狩：打猎。

之子于苗^[8]，选徒嚣嚣^[9]。建旐设旄，搏兽于敖^[10]。

［8］之子：此人；指宣王。苗：畋猎。于苗：在田猎。

［9］选：备具。徒：徒众。嚣（áo）嚣：形容声音繁多。

［10］搏兽：当作"薄狩"。薄：语助词。敖：山名，一说在今河南荥泽县。

驾彼四牡，四牡奕奕^[11]。赤芾金舄^[12]，会同有绎^[13]。

［11］奕奕：盛大的样子。

［12］芾：蔽膝。舄（xì）：鞋子。金舄：有金饰的鞋子。

［13］会、同：都是朝见天子的意思。这里是指朝见的人说。绎：盛多的样子。

决拾既佽^[14]，弓矢既调，射夫既同^[15]，助我举柴^[16]。

［14］决：用象骨做的扳指，套在右手大拇指上，为的拉弓弦时手指不痛。拾：用皮做的套

袖，套在左臂上。伿（cì）：帮助。这句是说：既已有决和拾的帮助。

[15] 射夫：参加射猎的人。同：会聚。

[16] 柴：堆积的猎物。

四黄[17]既驾，两骖不猗[18]。不失其驰[19]，舍矢如破[20]。

[17] 四黄：四匹黄马。

[18] 猗：偏斜不正。

[19] 不失其驰：是说合乎驰驱的法度。

[20] 舍矢：即放矢。"如"和"而"同义。破：指射伤禽兽说。

萧萧[21]马鸣，悠悠[22]旆旌。徒御不惊[23]，大庖不盈[24]。

[21] 萧萧：马鸣的声音。

[22] 悠悠：长的样子。

[23] 徒：徒步的士兵。御：乘车的人。不惊：不惊扰居民。

[24] 大庖：天子的厨房。不：和"丕"同，大的意思。盈：满。这句是形容猎获得多。

之子于征[25]，有闻无声[26]。允矣[27]君子，展也大成[28]。

[25] 征：行路。

[26] 有闻无声：只听说有打猎这件事，但没听到人马的声音。

[27] 允矣：诚然。

[28] 展也：和"允矣"同义。大成：言成就之大。

鸿雁

　　这是流民得到安居，感到高兴而作的诗。

鸿雁[1]于飞，肃肃[2]其羽。之子于征[3]，劬劳[4]于野。
爰及矜人，哀此鳏寡。[5]

[1] 鸿雁：一种鸟的两种名称，大的叫鸿，小的叫雁。

[2] 肃肃：鸟类飞动时翅膀所发出的声音。

[3] 之子：流民自称的用语。征：出行。

[4] 劬（qú）劳：劳苦。

[5] 矜：可怜。矜人：可怜的人。鳏：男子老而无妻。寡：女子老而无夫。都是可怜的人。
这两句原意当为：当道者的德惠于是惠及于可怜人的身上，更哀怜这些鳏夫寡妇。

鸿雁于飞，集于中泽^[6]。之子于垣^[7]，百堵皆作^[8]。虽则劬劳，其究安宅。^[9]

[6] 中泽：泽中。

[7] 垣：墙。

[8] 堵：墙高、长皆一丈。

[9] 究：终。这两句是说：现在虽然辛苦一点，但终能得到一处安定的住宅。

鸿雁于飞，哀鸣嗸嗸^[10]。维此哲人^[11]，谓我劬劳；维彼愚人，谓我宣骄^[12]。

[10] 嗸（áo）嗸："嗷"的异体字，指大雁愁苦的声音。

[11] 哲人：明智的人。

[12] 宣：表示，也可作"骄"解。骄：骄慢不恭。

沔水

这是忧时伤乱的诗。

沔^[1]彼流水，朝宗^[2]于海。鴥彼飞隼，载飞载止。嗟我兄弟，邦人诸友。莫肯念^[3]乱，谁无父母！

[1] 沔（miǎn）：水满的样子。

[2] 朝宗：诸侯春季见天子叫"朝"，夏季见天子叫"宗"。朝、宗二字在这里是用来比喻小者归向大者的意思。

[3] 念：忧念。

沔彼流水，其流汤汤。鴥彼飞隼，载飞载扬[4]。念彼不迹[5]，载起载行[6]。心之忧矣，不可弭忘[7]。

[4]扬：高举。

[5]不迹：无道。指那些作乱的人说。

[6]载：则。载起载行：就是举措彷徨不定的意思。

[7]弭：停止。不可弭忘：是说心里的忧愁，不能停止，不能忘掉。

鴥彼飞隼，率彼中陵[8]。民之讹言[9]，宁莫之惩[10]。我友敬[11]矣，谗言其[12]兴。

[8]率：循着。中陵：陵中，即岗陵间。

[9]讹言：没有根据的谣言。

[10]宁：乃。惩：戒。这是说听到人们的谣言，还不惩戒自己的过恶。

[11]敬：与"儆"字通用，即是"戒慎"的意思。

[12]其：将要。

鹤鸣

　　这是天子招请隐士的诗。每章前七句叙述隐士所居之处的风景；末二句说隐士对自己有益处，便是招请的意思。

鹤鸣于九皋[1]，声闻于野。鱼潜在渊[2]，或在于渚[3]。乐彼之园，爰有树檀[4]，其下维萚[5]。它山之石，可以为错[6]。

[1]九：高的意思。皋：岸或陵。

[2]潜：沉没。渊：深水。

[3]渚：水里面的陆地。这是说鱼在渚边。

[4]树檀：种的檀树。

[5]萚：树木脱落的皮或叶。

[6]错：磨刀的石头。

鹤鸣于九皋，声闻于天。鱼在于渚，或潜在渊。乐彼之园，爰有树檀，其下维榖[7]。它山之石，可以攻[8]玉。

[7] 榖：也是一种树木的名字，一名楮。

[8] 攻：磨治。

白驹

这当是君王爱好贤人，而此贤者不肯做官；因而君王作了这首诗，表示惋惜留恋的意思。

皎皎[1]白驹，食我场苗。絷之维之[2]，以永[3]今朝。所谓伊人[4]，于焉逍遥[5]。

[1] 皎皎：洁白的样子。

[2] 絷（zhí）：用绳绊住。维：用绳系住。这是说绊系住白驹，不让客人（贤者）走掉。

[3] 永：延长。

[4] 伊人：彼人，指乘白驹而来的贤人。

[5] 于焉：即"于是"的意思。逍遥：优游自在之意。

皎皎白驹，食我场藿[6]。絷之维之，以永今夕。所谓伊人，于焉嘉客[7]。

[6] 藿（huò）：豆叶；这里指草说。

[7] 于焉嘉客：在这儿是我的好客人。

皎皎白驹，贲然来思[8]。尔公尔侯[9]，逸豫无期[10]。慎尔优游[11]，勉而遁思。[12]

[8] 贲：和"奔"字同义。贲然：形容快走的样子。思：语助词。

[9] 尔公尔侯：做公或者做侯。

[10] 逸：安逸。豫：快乐。无期：永远的意思。

[11] 慎：谨慎。优游：闲适自在之意，指退隐说。

[12]勉：劝。遁：隐遁。以上四句是说：你如果肯做公侯，那么就永远安乐；可是你既然一定要隐遁，那也就顺从你享受闲适自在的意志，勉励你去隐遁。

皎皎白驹，在彼空谷。[13]生刍一束[14]，其人如玉[15]。毋金玉尔音，而有遐心。[16]

[13]空谷：深邃的山谷。以上二句，是说贤者已去。

[14]生刍：新割下来用以喂牛马的草。一束：一捆。

[15]如玉：像玉一样的温润。

[16]毋：不要。音：信息。遐：远。这两句是说：你不要把信息看得像金和玉一样的珍贵（意思是希望常通信息），而有疏远我的心情。

黄鸟

这首诗，是一个流浪在他乡而想回老家的人作的。

黄鸟黄鸟，无集于榖，无啄我粟。此邦之人，不我肯榖[1]。言旋[2]言归，复我邦族[3]。

[1]榖：善。不我肯榖：对我不善良。

[2]言：语助词。旋：回去。

[3]复：返回。邦：指故乡说。族：同族姓的人。

黄鸟黄鸟，无集于桑，无啄我粱。此邦之人，不可与明[4]。言旋言归，复我诸兄。

[4]与明：互相信赖。

黄鸟黄鸟，无集于栩，无啄我黍。此邦之人，不可与处。言旋言归，复我诸父。

我行其野

这首诗是一个人到别处依靠亲戚过活，亲戚却不收留他，感愤而写的。

我行其野，蔽芾其樗[1]。昏姻之故，言就尔居。尔不我畜[2]，复我邦家。

[1] 蔽芾（fèi）：树木枝叶茂盛遮日蔽天的样子。樗（chū）：椿树，也叫臭椿。
[2] 畜：养。

我行其野，言采其蓫[3]。昏姻之故，言就尔宿。尔不我畜，言归斯复。

[3] 蓫（zhú）：菜名，现在叫作"羊蹄菜"。

我行其野，言采其葍[4]。不思旧姻，求尔新特[5]。成[6]不以富，亦祇以异[7]。

[4] 葍（fú）：一种植物名，根可食，叶、花都像牵牛花，蔓生；现在叫作"葍苗"。
[5] 特：动物公的叫作"特"。在这里是用来比喻夫婿的。
[6] 成："诚"的假借字。
[7] 异：异心。这四句是说：你不念旧亲，要找你的新夫婿。诚然你不是因他的财富而找他，是你变心的缘故。

斯干

这是颂祝新房落成的诗。

秩秩斯干[1]，幽幽[2]南山。如竹苞矣[3]，如松茂矣。兄及弟矣，式相好[4]矣，无相犹矣[5]。

[1] 秩秩：水清而流动的样子。干：山涧。

[2]幽幽：深远的样子。

[3]如：和"而"字同义，下句的如字同此。苞：丛生稠密的样子。

[4]式：语助词。好：和睦。

[5]犹：义同"尤"，怨恨之意。

似续妣祖^[6]，筑室百堵^[7]，西南其户^[8]。爰居爰处，爰笑爰语。

[6]似续：继续；指祖先的祭祀而言。妣：祖母以上，以至曾祖母、高祖母，都叫作"妣"（母死曰妣，是后来的说法）。这句诗的意思是说，为了继续祖先的祭祀。

[7]筑室百堵：长一丈、高二尺，叫作"一版"；五版高，叫作"一堵"。

[8]西南其户：门户或向西，或向南。

约之阁阁^[9]，椓之橐橐^[10]。风雨攸除，鸟鼠攸去，君子攸芋。^[11]

[9]约：捆扎。阁阁：绳子一道又一道的样子。这是指捆扎筑版说。

[10]椓（zhuó）：击捣；指筑土说。橐橐：击捣的声音。

[11]以上三个攸字，都和"用"字同义，"于是"的意思。芋：当是"宇"字的假借，居住的意思。

如跂斯翼^[12]，如矢斯棘^[13]，如鸟斯革^[14]，如翚斯飞^[15]。君子攸跻^[16]。

[12]跂：通"企"，踮起脚跟。斯：和"其"同义。斯翼：就是其翼，也就是翼然的意思。以下三斯字同。翼：鸟翼附身的样子；因而人的两手附身，也谓之翼然。这是形容房子的大势，像人企足端正的样子。

[13]棘：角棱。这是形容房子的角隅，像箭头的角棱似的。

[14]革：羽翼。斯革：张开翅膀的样子。

[15]翚（huī）：雉。以上二句，形容屋檐。

[16]跻（jī）：往高处上叫作"跻"，这里指登进房屋说。

殖殖^[17]其庭，有觉其楹^[18]。哙哙其正^[19]，哕哕其冥^[20]，君子攸宁。

[17]殖殖：平正的样子。

［18］觉：直的样子。有觉：意即觉然。楹：屋门前的两根立柱叫作"楹"。

［19］哙（kuài）哙：明亮的样子。正：指白昼。

［20］哕（huì）哕：昏暗的样子。冥：暗处；指内室说。

下莞上簟^[21]，乃安斯^[22]寝。乃寝乃兴^[23]，乃占我梦^[24]。吉梦维何？维熊维罴^[25]，维虺维蛇^[26]。

［21］莞（guān）：蒲席。簟（diàn）：竹席。蒲席粗，铺在下面；竹席细，盖在蒲席上面。

［22］斯：和"乃"同义。

［23］兴：起。

［24］乃占我梦：占断夜间所做的梦。

［25］罴（pí）：兽名，形状似熊，比熊大，俗名人熊。

［26］虺（huǐ）：小蛇。毒蛇也叫作"虺"。

大人占之^[27]，维熊维罴，男子之祥^[28]；维虺维蛇，女子之祥。

［27］大人：指占梦的官说。古时有占梦之官。

［28］祥：吉祥之兆。男子之祥：意谓生男子的先兆。

乃生男子，载^[29]寝之床，载衣之裳，载弄之璋^[30]。其泣喤喤^[31]。朱芾斯皇^[32]，室家君王^[33]。

［29］载：则。

［30］弄：玩弄。璋：玉器；大臣跟从天子行祭祀等典礼的时候，都捧着璋。让小儿弄璋，是预祝他做大官的意思。

［31］喤（huáng）喤：大声。

［32］朱芾：红色的蔽膝，大官的服饰。皇：鲜明的样子。斯皇：和"皇然"同义。

［33］室家君王：即一家之主的意思。

乃生女子，载寝之地，载衣之裼^[34]，载弄之瓦^[35]。无非无仪^[36]，唯酒食是议^[37]，无父母诒罹^[38]。

［34］裼（tì）：包裹婴儿的小被。

[35] 瓦：捻线用的纺锤。

[36] 无：勿。非：违背。仪：和"义"同义，决定是非对错。

[37] 议：计议，谈论。

[38] 诒：留给。罹：忧愁。这是说：不要留给父母忧愁。

无羊

这是歌咏畜牧成功以至牛羊众多的诗。

谁谓尔无羊？三百维群。谁谓尔无牛？九十其犉[1]。尔羊来思，其角濈濈[2]。尔牛来思，其耳湿湿[3]。

[1] 犉（rún）：牛七尺叫犉。这句诗是说：七尺的牛就有九十头。

[2] 濈（jí）濈：聚集的样子。

[3] 湿湿：摇动的样子。

或降于阿[4]，或饮于池，或寝或讹[5]。尔牧[6]来思，何[7]蓑何笠，或负其糇[8]。三十维物[9]，尔牲则具[10]。

[4] 阿：大陵叫作"阿"。

[5] 讹：动。

[6] 牧：牧人。

[7] 何：同"荷"，披戴的意思。

[8] 糇：食品。

[9] 物：指牛羊毛色。

[10] 牲：用以祭祀的牛羊等叫作"牲"。具：全备。这句诗是说：这些足够做祭祀之牲用的。

尔牧来思，以薪以蒸[11]，以雌以雄。尔羊来思，矜矜兢兢[12]，不骞不崩[13]。麾之以肱[14]，毕来既升[15]。

[11] 蒸：细的薪柴。以薪以蒸：意思是说随带着薪柴。

[12] 矜矜：守规矩的样子。兢兢：小心谨慎的样子。

[13] 此句已见《天保》篇。这里是说羊群不散乱。

[14] 麾：指挥。肱（gōng）：臂。

[15] 毕来：全部来到。既：已经。升：指进入牢里说。

牧人乃梦，众维鱼矣，旐维旟矣[16]。大人占之：众维鱼矣，
实维丰年[17]；旐维旟矣，室家溱溱[18]。

[16] 众维鱼矣：意即维众鱼矣。旐维旟矣：意即维旐旟矣。鱼、旐、旟，都是牧人所梦见
的东西。

[17] 实维丰年：这是说梦见鱼是丰年的征兆。

[18] 溱（zhēn）溱：众多的样子。这是说家中人口繁盛。

节南山

这是家父讥刺太师和尹氏的诗，当是东周初年的作品。

节[1]彼南山，维石岩岩[2]。赫赫师尹[3]，民具尔瞻[4]。
忧心如惔[5]，不敢戏谈[6]。国既卒斩[7]。何用不监[8]！

[1] 节：高峻的样子。

[2] 岩岩：石头积累的样子。

[3] 赫赫：威严的样子。师、尹：都是官名。师：即太师。尹：即尹氏。都是朝廷里官职
最高的官员。

[4] 具：皆。瞻：看着。

[5] 惔（tán）：火烧。

[6] 戏谈：随便谈论。

[7] 卒：终于。斩：断绝。这句是指西周之亡说。

[8] 何用：何以。监：看。

节彼南山，有实其猗[9]。赫赫师尹，不平谓何[10]！天方
荐瘥[11]，丧乱弘多[12]。民言无嘉[13]，憯莫惩嗟[14]！

[9] 实：广大的样子。有实：意即实然。猗：当读为"阿"，山的弯曲处。

[10] 谓何：意即奈何。

[11] 荐：重复。瘥（cuó）：病，意即灾难。

[12] 丧乱：意即祸乱。弘：大。

[13] 嘉：善。

[14] 憯（cǎn）："竟然"的意思。惩：改过。嗟：伤叹。

尹氏大师，维周之氐[15]。秉国之均[16]，四方是维[17]。天
子是毗[18]，俾民不迷[19]。不吊昊天[20]，不宜空我师[21]。

[15] 氐：和"柢"同义，即根本。

[16] 秉：主持。均：公平。

[17] 维：维持。

[18] 毗（pí）：辅佐。

[19] 俾民不迷：使民众不迷惑。

[20] 不吊：不幸的意思。昊（hào）：元气浩大的样子。昊天：就像现在所谓老天。这句的
意思是说：不幸啊老天！

[21] 空：穷困。师：众人。

弗躬弗亲[22]，庶民弗信[23]。弗问弗仕[24]，勿罔君子[25]。
式夷式已[26]，无小人殆[27]。琐琐姻亚[28]，则无膴仕[29]。

[22] 躬、亲：亲身做事。

[23] 信：信赖。

[24] 仕：做事。

[25] 罔：欺骗。君子：有官爵的人。

[26] 式：语助词。夷：均平。已：止，指罪恶说。

[27] 无小人殆：勿使小人危害（殆）国家。

[28] 琐琐：微小的样子。姻：亲家翁（妻的父亲称丈夫的父亲）。亚：连襟，又叫作"两乔"。

[29] 膴（wǔ）：厚。膴仕：给予高官厚禄的意思。

昊天不佣[30]，降此鞠讻[31]。昊天不惠[32]，降此大戾[33]。
君子如届[34]，俾民心阕[35]。君子如夷[36]，恶怒是违[37]。

[30] 佣：均，平。不佣：即不公。

[31] 鞫：穷困。讻（xiōng）：和"凶"同义；意即灾祸。

[32] 惠：爱护。

[33] 戾：乖违不顺。

[34] 君子：有官爵的人；这里是指太师和尹氏说。届：和"极"同义，"正"的意思。

[35] 阕（què）：息；意谓民心平息。

[36] 夷：均平。

[37] 违：失去。这是说：民众们厌恶和愤怒的情绪就都会消失了。

不吊昊天，乱靡有定。式月斯生[38]，俾民不宁。忧心如酲[39]，谁秉国成[40]？不自为政，卒劳百姓。

[38] 式月斯生：意思是说月月都发生。

[39] 酲（chéng）：酒醉。

[40] 秉：主持。成：均平。

驾彼四牡，四牡项领[41]。我瞻四方，蹙蹙靡所骋[42]。

[41] 项：大。领：脖子。意思是说马肥大。

[42] 蹙（cù）蹙：缩小的样子；这里指地域说。马快跑叫作"骋"。这是说四方丧乱，国土日蹙。驾起马来，已没有广大的地方可以驰骋了。

方茂尔恶[43]，相尔矛矣[44]。既夷既怿[45]，如相酬矣[46]。

[43] 方：正当着。茂：盛旺。恶：恶感。

[44] 相：看。相尔矛：意思是说要打架。

[45] 夷、怿（yì）：都是"和悦"的意思。

[46] 酬（chóu）：和"酬"同。饮酒之礼，主人先敬客人酒叫作"献"，客人回敬主人酒叫作"酢"，主人再斟酒自饮并敬客人叫作"酬"。以上两句是说：到恶感已消，感情和好的时候，又像可以互相饮酒酬酢似的。

昊天不平，我王不宁。不惩[47]其心，复怨其正[48]。

[47] 惩：悔改。

[48] 复：反而。正：正道理。

家父作诵[49]，以究王讻[50]。式讹[51]尔心，以畜[52]万邦。

[49] 家父：这首诗的作者。诵：可以歌诵的文辞；意即指这首诗。

[50] 究：推究。讻：凶咎。这句是说：用以推究王（国家）所以致此凶咎的原因。

[51] 式：语助词。讹：改变。

[52] 畜：养护。

正月

这是感伤时政的诗，也是东周初年的作品。

正月繁霜[1]，我心忧伤。民之讹言[2]，亦孔之将[3]。念我独[4]兮，忧心京京[5]。哀我小心[6]，癙忧以痒[7]。

[1] 正月：是正阳之月，即夏历的四月。繁：多。四月下了很多霜，是非常的现象，古人认为是老天警戒执政的人。

[2] 讹言：意即谣言。

[3] 亦孔之将：也就够大的了。

[4] 独：孤立无所依靠。

[5] 京京：忧愁的样子。

[6] 哀我小心：可怜（哀）我小心谨慎。

[7] 癙（shǔ）忧：即忧愁。痒（yǎng）：病痛。

父母生我，胡俾我瘉[8]？不自我先，不自我后。[9]好言自口，莠[10]言自口。忧心愈愈[11]，是以有侮[12]。

[8] 瘉（yù）：病痛；指遭逢丧乱说。

[9] 这二句也是指丧乱说。

[10] 莠（yǒu）：恶劣的。

[11] 愈愈：和"瘐瘐"同义，病痛的样子。

[12] 这句是说：因忧伤时政而被人嫉恨，所以招致欺侮。

忧心惸惸[13]，念我无禄[14]。民之无辜[15]，并其臣仆[16]。哀我人斯，于何从禄[17]？瞻乌爰止，于谁之屋？[18]

[13] 惸（qióng）惸：忧思的样子。

[14] 无禄：意即无法过活。

[15] 辜（gū）：罪。

[16] 并：使。臣仆：即仆役。古时把有罪的人用来做臣仆。这是说却把无罪的人用来做臣仆了。

[17] 从禄：即谋生的意思。

[18] 这两句是说：看那乌鸦究竟落在（止）谁家的屋上呢？俗语说：乌鸦落在富家屋上。这时因为丧乱，大家都穷，所以乌鸦没有富家之屋可落了。

瞻彼中林^[19]，侯薪侯蒸^[20]。民今方殆^[21]，视天梦梦^[22]。既克有定^[23]，靡人弗胜^[24]。有皇^[25]上帝，伊谁云憎^[26]？

[19] 中林：即林中。

[20] 侯：维。薪、蒸：见《无羊》篇。

[21] 方：正在。殆：危。

[22] 梦梦：迷迷糊糊。

[23] 克：能够。定：指平定祸乱说。

[24] 靡人弗胜：没有胜过的人。以上二句，即天定胜人之意。

[25] 皇：伟大。有皇：和"皇然"同义。

[26] 伊：和"维"同义，发语词。云：和"是"同义。憎：厌恶。这是说：老天到底是厌恶谁才生下来这些祸乱呢？

谓山盖卑，为冈为陵^[27]。民之讹言，宁莫之惩^[28]！召彼故老^[29]，讯之占梦^[30]，具曰"予圣"^[31]，谁知乌之雌雄^[32]。

[27] 山本高而谓之卑，以为是冈是陵。这就是下文所说的讹言。

[28] 宁：乃。惩：悔改。

[29] 故老：故旧中的老年人。

[30] 讯：询问。占梦：官名；占算夜梦之吉凶。

[31] 具：和"俱"同义。这句是说，都说自己圣明。

[32] 谁知乌之雌雄：乌鸦一般黑，雌雄不易辨。这是说故老和占梦的话，很难辨其是非。

谓天盖高，不敢不局[33]。谓地盖厚，不敢不蹐[34]。维号[35]斯言，有伦有脊[36]。哀今之人，胡为虺蜴[37]！

[33]局：曲身（怕头碰着天）。

[34]蹐（jí）：累足走小步（怕大步会踏塌了地）。

[35]号：呼喊着。

[36]伦、脊：都是道理的意思。

[37]虺：见《斯干》篇。蜴（yì）：即蜥蜴。虺和蜥蜴，都是害人的东西。

瞻彼阪田[38]，有菀其特[39]。天之扤[40]我，如不我克[41]。彼求我则[42]，如不我得[43]。执我仇仇，亦不我力。[44]

[38]阪田：崎岖薄劣的田地。

[39]菀（wǎn）：茂盛的样子。特：特出的禾苗。

[40]扤（wù）：危害的意思。

[41]克：胜过的意思。好像胜不过我，极言老天千方百计地危害我。

[42]彼：指执政的人说。则：古时和"败"字相通，这里当读为败，即过错的意思。

[43]这句的意思是说，执政者千方百计地寻求我的过错。

[44]执：逮捕。仇仇：仇人。言执政者逮捕我的仇人，又不肯替我卖力气。

心之忧矣，如或结之[45]。今兹之正[46]，胡然厉矣[47]！燎之方扬[48]，宁[49]或灭之。赫赫宗周[50]，褒姒威[51]之。

[45]结：绳结。这里是形容心情郁结的样子。

[46]正：同"政"。

[47]胡然：何以这样。厉：暴乱。

[48]燎：焚烧田野的火。扬：旺盛。

[49]宁：乃。

[50]宗周：即镐京，是西周时的京都。

[51]褒姒：周幽王后。威：同"灭"。

终其永怀[52]，又窘阴雨[53]。其车既载[54]，乃弃尔辅[55]。载输尔载[56]，将伯助予[57]。

［52］终：既。永：深长。怀：忧伤。

［53］又窘阴雨：又被阴雨所困窘。

［54］载：装载货物。

［55］辅：车两旁的立板，即车箱。

［56］输：堕，落下来。载：所载的货物。

［57］将：请。伯：尊敬人的称呼，像今人称老兄似的。

无弃尔辅，员于尔辐^[58]；屡顾尔仆^[59]，不输尔载，终逾绝险^[60]。曾是不意^[61]！

［58］员：加大。辐（fú）：在车轮中间支撑车辋（车轮的边缘）的细柱。辐加大，车轮才坚固。

［59］顾：视。仆：赶车的人。

［60］逾：越过。绝险：极艰险的地方。

［61］不意：不在心。

鱼在于沼^[62]，亦匪克乐；潜虽伏矣^[63]，亦孔之炤^[64]。忧心惨惨^[65]，念国之为虐。

［62］沼：水池。

［63］潜虽伏矣：即虽潜伏矣。

［64］炤（zhāo）：同"昭"，显著。

［65］惨惨：忧伤的样子。

彼有旨酒，又有嘉殽；洽比^[66]其邻，昏姻孔云^[67]。念我独兮，忧心殷殷^[68]。

［66］洽：感情融洽。比：亲近。

［67］昏姻：指亲戚说。云：友好的意思。

［68］殷（yīn）殷：痛伤的样子。

佌佌彼有屋^[69]，蔌蔌方有谷^[70]。民今之无禄，天夭是椓^[71]。哿^[72]矣富人，哀此惸独^[73]！

[69]仳（cǐ）仳：细小的样子。彼：指执政的人说。

[70]藗（sù）藗：鄙陋的样子。方：和"并"字同义。《后汉书·蔡邕传》引此句无"有"字，"谷"作"毂"。藗藗然并毂（不止一辆车）而行，是形容执政者的阔绰。

[71]夭夭：《韩诗》作"殀殀"，指少壮的人说。椓（zhuó）：害。

[72]哿（gě）：欢乐。

[73]哀：可怜。惸（qióng）独：惸同"茕"，孤独的意思，这里是指孤独的人说。

十月之交

这首诗作于周幽王的时候，是责斥皇父等当政之人的。

十月之交[1]，朔月辛卯[2]，日有食之[3]，亦孔之丑[4]。
彼月而微[5]，此日而微。今此下民，亦孔之哀[6]。

[1]交：指日月交会说，即夏历每月月朔（初一）的时候。

[2]朔月：即月朔。朔月辛卯：是说这月初一的日子是辛卯。

[3]有：同"又"。食：按照历法推算，周幽王六年十月朔辛卯，日食。

[4]丑：恶，意思是说非吉兆。

[5]微：不明，这里指月食说。

[6]亦孔之哀：也就够悲哀的了。

日月告凶[7]，不用其行[8]。四国无政[9]，不用其良[10]。
彼月而食，则维其常；[11]此日而食，于何不臧[12]！

[7]告凶：告诉人们凶恶的征兆。古人以为君主失道，政治不良，老天就要用日食或地震等灾异来警告他。

[8]行：道。这是说太阳不按照它的正道走，所以才有日食。

[9]四国：指天下说。无政：没有良善的政治。

[10]良：指良善的人说。

[11]以上两句的意思是，月食乃常见的事（还不大要紧）。

[12]此：意即"现在"。于何：和"如何"同义。臧：善；指改过向善说。

烨烨震电[13]，不宁不令[14]。百川沸腾，山冢崒崩[15]。高岸为谷，深谷为陵[16]。哀今之人，胡憯莫惩！[17]

[13] 烨（yè）烨：电光闪闪的样子。

[14] 令：善。

[15] 冢：山顶。崒（zú）：这里读为"猝"，即忽然的意思。

[16] 以上四句，形容地震的样子。周幽王二年，西周有地震。

[17] 憯（cǎn）：曾。惩：惩戒。以上二句是说：可怜现在（在官位）的人，为什么还不会
惩戒改过呢！

皇父卿士[18]，番维司徒[19]，家伯维宰[20]，仲允膳夫[21]，
棸子内史[22]，蹶维趣马[23]，楀维师氏[24]，艳妻煽方处[25]。

[18] 皇父：是字；不知道他的姓。卿士：当是六卿之长。

[19] 番：是姓氏，不知道他的名字。司徒：总管天下地图和人民户口的官。

[20] 家伯：也是字。宰：即宰夫，官名。诸臣和民众有事上奏朝廷，由宰夫转奏。

[21] 仲允：也是字。膳夫：管理天子食品的官员。

[22] 棸（zōu）：姓氏。内史：管理人事的官员。

[23] 蹶：姓氏。趣马：管理天子马匹的官员。

[24] 楀（yǔ）：姓氏。师氏：管理司朝得失的官。

[25] 艳妻：指褒姒说。煽（shān）：炽盛的意思。方处：即并处，意思是说同党。

抑[26]此皇父，岂曰不时[27]？胡为我作[28]，不即我谋[29]？
彻[30]我墙屋，田卒污莱[31]。曰："予不戕，礼则然矣。"[32]

[26] 抑：和"噫"同义。

[27] 时：是。意思是说：皇父岂肯说自己的不是？

[28] 作：役使。我作：役使我。

[29] 即我谋：就我来商量。

[30] 彻：同"撤"，即毁掉。

[31] 卒：尽。污：停水。莱：生草。

[32] 这句的意思是，皇父反而说："我并不是戕害你，按礼应该这样做呀！"

皇父孔圣[33]，作都于向[34]。择三有事[35]，亶侯多藏[36]。

190

不懋遗一老[37]**，俾守我王。择有车马**[38]**，以居徂向**[39]**。**

[33] 孔圣：很圣明；这是讽刺的话。

[34] 都：城邑。向：邑名，在今河南济源市境内。皇父作都向邑，当是见到国势日危，自己先做逃难的准备。

[35] 择三有事：选择合意的人而使他们做三有事。三有事：即三卿。

[36] 亶：实。侯：维。多藏：财物多。这句的意思是，皇父自立的三卿，都是很富裕的人。

[37] 懋（yìn）：肯。遗：留下。老：旧臣。

[38] 择有车马：选择有车马的人。

[39] 居：音"基"，语助词。徂：往。这句的意思是，使有车马的人，都迁往向邑。

黾勉从事，不敢告劳[40]**。无罪无辜，谗口嚣嚣**[41]**。下民之孽**[42]**，匪降自天；噂沓背憎**[43]**，职竞由人**[44]**。**

[40] 告劳：把自己的劳苦声张出来。

[41] 嚣嚣：喧哗的声音；这里是形容谗言之多。以上四句，是诗人述说自己的情况。

[42] 孽：罪过。

[43] 噂（zǔn）：聚会。沓：合。这句是说小人聚会时就相合（和好），背面时就互相憎恨。

[44] 职竞：专意地抢着做。以上四句是说：下民的罪孽，并非由天降下；而是由于人们专做那些聚即和好，背则憎恨的勾当所致。

悠悠我里[45]**，亦孔之痗**[46]**。四方有羡**[47]**，我独居**[48]**忧。民莫不逸**[49]**，我独不敢休。天命不彻**[50]**，我不敢傚**[51]**，我友自逸**[52]**。**

[45] 悠悠：深长的样子。里：或作"悝"，忧愁。

[46] 痗（mèi）：病痛。

[47] 有羡：意即羡然，快乐的样子。

[48] 居：音"基"，语助词。

[49] 逸：安适。

[50] 彻：明。

[51] 傚：同"效"。

[52] 我友：指同事的人说。

雨无正

这当是周王东迁的时候，诗人感伤时事而作的诗。

浩浩昊天[1]，不骏其德[2]。降丧饥馑[3]，斩伐四国[4]。
昊天疾威[5]，弗虑弗图。[6]舍彼有罪，既伏其辜[7]。若
此无罪，沦胥以铺。[8]

[1] 浩浩：广大的样子。昊：广大的。

[2] 骏：长；恒久的意思。不骏其德：就是不恒久保持它的德性。

[3] 饥：五谷不收。馑：一种谷物不收。饥馑：即荒年。

[4] 斩伐：伤害。四国：天下。

[5] 疾：急遽。威：惩罚。疾威：急遽地降下惩罚。

[6] 虑、图：都是谋划的意思。这两句是说：上天发威如此，当政的人仍不思修明政治来
　　平息上天的愤怒。

[7] 舍：舍弃。伏：隐藏。辜：罪过。

[8] 沦：率，都。胥：相。以：及于。铺：惩处，也可解作"痛"，就是痛苦、病痛的意
　　思。这四句是说：那些有罪的人，都得到了赦免，他们的过恶已被隐蔽起来；而这些
　　无罪的人，却都相率受到惩处（或者说是遭到痛苦）。

周宗既灭[9]，靡所止戾[10]。正大夫离居[11]，莫知我勚[12]。
三事大夫[13]，莫肯夙夜[14]。邦君诸侯，莫肯朝夕[15]。庶
曰式臧，复出为恶。[16]

[9] 周宗：就是周的宗族。周宗既灭：这是一句夸大的说法，意思是周幽王被杀而言。

[10] 戾：安定。

[11] 正：长官。正大夫：就是长官和大夫。离：离散。居（jū）：语词。

[12] 勚（yì）：勤劳。

[13] 三事：就是三卿。

[14] 夙夜：早晨与晚间。

[15] 朝夕：与"夙夜"意思相同。

[16] 庶：庶几。式：语词。复：反而。这两句是说：（这些三事大夫和诸侯等）也许可以做
　　点好事了，（哪知道他们）反而做出恶事来。

如何昊天，辟言不信[17]。如彼行迈，则靡所臻[18]。凡百君子，各敬尔身[19]。胡不相畏，不畏于天？[20]

[17] 辟言：有法度的话。不信：不被信用。

[18] 行迈：走路。臻：至。

[19] 凡百君子：指在位者说。敬：儆戒。

[20] 这四句是说：在位当政的人们，应该警诫自己；天灾是这样的厉害，怎能不畏惧？难道连天都不怕吗？

戎[21]成不退，饥成不遂[22]。曾我埶御[23]，憯憯日瘁[24]。凡百君子，莫肯用讯。[25]听言则答[26]，谮言则退[27]。

[21] 戎：战争，兵乱。

[22] 遂：安定。

[23] 曾：只有。埶（xiè）御：近侍之臣。

[24] 憯（cǎn）憯：忧惧的样子。瘁：病痛。

[25] 讯：问。这两句是说：这些当政的人们，不肯向人请教为善之道。

[26] 听言：听起来顺耳的话。

[27] 谮（zèn）言：即谏言，听起来不顺耳的话。退：退而不答。

哀哉不能言，匪舌是出[28]，维躬是瘁[29]。哿矣能言[30]，巧言如流，俾躬处休。[31]

[28] 匪舌是出：不是用口舌所能说得出来的。

[29] 维躬是瘁：这是说因不能巧言而自身遭到灾殃。

[30] 哿（gě）：欢乐。这句是说：快乐呀，那些能言的人们！

[31] 休：美好。这两句是说：那些巧言如流的人，能使自己处于美好的境地。

维曰于仕，孔棘且殆[32]。云不可使，得罪于天子。亦云可使，怨及朋友[33]。

[32] 于：往。棘：不顺利。殆：危险。

[33] 朋友：就是同僚，同事。这一句是说：那些同事们因嫉妒自己的才能而生怨心。

谓尔迁于王都[34]，曰：“予未有室家[35]。”鼠思泣血[36]，无言不疾[37]。昔尔出居，谁从作尔室？[38]

[34] 谓：说。王都：即王城，东周京都所在地，在洛邑之西。

[35] 室家：指房舍。这一句是说：以没有房舍相推诿而不肯迁。

[36] 鼠：与"癙"同义，忧愁。泣：没有哭声而流泪。泣血：泪流干后连血也流出来了。

[37] 这一句是说：自己的话没有一句是不受人疾恶的。

[38] 这两句是说：从前你出居的时候，有谁来给你做房屋呢？从这两句看来，必定是这些三事大夫们，在从前国家危乱的时候会出走避难；等到平王东迁，他们又认为国事已不可为，借故不肯随政府东行。因此，诗人作诗来斥责他们。

小旻

这是刺讥天子听信邪谋的诗。

旻天疾威[1]，敷于下土[2]。谋犹回遹[3]，何日斯沮[4]？谋臧[5]不从，不臧覆[6]用。我视谋犹，亦孔之邛[7]。

[1] 旻（mín）：苍天。疾威：急急地降下威武，即暴虐之意。

[2] 敷：分布（指威说）。下土：即人间。

[3] 犹：和"谋"同义。回、遹（yù）：都是邪辟不正的意思。

[6] 斯：语助词。沮：止。

[5] 臧：善。

[6] 覆：反。

[7] 邛（qióng）：病；这里是恶劣的意思。

潝潝訿訿[8]，亦孔之哀。谋之其臧，则具是违[9]。谋之不臧，则具是依[10]。我视谋犹，伊于胡底！[11]

[8] 潝（xì）潝：互相应和。訿（zǐ）訿：互相诋毁。

[9] 具：完全地，通通地。违：违背不用。

[10] 依：听从。

[11] 底（zhǐ）：到达。以上二句是说：我看他们的计谋，将会到达什么地步呢？

我龟既厌[12]，不我告犹[13]。谋夫孔多，是用不集[14]。发言盈庭，谁敢执其咎[15]？如匪行迈谋[16]，是用不得于道[17]。

[12] 龟：是用来占卜的。厌：厌倦。

[13] 不我告犹：不告诉我计谋。意谓龟卜已不灵验。

[14] 集：成就。这是说所谋都不合宜。

[15] 执：任（负责）。咎：过错。这两句是说发言的人虽然满庭，但如果计谋不善误了国事，谁敢对那过错负责呢？

[16] 匪：彼。行迈：行路的人。这是说：就像和行路的人去计划（国事）一样。

[17] 是用：是以。道：指正道说。

哀哉为犹，匪先民是程[18]，匪大犹是经[19]；维迩言[20]是听，维迩言是争[21]。如彼筑室于道谋[22]，是用不溃[23]于成。

[18] 程：法。

[19] 经：行。

[20] 迩言：浅近之言。

[21] 争：争取；意谓在上的人专门听信迩言。

[22] 这句的意思是：譬如将筑室，而与行道的人来谋划着怎样建筑。

[23] 溃：顺遂。

国虽靡止[24]，或圣或否[25]。民虽靡膴[26]，或哲或谋，或肃或艾。[27]如彼泉流，无沦胥以败。[28]

[24] 止：安定。

[25] 圣：明智。否：不明智。指国内的人说。

[26] 膴：厚，即众多。

[27] 哲：明察。谋：聪明善于计谋。肃：恭谨庄重。艾：同"乂"，有办事的才干。此二句意谓：民众虽不多，可也有这些人才。

[28] 沦：率。胥：相。沦胥：即相率之义。败：坏。此二句意即"无如彼泉流，沦胥以败"，是说不要使善人恶人同归于尽。

不敢暴虎[29]，不敢冯河[30]。人知其一，莫知其他。[31]

战战兢兢^[32]，如临^[33]深渊，如履^[34]薄冰。

[29] 暴虎：赤手打虎。

[30] 冯河：游泳渡过黄河。

[31] 其一：指暴虎冯河说。其他：谓更危险的事，其意当指邪谋危国说。

[32] 战战兢兢：恐惧小心的样子。

[33] 临：接近。

[34] 履：踏。

小宛

这也是伤时之诗。

宛彼鸣鸠，翰飞戾天^[1]。我心忧伤，念昔先人。明发不寐，有怀二人^[2]。

[1] 宛：身体小的意思。翰：高。戾天：到天。

[2] 明发：早晨天发亮的时候。二人：指父母说。

人之齐圣，饮酒温克。^[3]彼昏不知，壹醉日富。^[4]各敬尔仪，天命不又^[5]。

[3] 齐：知虑敏捷。齐圣：聪明睿知。温：和柔。克：能够。温克：能够温和。这两句是说：那些聪明睿知的人，虽饮酒也能性情和柔。

[4] 昏：昏聩。知：同"智"。壹：专一。富：自满骄纵的样子。这两句是说：那些昏聩无知的人，恣意饮酒，日益骄纵。

[5] 敬：谨慎。仪：威仪。又：与"右、佑"二字通用，帮助。

中原有菽^[6]，庶民采之。螟蛉有子，蜾蠃负之^[7]。教诲尔子，式穀似之。^[8]

[6] 中原：原中，田地里。菽：豆子。

[7] 螟（míng）蛉（líng）：桑虫。蜾（guǒ）蠃（luǒ）：土蜂。相传桑虫被土蜂背到树洞中，经过七天就变成小土蜂了。

[8] 式：语词。穀：善。这两句是说：要教诲你的儿子，使他们如螟蛉变成蜾蠃那样好。

题彼脊令^[9]，载飞载鸣。我日斯迈，而月斯征。^[10]夙兴夜寐，无忝尔所生^[11]。

[9] 题：视。脊令：鸟名，就是鶺鸰。

[10] 迈、征：都是行路的意思。日迈、月征：是说连月在外面仆仆道途，得不到休息。

[11] 忝：污辱。所生：父母。

交交桑扈，率场啄粟^[12]。哀我填寡，宜岸宜狱。^[13]握粟出卜，自何能穀？^[14]

[12] 交交：鸟鸣的声音。桑扈：鸟名，今俗名青嘴。率：循。

[13] 填：同"瘨"，生病。寡：贫。宜：这里和"且"同义。岸：犴，乡下的监狱。狱：朝廷的监狱。这两句是说：可怜我既病且贫，又被下在监狱中。

[14] 穀：善。这两句是说：拿出粟米作为卜资，问一下怎么才能好呢？

温温恭人，如集于木。^[15]惴惴^[16]小心，如临于谷。战战兢兢，如履薄冰。

[15] 温温：柔和的样子。集：鸟落在树上。这是说如人在树上，唯恐掉下来。形容极其小心的意思。

[16] 惴惴：恐惧的样子。

小弁

　　这首诗是一个不能得到父母欢心的儿子作的。因为历史上有周幽王宠爱褒姒，废掉了太子宜臼的故事；于是后代说《诗》的人，或以为这首诗是宜臼所作，或以为是宜臼的师傅所作。但都没有明确的证据。

弁彼鸒斯^[1]，归飞提提^[2]。民莫不穀^[3]，我独于罹^[4]。何辜^[5]于天？我罪伊何？心之忧矣，云如之何^[6]！

[1]弁：音"盘"，鸟飞拍翼的样子。鹬（yù）：乌鸦的一种，和常见的乌鸦相似而较小。斯：语助词。

[2]归飞：飞回来。提提：成群飞行的样子。

[3]穀：善。

[4]瘴：忧。

[5]辜：得罪。

[6]云：发语词。如之何：怎样才好呢？

踧踧周道[7]，鞠[8]为茂草。我心忧伤，惄焉如捣[9]。假寐永叹[10]，维忧用老[11]。心之忧矣，疢如疾首[12]。

[7]踧（dí）踧：平坦的样子。周道：大路。

[8]鞠：满。

[9]惄（nì）：饥饿难受的样子。捣：击捣。

[10]假寐：不脱掉衣服卧着。永叹：长叹。

[11]这句意思是：因忧愁而使人衰老。

[12]疢（chèn）：热病。疾首：头痛。

维桑与梓[13]，必恭敬止[14]。靡瞻匪父，靡依匪母。[15]不属于毛，不罹于里[16]。天之生我，我辰安在[17]？

[13]桑、梓：桑树和梓树；桑叶可以养蚕做衣，梓木可以做棺椁。

[14]止：和"之"同义。

[15]靡：无。瞻：敬仰。依：偎靠。没人不敬仰父亲，没人不偎靠着母亲。意思是说：到处仿佛有父母在旁。

[16]属：连系。罹：附着。里：肌肉。这两句是说：自己的毛发不是和父母的相连系吗？肌肉不是相附着吗？言外之意，即父母何以不爱己呢？

[17]辰：时；意谓运气。

菀[18]彼柳斯[19]，鸣蜩嘒嘒[20]。有漼[21]者渊，萑苇淠淠[22]。譬彼舟流[23]，不知所届[24]。心之忧矣，不遑假寐。

[18]菀（yù）：茂盛的样子。

[19]斯：语助词。

[20] 嘒（huì）嘒：蝉叫的声音。

[21] 漼（cuǐ）：水深的样子。有漼：和"漼然"同义。

[22] 湒（pèi）湒：茂盛的样子。以上四句是起兴。

[23] 舟流：舟顺水流去。

[24] 届：到达。

鹿斯^[25]之奔，维足伎伎^[26]。雉之朝雊^[27]，尚求其雌。
譬彼坏木^[28]，疾用无枝^[29]。心之忧矣，宁莫之知^[30]！

[25] 斯：语助词。

[26] 伎（qí）伎：或作"跂跂"，翘足快跑的样子。

[27] 雊（gòu）：野鸡叫。朝雊：野鸡早晨叫。鹿奔、雉雊，都是为了寻求同伙。言外之
意，是说人也不可孤立。

[28] 坏木：已经枯萎的树木。

[29] 疾：恨恶。用：和"于"同义。这句是说：恨恶于没有枝叶。

[30] 宁：和"乃"同义。宁莫之知：竟不了解我。

相^[31]彼投兔^[32]，尚或先之^[33]。行^[34]有死人，尚或瑾^[35]
之。君子秉心^[36]，维其忍^[37]之。心之忧矣，涕既陨^[38]之。

[31] 相：看。

[32] 投兔：用网掩取兔子。

[33] 先：开放的意思。先之：放走它。

[34] 行：道路。

[35] 瑾（jìn）：掩埋。

[36] 秉心：存心的意思。

[37] 忍：残忍。

[38] 陨：落。

君子信谗，如或酬^[39]之。君子不惠^[40]，不舒究之^[41]。
伐木掎^[42]矣，析薪扡^[43]矣。舍彼有罪^[44]，予之佗^[45]矣。

[39] 酬：同"酬"。见《节南山》注。

［40］惠：爱。

［41］舒：慢慢地。究：省察。

［42］掎（jǐ）：往一面拖拉叫作"掎"。伐树时，用绳子把树往一面拖，就容易倒下。

［43］扡（chǐ）：劈木柴时，顺着它的纹理。

［44］舍彼有罪：把有罪的人舍置了不问。

［45］之：是。佗（tuó）：负荷。这句是说：倒使我把罪过担负了起来。

莫高匪山，莫浚匪泉[46]。君子无易由言[47]，耳属于垣[48]。
无逝我梁，无发我笱。我躬不阅，遑恤我后。　[49]

［46］匪：两匪字都作"彼"字解。浚：深。山虽高，人们可以上到顶；泉虽深，人们可以
　　沉到底。这两句是说：人们无所不到，表示做事要谨慎。

［47］君子：这里指一般好人说。无：勿。易：轻易。由：于。

［48］属：连接。垣：墙壁。这是说有人偷听说话。

［49］以上四句见《邶风·谷风》篇。

巧言

　　这是刺责谗人的诗。

悠悠[1]昊天，曰父母且。[2]无罪无辜，乱如此怃[3]。昊
天已威[4]，予慎[5]无罪；昊天大怃，[6]予慎无辜。

［1］悠悠：高远的样子。

［2］"曰"和"越"的意义相通，这里是"及"的意思。且：是语助词。以上二句是说：高
　　远的老天，以及父亲母亲啊！

［3］怃（hū）：大。

［4］威：降下威怒。

［5］慎：真的。下一句的"慎"字同。

［6］这句是承上文说，意谓老天降下来的威怒太大了。

乱之初生，僭始既涵[7]。乱之又生，君子[8]信谗。君子如怒，
乱庶遄沮[9]；君子如祉[10]，乱庶遄已[11]。

[7] 憯：当是"潛"字的假借，谗的意思。涵：包容。以上二句是说：祸乱初发生的时候，进谗言的人，开始被君主所包容而不加以罪责。

[8] 君子：指君主说。

[9] 怒：指怒恨谗人说。庶：庶几。遄：速。沮：止。

[10] 祉：喜；这里指喜好善人说。

[11] 已：止。

君子屡盟[12]，乱是用长[13]；君子信盗[14]，乱是用暴[15]。
盗言孔甘[16]，乱是用餤[17]。匪其止共[18]，维王之邛[19]。

[12] 盟：盟誓。

[13] 用：以。长：长远。为了昭示信用所以盟誓。既然屡盟，可见是屡次背盟。祸乱所以长远。

[14] 盗：指小人说。

[15] 暴：猛烈。

[16] 甘：甜蜜。

[17] 餤（tán）：吃。意思是说听信谗言和吃东西一样。

[18] 匪：和"彼"同义，指小人说。止共：过度的恭敬。

[19] 邛（qióng）：病。

奕奕[20]寝庙，君子作之。秩秩大猷[21]，圣人莫[22]之。
他人有心，予忖度[23]之。跃跃毚兔[24]，遇犬获之。[25]

[20] 奕奕：大的样子。

[21] 秩秩：明智的样子。猷：计谋。

[22] 莫：和"谟"同义，谋划的意思。

[23] 忖（cǔn）度：揣度。

[24] 跃（tì）跃：和"趯趯"同，跳动。毚（chán）兔：狡兔。

[25] 以上二句，是譬喻揣度他人的心情，必定能猜得到。

荏染柔木[26]，君子树[27]之。往来行言[28]，心焉数[29]之。
蛇蛇硕言[30]，出自口矣。巧言如簧[31]，颜之厚矣[32]。

[26] 荏（rěn）染：柔软的样子。木：树木。

［27］树：栽植。

［28］行言：流言。

［29］数：辨别。

［30］蛇（yí）蛇：和"训训"同义，大言不惭的样子。硕言：大话。

［31］簧：笙里的簧舌。

［32］颜：脸面。颜之厚：即脸皮厚。

彼何人斯^{［33］}？居河之麋^{［34］}。无拳无勇，职为乱阶^{［35］}。既微^{［36］}且尰，尔勇伊何^{［37］}？为犹将多^{［38］}，尔居徒几何^{［39］}？

［33］斯：语助词。

［34］河：黄河。麋：和"湄"同义，水边。

［35］职：主，主要。乱阶：祸乱的阶梯。

［36］微：脚胫生疮。尰（zhǒng）：脚肿。

［37］伊何：维何。

［38］犹：欺骗。将：很。

［39］居：音"基"，语助词。徒：同伙的人。这句的意思是说：你们一伙人究竟能有多少？

何人斯

这是朋友绝交的诗。《诗序》说为苏公刺暴公的诗。谓暴公为卿士，谮苏公；故苏公作这首诗同他绝交。然苏公、暴公究竟是怎样的人，则没有定说。

彼何人斯？其心孔艰^{［1］}。胡逝我梁^{［2］}，不入我门？伊谁云从^{［3］}？维暴之云^{［4］}。

［1］艰：险恶。

［2］逝：往。梁：河上的鱼梁。

［3］云：是。从：同行。

［4］暴：人名。云：句末的语词。

二人从行，谁为此祸^[5]？胡逝我梁，不入唁^[6]我！始者不如今，云不我可。^[7]

[5] 二人：指暴与他的从行之人。祸：指暴所做那种不友谊的事情而言。

[6] 唁：慰问。

[7] 云：发语词。不我可：不认为我对。这两句是说：现在他（暴）不认为我是对的，但他从前并不如此。

彼何人斯？胡逝我陈^[8]？我闻其声，不见其身。不愧于人？不畏于天？^[9]

[8] 陈：从堂前到大门的走道。

[9] 这两句是说：你即使不愧于人，难道也不畏于天吗？

彼何人斯？其为飘风^[10]。胡不自北？胡不自南？胡逝我梁？只搅我心。

[10] 飘风：突然而起的暴风。

尔之安行，亦不遑舍^[11]；尔之亟行，遑脂尔车^[12]。壹者之来，云何其盱^[13]？

[11] 安行：无事安闲地行走。遑：空暇。舍：息止。这句是说：你无事安闲地在行走，从我门前经过就不停下来稍息一会儿。

[12] 亟行：急急地行走。脂：在车的轮轴地方加油，现在北方叫作"膏车"。这句是说：你是有急事而赶路吧？你却有工夫停下加油。

[13] 壹：一次。云何：如何。盱：病苦。这句是说：来我这儿一次，对你有什么病苦？

尔还而入，我心易也^[14]；还而不入，否难知也^[15]。壹者之来，俾我祗也^[16]。

[14] 还：旋车。入：来我家。易：喜悦。

[15] 否：古时与"不""丕"通用，"太甚"的意思。

[16] 祗（zhǐ）：安适。

伯氏吹埙,仲氏吹篪[17]。及尔如贯[18],谅不我知。出此三物,以诅尔斯[19]。

[17] 埙(xūn):一种陶制的乐器,形状如卵而有孔。篪(chí):一种竹制似笛的乐器。伯、仲:就是兄弟。这两句是说:从前你吹埙我吹篪,彼此合奏应和,友好如同兄弟一般。

[18] 贯:现在叫作"串"。如贯:好像串连在一起似的。此句极言其亲昵。

[19] 三物:犬、豕、鸡。古人诅咒时用这三物行媚神的祭礼。诅(zǔ):诅咒,即祈求神魔降祸于人。

为鬼为蜮,则不可得[20]。有靦面目,视人罔极[21]。作此好歌,以极反侧[22]。

[20] 蜮(yù):相传是一种生在水里的动物,口里含沙,喷射水中的人影。被射中的人,就会生病。得:二人友善谓相得。或解为相得见。

[21] 靦(miǎn):羞惭的样子。有靦:靦然。视:古时与"示"字义通。视人罔极:就是公然表示出来不良的行为。

[22] 极:纠正。反侧:反复无常的人。

巷伯

这是寺人孟子讽刺谗人的诗。巷伯是寺人之长,所以用巷伯作篇名。

萋兮斐兮,成是贝锦[1]。彼谮人者,亦已大甚!

[1] 萋、斐:都是文彩美丽的样子。贝锦:织有贝文的丝织品。

哆兮侈兮,成是南箕[2]。彼谮人者,谁适与谋[3]!

[2] 哆(chǐ)、侈:都是很大的样子。南箕:箕星。箕星在南,所以叫南箕。这里是指织有南箕星文的锦说。

[3] 适(dí):专主。谁适与谋:谁还要专跟那些谗人相谋呢?

缉缉翩翩[4],谋欲谮人。慎尔言也,谓尔不信。[5]

[4] 缉缉:也作"咠咠"。附耳低声说私话的意思。翩翩:就是谝谝。讲话很巧妙而不实在

的意思。

[5]这两句是诗人告诫那个谮人说:"你要谨慎讲话啊!不然,王会察觉到你的欺诈,而认为你是一个不信实的人。"

捷捷幡幡,谋欲谮言。[6]岂不尔受?既其女迁。[7]

[6]捷捷:讲话很巧妙的样子。幡幡:反复无常的意思。谋欲谮言:计划着想进谗言。

[7]其:乃。迁:迁移。这两句是说:王初时岂不接受你的谗言?但等知道你的奸诈之后,就不再听信你了。

骄人好好,劳人草草[8]。苍天苍天!视彼骄人,矜此劳人[9]。

[8]好好:高兴。草草:劳心的意思。

[9]矜:怜悯。

彼谮人者,谁适与谋!取彼谮人,投畀豺虎[10]。豺虎不食,投畀有北[11]。有北不受,投畀有昊[12]。

[10]畀:给予。豺:一种狼属的野兽。

[11]有北:北方。古时风俗以北方为凶地。

[12]有昊:昊天。这句是说:丢给老天,请老天处分他去。

杨园之道,猗于亩丘[13]。寺人[14]孟子,作为此诗。凡百君子,敬[15]而听之。

[13]猗:倚;靠近的意思。亩丘:土丘名。这句是说:通往杨园的道路,是靠近亩丘的。

[14]寺人:宫内的小臣。

[15]敬:儆惕。

谷风

旧说这是朋友相怨的诗,但也可能像《邶风》中的《谷风》一样,是一个被丈夫遗弃的妇人所作的。

习习谷风[1],维风及雨。将恐将惧,维予与女。将安将乐,女转弃予。

[1]见《邶风·谷风》。

习习谷风，维风及颓[2]。将恐将惧，置予于怀。将安将乐，
弃予如遗。

[2]颓：旋风。

习习谷风，维山崔嵬[3]。无草不死，无木不萎[4]。忘我大德，
思我小怨[5]。

[3]崔嵬：很高的样子。
[4]这两句同前两句一样是起兴之辞，与诗之本旨无关。
[5]这两句是诗的本旨所在。

蓼莪

孝子痛伤他的父母亡故，而不能够再孝养他们，所以作了这首诗。

蓼蓼者莪[1]，匪莪伊蒿[2]。哀哀父母，生我劬劳[3]。

[1]蓼（lù）蓼：长大的样子。莪：植物名，即茵陈。
[2]伊：维。这句是说：并不是莪，乃是蒿子。俗话说："二月茵陈三月蒿"，可见茵陈长
　大了就是蒿子。以上二句是起兴。
[3]劬劳：辛苦勤劳。

蓼蓼者莪，匪莪伊蔚[4]。哀哀父母，生我劳瘁[5]。

[4]蔚（wèi）：又名马薪蒿，是蒿类中更粗大的。
[5]瘁：疲病。

瓶之罄矣，维罍之耻[6]。鲜民[7]之生，不如死之久矣[8]！
无父何怙[9]？无母何恃[10]？出则衔恤[11]，入则靡至[12]。

[6] 瓶：打水用的瓶子。罄：空。罍：贮水用的坛子。瓶空无水，自然灌不满坛子；这是用来比喻儿子不能够好好地养父母。儿子不能好好地养父母，也是父母的羞耻。

[7] 鲜：和"斯"字音近义通。鲜民：和"斯民"同义。

[8] 即"久矣不如死掉"的意思。

[9] 怙（hù）：依靠。

[10] 恃：仗恃。

[11] 恤：忧。衔恤：含忧的意思。

[12] 入则靡至：入家见不到父母，好像没处可去的样子。

父兮生我，母兮鞠[13]我。拊我畜我[14]，长我育[15]我。顾我复我[16]，出入腹[17]我。欲报之[18]德，昊天罔极[19]！

[13] 鞠：养育。

[14] 拊：抚摩。畜：养活。

[15] 育：覆育：即母亲用身子偎靠幼儿，像鸟用羽翼覆盖小鸟似的。

[16] 顾：回顾。复：返回。这是说父母将要出门，因不放心儿女，又回顾或返回。

[17] 腹：怀抱。

[18] 之：是。

[19] 罔极：无良。意思是说：老天无良，把父母给夺去（死去）。

南山烈烈[20]，飘风发发[21]。民莫不穀[22]，我独何害[23]！

[20] 烈烈：高大的样子。

[21] 飘风：暴起的风。发发：迅疾的样子。

[22] 穀：善。

[23] 我独何害：我何以独遇到灾害！

南山律律[24]，飘风弗弗[25]。民莫不穀，我独不卒[26]！

[24] 律律：和"烈烈"同义。

[25] 弗弗：和"发发"同义。

[26] 旧说：不卒，就是不得终养父母。从字面看，恐怕不对。我疑心"不"当读为"丕"，是语助词。"卒"，当读为"瘁"，是病痛的意思。

大东

这是东国人士感伤时事的诗。

有饛簋飧[1]，有捄棘匕[2]。周道如砥[3]，其直如矢。君子所履，小人所视[4]。睠言顾之[5]，潸焉出涕[6]。

[1] 饛（méng）：盈满的样子。有饛：即饛然。簋：见《秦风·权舆》。飧（sūn），同"飱"，熟食。

[2] 捄：曲而长的样子。棘：枣类植物。匕：类似现在的汤匙，但柄较长。吉事用棘匕，丧事用桑匕。

[3] 砥：磨刀石。形容其平坦。

[4] 君子：做官的人。小人：平民。周时的周道（国道）禁止平民通行，做官的人在上面走，老百姓只有看的份儿。

[5] 睠（juàn）：回头看的样子。言：语词，类似"而"字。

[6] 潸（shān）：流涕的样子。

小东大东[7]，杼柚其空[8]。纠纠葛屦，可以履霜[9]。佻佻公子[10]，行彼周行。既往既来[11]，使我心疚。

[7] 小东：今山东濮阳一带地方。大东：今山东东部。

[8] 杼（zhù）：梭子。柚（zhóu）：织布机中用以卷经的轴。空：尽，就是说无布可织了。

[9] 见《魏风·葛屦》。

[10] 佻佻：往来行走的样子。

[11] 既来既往：往来频繁，疲于道路。

有冽氿泉[12]，无浸获薪[13]。契契寤叹[14]，哀我惮[15]人。薪是获薪，尚可载也[16]。哀我惮人，亦可息[17]也。

[12] 有冽：即冽然；寒凉的样子。氿（guǐ）泉：侧出的泉。

[13] 获薪：已砍下来的薪柴。

[14] 契契：忧苦的样子。寤：语词。

[15] 惮：劳。

[16] 尚可载也：还可以载之而去。

［17］息：休息。

东人之子，职劳不来^[18]；西人之子，粲粲衣服^[19]。舟人^[20]之子，熊罴是裘；私人^[21]之子，百僚是试^[22]。

［18］东人之子：就是东国之人。职：事。来：慰劳。

［19］西人之子：指周人。粲粲：鲜明华丽的样子。

［20］舟：当作周。舟人：即周人。

［21］私人：家臣。此处是指在东国做官的周人之家臣。

［22］百僚：百官。试：用。这句是说：各职位都用他的家臣。

或以其酒，不以其浆^[23]。鞙鞙佩璲，不以其长^[24]。维天有汉^[25]，监亦有光^[26]。跂彼织女^[27]，终日七襄^[28]。

［23］按：古人饮酒渴了则饮浆。此句言有酒而无浆，是形容其穷困的样子。

［24］鞙（juān）鞙：美好的样子。璲：这里读为"禭绶"的"禭"；禭绶以长者为贵。此句"不以其长"，也是形容其穷困的样子。

［25］汉：天河。

［26］监：视。亦：语词。这一句是说：视之则有光。

［27］跂：提起脚跟来望。织女：星名。

［28］襄：就是驾。更换位置叫驾。古时分周天为十二次（十二站），配以地支之名。经星一画一夜左旋一周有余，这样一日之间，自卯至酉，当更七次。所以说"终日七襄"。

虽则七襄，不成报章^[29]。睆彼牵牛^[30]，不以服箱^[31]。东有启明，西有长庚^[32]。有捄天毕，^[33]载施之行。^[34]

［29］报：反复；织布时梭子牵动纬线一来一往叫报。章：织布成文叫章。不成报章：即是说织不成布帛。

［30］睆（huǎn）：明亮的样子。牵牛：星名。

［31］服：驾车。箱：车箱。

［32］启明、长庚：一个星的两个名称。早晨它的位置在东方，叫启明；晚上它的位置在西方，叫长庚。

［33］天毕：星名。毕本是捉兔子用的长柄小网，毕星的形状与之相像，故有这一名称。

［34］施：放置。行：行列。这两句的意思是说：一个弯弯的毕星，只能摆在众星的行列中，

而不能真用它捉兔子。

维南有箕，不可以簸扬[35]。维北有斗，不可以挹酒浆[36]。
维南有箕，载翕其舌[37]。维北有斗，西柄之揭[38]。

[35] 箕：星名。这两句意思是说：箕本是簸扬谷物用的，但箕星则不能簸扬。

[36] 斗：在此是指南斗星说的，因南斗在箕星之北，故说"维北有斗"。这两句意思是说：斗本是盛取酒浆用的，然而斗星却不能作此用。

[37] 翕：收敛。箕星有四个，两个为踵，两个为舌。载翕其舌：是说它的舌头缩着，好像要吃东西似的。

[38] 揭：高举。南斗星的柄，四时皆高举西方，好像要向人们取东西似的。以上两章诗的意思是说：天上徒有织女、牵牛、启明、长庚、天毕等星辰，只空具虚名，而无实用。至于箕、斗二星，非但无实用，还缩着舌头把嘴张，举高把柄，要向人间噬取东西！

四月

这是一首遭逢时乱，自我悲伤的诗。

四月维夏，六月徂暑[1]。先祖匪人[2]，胡宁忍予[3]？

[1] 徂：开始。

[2] 匪人：不是外人。

[3] 宁：乃；竟然。胡宁忍予：为什么忍心使我遭逢丧乱呢？

秋日凄凄，百卉俱腓[4]。乱离瘼矣，爰其适归[5]？

[4] 凄凄：寒凉的样子。卉：草；也指花木说。腓：病；凋落的意思。

[5] 瘼（mò）：病痛。适：往。爰其适归：姑且回家吧！爰字又作"奚"。照"奚"字讲，就是说：将回到什么地方去呢？

冬日烈烈，飘风发发。民莫不穀，我独何害[6]！

[6] 见《蓼莪》篇。

山有嘉卉，侯栗侯梅[7]。废为残贼，莫知其尤。[8]

[7]侯：维。

[8]废：好的变成坏的。残贼：伤害。尤：罪过。这两句是说：官吏们都变成了残害百姓的人，他们简直不知道他们的罪过。

相^[9]彼泉水，载清载浊。我日构祸，曷云能榖^[10]？

[9]相：看。

[10]构：通"遘"，遭逢到。曷：何时。云：语词。榖：善。这句的意思是：何时才会好呢？

滔滔江汉，南国之纪^[11]。尽瘁以仕，宁莫我有。^[12]

[11]滔滔：水大的样子。之：是。纪：纲纪。

[12]瘁：辛劳。宁：乃。有：通"友"，友爱。这两句是说：我竭尽辛劳为王做事，但王还是不亲善我。

匪鹑匪鸢，翰飞戾天。匪鳣匪鲔，潜逃于渊。^[13]

[13]匪：彼，那些。鳣（zhān）、鲔（wěi）：见《卫风·硕人》篇。以上四句是说：鸟可以高飞，鱼也可以逃往深渊。言外之意是说自己无安身之处。

山有蕨薇，隰有杞桋^[14]。君子作歌，维以告哀^[15]。

[14]桋（yí）：木名。
[15]告哀：申诉痛苦。

北山

这是为了公事，奔走辛劳，而不得孝养其父母的人所作的诗。

陟彼北山，言采其杞。偕偕士子^[1]，朝夕从事。王事靡盬^[2]，忧我父母。

[1]偕偕：强壮的样子。士子：官吏。
[2]靡盬：见《唐风·鸨羽》篇。

溥[3]天之下，莫非王土；率土之滨[4]，莫非王臣。大夫不均[5]，我从事独贤[6]。

[3]溥：和"普"同。

[4]率：循着。滨：边涯。

[5]均：公平。

[6]贤：劳苦。我从事独贤：即我所做的事独比别人劳苦。

四牡彭彭[7]，王事傍傍[8]。嘉[9]我未老，鲜我方将[10]。旅力[11]方刚，经营四方。

[7]彭彭：盛壮的样子。

[8]傍傍：盛多的样子。

[9]嘉：嘉美。

[10]鲜：善，也就是嘉美的意思。将：壮。

[11]旅力：和"膂力"同，即力气。

或燕燕居息[12]，或尽瘁事国[13]；或息偃[14]在床，或不已于行[15]。

[12]燕燕：安息的样子。居息：安居休息。

[13]尽瘁：竭尽勤劳。尽瘁事国：致力于国家的事务。

[14]偃：仰卧。

[15]不已：不止。行：路。

或不知叫号[16]，或惨惨[17]劬劳；或栖迟偃仰[18]，或王事鞅掌[19]。

[16]不知：也就是不闻的意思。叫号（háo）：痛哭的声音。

[17]惨惨：愁苦的样子。

[18]栖迟：游散休息。偃仰：俯仰的意思。

[19]鞅掌：事务繁多。

或湛乐[20]饮酒，或惨惨畏咎[21]；或出入风议[22]，或靡事不为。[23]

[20]湛乐：快乐得长久。

[21]咎：罪过。

[22]风议：和"放议"同义，即放言高论的意思。意谓专门说风凉话。

[23]意思是说：一切的事都叫他去做。

无将大车

这是抒发心中忧闷的诗。

无将大车，只自尘兮[1]。无思百忧，只自疷兮[2]。

[1]无：勿。将：扶持前进。只：只是。尘：尘土扑身。

[2]疷（qí）：病痛。

无将大车，维尘冥冥[3]。无思百忧，不出于颎[4]。

[3]冥冥：昏暗的样子。

[4]颎（jiǒng）：和"耿"同义。耿耿：心中不安的样子。不出于颎：不能避免心中的耿耿不安。

无将大车，维尘雍[5]兮。无思百忧，只自重[6]兮。

[5]雍：遮蔽。

[6]重：负累。

小明

服兵役的人，从二月初西征，到了年终的时候，还不能够回家，因而作了这首诗。这首诗大概是作于宣王的时候。因为《小雅》里既有这一首《明》，《大雅》里也有《明》。为便于分别起见，所以把这首诗叫作《小明》，《大雅》里的《明》叫作《大明》。

明明上天，照临下土。我征徂西^[1]，至于芤野^[2]。二月初吉^[3]，载离寒暑。^[4]心之忧矣，其毒大苦^[5]。念彼共人^[6]，涕零^[7]如雨。岂不怀归？畏此罪罟^[8]。

[1]征：行。徂：往。徂西：往西方。这里所谓出征西方，可能就是参加征伐猃狁。

[2]芤（qiú）野：旧说以为是荒远的地方。我疑心芤野就是鬼方，也就是猃狁。

[3]初吉：每月上旬里的吉日。

[4]载：则。离：和"罹"同义，即遭受的意思。以上二句是说：从二月初的吉日出征，到现在寒暑都遭受过了。

[5]毒：苦毒，是说心里难受。大：同"太"。

[6]共人：即恭人，温和恭敬的人。恐怕是作诗的人指他的太太说。

[7]零：落。

[8]罪罟：罪网。偷跑回家来，就不能够逃得了罪过，所以这样说。

昔我往矣，日月方除^[9]。曷云其还^[10]？岁聿云莫^[11]。念我独^[12]兮，我事孔庶^[13]。心之忧矣，惮我不暇^[14]。念彼共人，睠睠怀顾^[15]。岂不怀归？畏此谴怒^[16]。

[9]方除：旧年刚除去，即年初的意思。

[10]曷：何时。云：语助词。还：回来。

[11]聿：语助词。莫：同"暮"。

[12]独：孤独。

[13]庶：众多。

[14]惮：劳苦。我不暇：使我不得暇。

[15]睠（juàn）睠：回顾的样子。怀顾：思念的意思。

[16]谴怒：发怒斥责。

昔我往矣，日月方奥^[17]。曷云其还？政事愈蹙^[18]。岁聿云莫，采萧获菽^[19]。心之忧矣，自诒伊戚^[20]。念彼共人，兴言出宿^[21]。岂不怀归？畏此反复^[22]。

[17]奥：暖。

[18] 蹙（cù）：急迫。

[19] 萧：蒿；采萧作薪柴之用。菽：豆。豆子成熟很晚（当冬初的时候），这是说本年快要完了。

[20] 诒：留给。戚：忧愁。

[21] 兴：起来。言：语助词。出宿：出室外而宿。

[22] 反复：指被征调的日期屡次变更说。

嗟尔君子[23]，无恒安处[24]。靖共尔位[25]，正直是与[26]。
神之听之[27]，式穀以女[28]。

[23] 君子：指执政的人说。

[24] 无恒安处：无常安居；即不要只顾安乐的意思。

[25] 靖：勤劳服务。共：通"恭"。位：职务的意思。

[26] 正直：正直的人。与：交好。

[27] 神：神明。听：听从。

[28] 式：语助词。穀：善。以女：及汝。意谓将有福禄降于你。

嗟尔君子，无恒安息。靖共尔位，好[29]是正直。神之听之，
介尔景福[30]。

[29] 好：喜好。

[30] 介：给予。景：大。

鼓钟

这可能是悼念南国某诸侯的诗。

鼓钟将将，淮水汤汤[1]。忧心且伤。淑人君子，怀允不忘[2]。

[1] 鼓钟：敲钟；为诸侯以上之乐。将将：即"锵锵"，金属乐器的声音。汤（shāng）汤：水盛大的样子。这位国君可能是葬在淮水之上，故云"淮水汤汤"。

[2] 淑人君子：就是指这位死者。怀：怀念。允：信实。不忘：不已。

鼓钟喈喈，淮水湝湝[3]。忧心且悲。淑人君子，其德不回[4]。

[3] 嘒嘒：声音和谐。湝（jiē）湝：水流貌。

[4] 回：邪。

鼓钟伐鼛[5]，淮有三洲。忧心且妯[6]。淑人君子，其德不犹[7]。

[5] 鼛（gāo）：大鼓。

[6] 妯（chōu）：悼念。

[7] 犹：止。

鼓钟钦钦[8]，鼓瑟鼓琴，笙磬同音。以雅以南，以籥不僭[9]。

[8] 钦钦：钟声。

[9] 雅、南、籥：都是乐器之名。僭：乱。

楚茨

这是咏歌祭祀的诗。

楚楚者茨[1]，言抽其棘[2]。自昔何为？我艺黍稷。我黍与与[3]，我稷翼翼[4]。我仓既盈，我庾维亿[5]。以为酒食，以享以祀，以妥以侑[6]，以介景福。

[1] 楚楚：茂密的样子。茨：蒺藜。

[2] 抽：抽出；生出。棘：蒺藜的刺。

[3] 与与：繁盛的样子。

[4] 翼翼：也是繁盛的样子。

[5] 庾：囷仓。维亿：极言其多。

[6] 妥：安坐。侑：劝。这句意思是说：使尸安坐于神位上并劝其饮食。古代祭祖时以活
人装神，叫作尸。

济济跄跄[7]，絜尔牛羊[8]，以往烝尝[9]。或剥或亨[10]，或肆或将[11]。祝祭于祊[12]，祀事孔明[13]。先祖是皇[14]，神保是飨[15]。孝孙有庆[16]，报以介福[17]，万寿无疆！

[7] 济济：众多的样子。跄跄：快走的样子。

[8] 絜：同"洁"；干净。牛、羊：都是祭品。

[9] 烝：冬季的祭祀。尝：秋季的祭祀。在此泛指祭祀而言。

[10] 剥：宰杀。亨：同"烹"字。

[11] 肆：陈列。将：奉献。

[12] 祊：门里边。

[13] 明：完备。

[14] 皇：义同"往"，"归往"的意思。

[15] 神保：就是祖考。飨：享受祭品。

[16] 庆：福。

[17] 介：大。

执爨踖踖[18]，为俎孔硕[19]，或燔或炙。君妇莫莫[20]，
为豆孔庶[21]。为宾为客[22]，献酬交错。礼仪卒度[23]，
笑语卒获[24]。神保是格[25]，报以介福，万寿攸酢[26]！

[18] 执爨：做烹调之类的事情。踖（jí）踖：快捷的样子。

[19] 俎：放置牺牲的器具。为俎孔硕：盛肉的祭器很大。

[20] 君妇：主妇。莫莫：恭敬谨慎的样子。

[21] 豆：盛肴的器具。庶：多。

[22] 宾客：助祭的人。为宾为客：意思是说这些豆是为助祭的人而设的。

[23] 卒：尽。度：法度。卒度：完全合乎法度。

[24] 获：得；得当的意思。

[25] 格：降临。

[26] 攸：以。酢（zuò）：报答。

我孔熯矣[27]，式礼莫愆[28]。工祝致告[29]：徂赉孝孙[30]。
苾芬孝祀[31]，神嗜饮食，卜尔百福。如几如式[32]，既齐
既稷[33]，既匡既敕[34]。永锡尔极[35]，时万时亿[36]！

[27] 熯（rǎn）：谨慎。

[28] 式礼莫愆：在礼仪方面没有差错。

［29］工：官。工祝：祝官。致告：向神明祷告。

［30］徂：往。赉：赐予。这是祷告神明，希望神明来赐福予孝孙。

［31］苾（bì）、芬：都是香的意思。孝祀：就是祭祀。

［32］几：期。式：法度。

［33］齐（zhāi）：虔敬。稷：敏捷。

［34］匡：正当。敕：整齐。这是说祭品陈列得端正而整齐。

［35］锡：赐。极：善。

［36］时：同是。时万时亿：言其所赐之善极其多。

礼仪既备，钟鼓既戒^{［37］}。孝孙徂位^{［38］}，工祝致告：神具醉止^{［39］}，皇尸载起^{［40］}。鼓钟送尸，神保聿归。诸宰^{［41］}君妇，废彻不迟^{［42］}。诸父兄弟，备言燕私^{［43］}。

［37］戒：准备。

［38］孝孙徂位：祭礼完毕后，孝孙往堂下西面之位。

［39］具：全部。

［40］皇：大。尸：古时祭祀以生人象征所祭之祖先，通常是死者孙子辈的人。皇尸：大尸；言其尊贵。

［41］宰：家臣。

［42］废彻：撤去祭品。不迟：快捷。古时祭毕撤去祭品，以快捷为敬。

［43］备：俱。言：语词。燕私：即私宴，古时祭祀完毕就和同姓之人宴饮。

乐具入奏，以绥后禄^{［44］}。尔殽既将^{［45］}，莫怨具庆。既醉既饱，小大^{［46］}稽首。神嗜饮食，使君寿考。孔惠孔时，维其尽之。^{［47］}子子孙孙，勿替引之^{［48］}！

［44］乐具入奏：古时祭祀在庙，私宴在寝。此时祭祀已结束，私宴开始，就把祭祀时的乐器移入寝室来演奏。所以说"乐具入奏"。绥：安。后禄：后福。以绥后禄：即是奠立后来的福禄。

［45］将：进献。

［46］小大：长幼。

［47］惠：顺。时：善。尽之：指尽礼说，即合乎礼仪。这是说祭祀很顺利也很好，没有不尽礼的地方。

[48]替：废掉。引：延长。这是祝子孙连绵不绝。

甫田

　　这是歌咏有田产的官员，能注重农事，并能谨慎祭祀方、社、田祖等神的诗。

倬彼甫田^[1]，岁取十千^[2]。我取其陈^[3]，食我农人^[4]。自古有年^[5]。今适南亩，或耘或耔^[6]，黍稷薿薿^[7]。攸介攸止^[8]，烝我髦士^[9]。

[1]倬（zhuō）：广大的样子。甫田：大田；已见《齐风·甫田》篇。

[2]取：指收租说。十千是一万，当是指禾秉说（一把禾叫作"一秉"）。这是说收的租税很多。

[3]陈：陈旧的；指粮食说。

[4]食：给……吃。农人：这里是指给地主种田的人说，如佃户之类。古人认为新的粮食好，所以把陈旧的给农人吃。

[5]自古：也就是"自昔"的意思；即是说多年以来。有年：丰年。

[6]耘（yún）：锄草。耔（zǐ）：用土培壅禾根。

[7]薿（nǐ）薿：茂盛的样子。

[8]攸：这里和"乃"同义。介：暂住下休息。止：停住。都是指停息在田里说。

[9]烝（zhēng）：引进；即接见。髦士：英俊的人，指优秀的农人说。

以我齐明^[10]，与我牺羊^[11]，以社以方^[12]。我田既臧^[13]，农夫之庆^[14]。琴瑟击鼓，以御田祖^[15]，以祈甘雨，以介^[16]我稷黍，以谷我士女^[17]。

[10]齐（zī）："齍"字的假借字，和"粢"同义。明："盛（chéng）"的假借字。粢盛：祭神所用的饭。

[11]牺（xī）：祭祀所用颜色纯一的牲。牺羊：纯色没有杂毛的羊。

[12]社：后土神。方：四方神。这里都作动词用，即祭社、祭方。

[13]臧：善。

[14] 庆：福。

[15] 御：迎接。田祖：发明种五谷的人。这里是说迎接田祖之神。

[16] 介：助。这句的意思是说，祈求五谷丰收。

[17] 谷：养。士女：指地主家里的人说。

曾孙来止[18]，以其妇子，馌彼南亩。田畯至喜[19]，攘[20]
其左右，尝其旨否[21]。禾易长亩[22]，终善且有[23]。曾
孙不怒，农夫克敏[24]。

[18] 曾孙：主持祭祀的人；也就是家长。止：语助词。

[19] 以上三句：见《豳风·七月》篇。

[20] 攘（rǎng）：取；指取食说。

[21] 旨：甘美。否：不。

[22] 易：田禾经过治理叫作"易"。长：终了。长亩：满田的意思，整块田地都已长满了。

[23] 终：既。有：丰盛。

[24] 克：能够。敏：敏捷。

曾孙之稼，如茨如梁[25]。曾孙之庾[26]，如坻如京[27]。
乃求千斯[28]仓，乃求万斯箱。黍稷稻粱[29]，农夫之庆。
报以介福[30]，万寿无疆！

[25] 茨（cí）：屋顶。梁：桥梁。

[26] 庾（yǔ）：盛粮食的囷。

[27] 坻（dǐ）：冈陵的斜坡。京：高丘。

[28] 斯：语助词。

[29] 这句承上二句说。意即上面所说的千仓万箱，乃是黍稷稻粱等类的东西。

[30] 介：大。

大田

这是歌咏稼穑的诗。

大田多稼[1]，既种既戒[2]，既备乃事[3]。以我覃耜[4]，
俶载南亩[5]。播厥百谷，既庭且硕[6]，曾孙是若[7]。

[1] 多稼：收成很多。

[2] 种：选取谷物种子。戒：准备；指准备农具说。

[3] 乃事：这些事情；指选种和准备农具而言。

[4] 覃（yǎn）：锐利的。

[5] 俶：开始。载：从事。

[6] 庭：直。硕：大。这是说禾苗长得又直又大。

[7] 若：诺；满意。

既方既皂，既坚既好[8]，不稂不莠[9]。去其螟螣[10]，及
其蟊贼[11]，无害我田稚[12]。田祖有神，秉畀炎火[13]。

[8] 方：谷壳刚生出来还未合。皂：谷壳虽已合起来但尚未结实。坚：谷物的茎长得很
坚劲。好：美好。

[9] 稂：草名。见《曹风·下泉》篇。莠：长得像禾苗似的草。

[10] 螟（míng）：螟虫，专吃苗心。螣（tè）：吃苗叶的虫。

[11] 蟊（máo）：吃禾根的虫。贼：吃禾节的虫。

[12] 稚：幼苗。

[13] 秉：持。畀：给予。这两句意思是说：夜间在田里升起炎火，各种害虫都投火自焚；
就好像是田祖之神捉住它们投入火中一样。

有渰萋萋[14]，兴雨祁祁[15]。雨我公田，遂及我私[16]。彼
有不获稚[17]，此有不敛穧[18]；彼有遗秉[19]，此有滞穗[20]，
伊寡妇之利[21]。

[14] 渰（yǎn）：天快下雨时云升起来的样子。萋萋："凄凄"的假借字，清冷。

[15] 祁祁：盛多的样子。

[16] 公田：大家的田。私：私田，个人的田。孟子曾以此句为根据证明周代曾行助法。然究竟是否如此，尚待考证。

[17] 不获稺：还没有割下来的未熟之禾。

[18] 敛：收藏起来。穧（jì）：已割下来而未收完的禾。

[19] 秉：已割下来成把的禾。遗秉：留在田中未收起来的禾把。

[20] 滞穗：掉落在田间的禾穗。

[21] 伊：这里和发语词的"维"字同义。这一句是说：那些遗秉、滞穗，都被寡妇们捡了起来，作为她们的利益了。

曾孙来止，以其妇子，馌彼南亩，田畯至喜[22]。来方禋祀[23]，以其骍黑[24]，与其黍稷。以享以祀，以介景福。

[22] 见《豳风·七月》篇。

[23] 来：语词；如同现今说"我们来做……"的"来"一样。方：和《甫田》"以社以方"的"方"字同义，就是祭四方。禋（yīn）祀：祭祀。

[24] 骍（xīn）：红色的牺牲物。黑：黑色的牺牲物。

裳裳者华

这是赞美一位官员的诗。

裳裳者华[1]，其叶湑兮[2]。我觏之子[3]，我心写兮[4]。我心写兮，是以有誉处兮[5]。

[1] 裳裳：就是常常。常常：旺盛的样子。

[2] 湑：茂盛样子。

[3] 觏（gòu）：看见。之子：指这位官员说。

[4] 写：《邶风·泉水》篇有"以写我忧"之句。写忧：就是泻去忧愁。现在还有"写意"的话，就是快乐的意思。

[5] 誉：安乐。处：安适。誉处：安乐舒适。

裳裳者华，芸其黄矣[6]。我觏之子，维其有章矣[7]。维其有章矣，是以有庆矣[8]。

[6] 芸：即纷纭的意思；众多的样子。

[7] 章：法则。这一句是说：其举止行动都合礼仪。

[8] 庆：福。

裳裳者华，或黄或白。我觏之子，乘其四骆。乘其四骆，六辔沃若。[9]

[9] 以上三句，参看《皇皇者华》篇。

左之左之，君子宜之。右之右之，君子有之[10]。维其有之，是以似之[11]。

[10] 左：佐。右：佑。左、右：都是辅佐的意思。君子：指天子说。

[11] 似：承续。意思是说使他承续祖考的官爵。

青蝇

这是刺责谗人的诗。

营营[1]青蝇，止于樊[2]。岂弟君子[3]，无[4]信谗言。

[1] 营营：形容小的声音。

[2] 樊：篱笆。

[3] 岂弟：和乐平易。君子：这里指王说。

[4] 无：勿。

营营青蝇，止于棘。谗人罔极[5]，交乱四国[6]。

[5] 罔极：无良。

[6] 交：互相。四国：四方之国；即天下。

营营青蝇，止于榛。谗人罔极，构[7]我二人。

[7] 构：挑拨感情，使相互结下怨恨。

采菽

这是歌咏诸侯朝见天子的诗。

采菽采菽[1]，筐之筥之[2]。君子来朝[3]，何锡予之？虽无予之，路车乘马。又何予之？玄衮及黼[4]。

[1] 菽：大豆。

[2] 筐、筥：见《周南·采蘋》篇。这里是说用筐筥盛起大豆来。

[3] 君子：指来朝的诸侯说。

[4] 玄：玄色的上衣。衮：绣有卷龙的下裳。黼：在裳上绣有黑白的花纹。

觱沸[5]槛泉，言采其芹[6]。君子来朝，言观其旂。其旂淠淠，鸾声嘒嘒[7]。载骖载驷，君子所届[8]。

[5] 觱（bì）沸：泉水涌出的样子。

[6] 芹：水菜名，和现今所谓芹菜不同。

[7] 淠淠：旗帜飘动的样子。嘒（huì）嘒：响声。

[8] 届：到。

赤芾在股[9]，邪幅在下[10]。彼交匪纾，天子所予[11]。乐只君子，天子命之。乐只君子，福禄申之[12]。

[9] 赤芾：见《曹风·候人》。芾是蔽前用的，其下至股，所以说"在股"。

[10] 邪幅：缠小腿的布帛。因在芾之下，所以说"在下"。

[11] 彼：应为"匪"（荀子引此句作"匪"）。交：骄傲。纾：怠缓。这是一个倒装句子，意思说这些玄裳、赤芾等东西，虽然都是天子所赏赐的，而这位受赏赐的诸侯，却不因受此赏赐而骄傲怠缓。

[12] 申：重。这一句的意思是说：天子又重叠地赐以福禄。

维柞之枝，其叶蓬蓬[13]。乐只君子，殿天子之邦[14]。乐只君子，万福攸同[15]。平平左右[16]，亦是率从[17]。

[13] 蓬蓬：茂盛的样子。

[14]殿：镇守。

[15]同：聚集在一起。

[16]平平：即便便，闲雅的样子。左右：指这位诸侯的臣说。

[17]亦：语词。亦是：于是。率从：随从。

泛泛杨舟，绋缅维之[18]。乐只君子，天子葵之[19]。乐只君子，福禄臕之[20]。优哉游哉，亦是戾矣[21]。

[18]绋（fú）：系舟的绳子。缅（lí）：用竹子做的绳子。维：系。

[19]葵：同"揆"，揆度其心的意思。

[20]臕（pí）：丰厚。

[21]戾：到。亦是戾矣：于是就到了。

角弓

　　这是讽刺周天子不亲信九族而喜好谗佞的人，致使宗族相怨的诗。

骍骍角弓，翩其反矣。[1]兄弟昏姻，无胥远矣[2]。

[1]骍骍：调和的样子。角弓：以角作为装饰的弓。翩：反转。翩其：即翩然，就是反过来的样子。弓不用时，就把弦卸下来，弓背就反向外张。

[2]无：勿。胥：互相。远：疏远。

尔之远矣，民胥然矣[3]。尔之教矣，民胥效矣。

[3]胥：都。这两句是说：你疏远你的兄弟婚姻，老百姓也都要像你一样。

此令兄弟，绰绰有裕[4]。不令兄弟，交相为瘉[5]。

[4]令：善。绰绰：宽裕的样子。裕：饶足的样子。绰绰有裕：指感情融洽说。

[5]瘉：病痛。

民之无良，相怨一方[6]。受爵不让，至于己斯亡[7]。

[6]一方：一方面。这句是说：以片面的理由怨别人。

[7]亡：忘。这句是说：有些人只埋怨别人不让他自己，而忘掉有时自己也不让别人。

老马反为驹，不顾其后。^[8]如食宜伛，如酌孔取。^[9]

[8]老马反为驹：比喻老人反为儿童。不顾其后：只顾眼前，不考虑以后的事情。

[9]宜：且。伛（yù）：饱。酌：以勺类的东西取酒浆，叫作"酌"。孔：甚。这两句是说：如食则得饱且饱，如取酒则多多地酌取。

毋教猱升木^[10]，如涂涂附。^[11]君子有徽猷，小人与属。^[12]

[10]猱（náo）：俗称金线狨，大小似猿，长尾，善于缘木。

[11]涂：泥土。这两句的意思是说：普通老百姓们对于骨肉之亲本来就够薄了，王现在又远亲戚、好谗佞，做老百姓的坏榜样。这就好像教猿猴攀树木，也好像在泥土上附加一层泥土一样。

[12]君子：在官的人。徽：美。猷：道理。小人：即民众。属：连属，就是依附的意思。

雨雪瀌瀌，见晛曰消^[13]。莫肯下遗，式居娄骄。^[14]

[13]瀌瀌：盛大的样子。晛（xiàn）：阳光。曰：和"聿"同，语助词。消：融化。

[14]遗（tuí）：和"随"同义。式：语词。居：通"倨"。娄（lǔ）：和"屡"同义。娄骄：屡次骄傲。这两句意思是说：不肯谦下随从他人，而常常是很骄傲的。

雨雪浮浮，见晛曰流^[15]。如蛮如髦^[16]，我是用忧。

[15]浮浮：盛大的样子。流：融化。

[16]蛮：南蛮之人。髦：西夷之人。如蛮如髦：比喻他不知礼义。

都人士

这是赞美某贵族之女出嫁于周的诗。

彼都人士，狐裘黄黄^[1]。其容不改，出言有章^[2]。行归于周，万民所望^[3]。

[1]都：城市，在此当指镐京说。都人士：城里人；在此指那位新郎说。

[2]不改：言其有常度。以上四句是赞美新郎。

[3]行、归：都是出嫁的意思。周：镐京。这两句是指新娘说。

彼都人士，台笠缁撮[4]。彼君子女，绸直如发[5]。我不见兮，我心不说。[6]

[4]台：莎草。台笠：莎草制的草帽。缁撮：黑色布冠。

[5]君子：在位的人。彼君子女：是指那位新娘说。绸：稠密。如：这里和"其"同义。绸直如发：是说她的头发又直又稠密。

[6]这两句意思是说：这女子远嫁出去，自己不得相见，所以心中不悦。

彼都人士，充耳琇实[7]。彼君子女，谓之尹吉[8]。我不见兮，我心苑结[9]。

[7]琇：一种美石。实：塞。琇实：是用琇石塞耳。

[8]吉：即"姞"。尹氏、姞氏：都是周的旧亲。这两句是把此新娘比为尹氏、姞氏之女，用意在尊崇她。

[9]苑（yù）结：和"郁结"同义，即郁闷。

彼都人士，垂带而厉[10]。彼君子女，卷发如虿[11]。我不见兮，言从之迈[12]。

[10]厉：和"裂"同义。古时把帛撕裂续在带上作为装饰。

[11]卷：捲。虿：蝎子。这是说发向上卷曲和蝎子的尾部一般。

[12]言：语词。迈：行。言从之迈：即是说跟着她去。其实，这只是一种说辞，并不是真的跟着她去。

匪伊垂之，带则有余。[13]匪伊卷之，发则有旟[14]。我不见兮，云何盱矣[15]。

[13]这两句是说：并不是故意要把带垂下来，而是因为带子长有余（古时带以长为美）。

[14]有旟：旟然，扬起的样子。

[15]盱：义同"吁"。见《周南·卷耳》。

黍苗

宣王把谢国封给申伯，命召穆公去营建城邑。召穆公带领着徒役们往谢国去，他们作了这首诗。

芃芃[1]黍苗，阴雨膏[2]之。悠悠[3]南行，召伯劳之[4]。

[1] 芃（péng）芃：茂盛的样子；已见《鄘风·载驰》篇。

[2] 膏：润泽。

[3] 悠悠：长远的样子。谢国在今河南信阳一带，周京城镐京在今陕西，所以说南行。

[4] 召（shào）伯：即召穆公，名虎。劳：慰劳。

我任我辇，我车我牛。[5]我行既集[6]，盖云归哉[7]！

[5] 任：装载。辇（niǎn）：驾起车来。以上二句一气读，意思是说：装载起我的车，驾起来我的牛。

[6] 集：成。这句是说已经成行。

[7] 盖："盍"字的假借，"何不"的意思。云：语助词。这句是说：何时才可以回来呀！

我徒我御，我师我旅。[8]我行既集，盖云归处[9]！

[8] 徒：徒步。御：赶车。五百人为一旅，五旅为一师。以上二句，也一气读，意思是说：我们这些师旅之众，有徒步的，有赶车的。

[9] 归处：回家居住。

肃肃谢功[10]，召伯营之。烈烈征师[11]，召伯成[12]之。

[10] 肃肃：严正的样子。谢功：谢城的事功。

[11] 烈烈：威武的样子。征：行路。师：众人。

[12] 成：指编集起来说。

原隰既平[13]，泉流既清[14]。召伯有成[15]，王心则宁。

[13] 原：高地。隰：低地。平：土地已经过修治叫作"平"。

[14] 清：泉流已经过修治叫作"清"。

[15] 成：成功。

绵蛮

这是一个苦于行役的小吏所作的诗。

绵蛮[1]黄鸟，止于丘阿[2]。道之云远，我劳如何！饮之食之，教之诲之；命彼后车[3]，谓之载之。[4]

[1] 绵蛮：鸟小的样子。

[2] 止：停留。阿：山丘的弯曲处。以上两句是起兴。

[3] 后车：跟从在大官的坐车之后的车。

[4] 谓：使。以上四句中的六个之字，除"谓之"的"之"字系指后车说外，其余的五个，都是作诗的人指自己说。这四句，全是希望的话语——希望长官能那样做。

绵蛮黄鸟，止于丘隅[5]。岂敢惮行[6]，畏不能趋[7]。饮之食之，教之诲之；命彼后车，谓之载之。

[5] 隅：角落。

[6] 惮行：怕走路。

[7] 趋：快步走。这句是说：怕的是走不快。

绵蛮黄鸟，止于丘侧。岂敢惮行，畏不能极[8]。饮之食之，教之诲之；命彼后车，谓之载之。

[8] 极：至，指到达目的地说。

渐渐之石

这是东征将帅所作的诗。

渐渐之石[1]，维其高矣。山川悠远，维其劳矣。武人东征，不皇朝矣[2]。

[1] 渐渐：和"崭崭"同义，很高的样子。

[2] 皇：和"遑"同义，空暇。这是说没有空暇朝见天子。

渐渐之石，维其卒矣[3]。山川悠远，曷其没矣[4]？武人东征，不皇出矣[5]。

[3] 卒：和"崒"同义，就是"高"的意思。

[4] 曷：何时。没：尽。这句是说，什么时候才能走完这悠远的山川路程呢？

[5] 出：外出。不皇出矣：没有工夫离开岗位外出。

有豕白蹢，烝涉波矣[6]。月离于毕，俾滂沱矣。[7]武人东征，不皇他矣[8]。

[6] 蹢（dí）：蹄子。烝：进。涉波：涉水。

[7] 离：同"丽"，靠近。毕：星名。这两句是说：月行逢到毕星，将有滂沱大雨。其意在说明行役之苦。

[8] 他：其他的事情。

苕之华

这是一篇感伤时事的诗。

苕之华，芸其黄矣[1]。心之忧矣，维其伤矣。

[1] 苕：见《陈风·防有鹊巢》。芸其黄矣：见《裳裳者华》。

苕之华，其叶青青[2]。知我如此，不如无生。

[2] 青青：茂盛的样子。见《卫风·淇奥》。

牂羊坟首，三星在罶[3]。人可以食，鲜可以饱。[4]

[3] 牂（zāng）羊：母羊。坟：大（羊越瘦头越显得大）。三星：即参宿。罶（liǔ）：捕鱼用的曲梁。三星在罶：是说参宿的星光映于罶间。

[4] 这两句是说：百姓虽有东西可吃，但很少能吃得饱的。

何草不黄

这首诗也是苦于行役的人作的。

何草不黄^[1]？何日不行^[2]？何人不将^[3]？经营四方。

[1] 这句意思是：草已经变黄，是到冬初的时候了。

[2] 行：行路。

[3] 将：这里和"行"同义。

何草不玄^[4]？何人不矜^[5]？哀我征夫，独为匪民^[6]。

[4] 玄：赤黑色。

[5] 矜："鳏"的假借字，老而无妻的意思。

[6] 匪民：和"匪人"同义，即不是人类。意思是说：和牛马一样。

匪^[7]兕匪虎，率彼旷野。^[8]哀我征夫，朝夕不暇。

[7] 匪：非。下"匪"字同。

[8] 率：循，也就是"行"的意思。以上二句是说：像兕虎等兽类，还能自由自在地在旷
野里行走。

有芃^[9]者狐，率彼幽^[10]草。有栈^[11]之车，行彼周道^[12]。

[9] 芃：本来是草盛的样子，这里形容狐毛的丰盛。有芃：和"芃然"同义。

[10] 幽：深。

[11] 栈：车高的样子，形容装载的东西多。有栈：和"栈然"同义。

[12] 周道：和"周行"同义，即大路。

大雅

《大雅》和《小雅》的分别，见《小雅》下的说明。

文王

这是赞颂文王的诗。旧说为周公作,但没有确实的证据。从文辞上看,像是西周初年的作品。

文王在上,於昭于天[1]。周虽旧邦,其命维新[2]。有周不显,帝命不时[3]。文王陟降,在帝左右[4]。

[1] 在上:是指文王的神(现代所谓灵魂)在天上。於(wū):叹词。昭:显。

[2] 文王的祖父太王,自豳地迁于岐山之下(在今陕西岐山),始定国号为"周",所以说"周虽旧邦"。《尚书·无逸》:"文王受命惟中身";《逸周书·祭公》:"皇天改太殷之命,维文王受之";可证知周代自文王起已称王。这在周人,自然认为是文王受天命代了殷朝,所以说"其命维新"。意思是说文王新受了天命。

[3] 两"不"字都和"丕"同义。时:是。丕显:是说大显。丕时:是说甚是。

[4] 陟:上升。降:下降。依两字的本义分别解释,则为升天降地。但在这里不必如此机械,实即"往来"的意思。在帝左右:就是说不离上帝的左右。

亹亹[5]文王,令闻不已[6]。陈锡哉周[7],侯文王孙子[8]。文王孙子,本支百世[9]。凡周之士,不显亦世[10]。

[5] 亹(wěi)亹:勤勉。

[6] 令:美。闻(wén):声誉。令闻:好的名誉。不已:不休,就是永久的意思。

[7] 陈锡:"申锡"的假借。申:重。锡:赐。陈锡:重叠地赐予。哉:和"在"字古通用;在,和"于"同义。全句的意思是说:文王重叠地(多)赐予周邦。

[8] 侯:维,相当于现代白话的"就是"。这是说文王所多赐予周的,就是他众多的子孙。

[9] 本:根,指嫡长子说。支:枝,指庶子(嫡系以外的儿子)说。本支百世:意谓子孙众多,百世不绝。

[10] 不显:丕显。亦:读为"奕"。亦世:就是"奕世",即永世、累代之意。

世之不显,厥犹翼翼[11]。思皇多士[12],生此王国。王国克生,维周之桢[13]。济济[14]多士,文王以宁。

[11] 犹:谋,计划。翼翼:小心敬慎。

[12] 思:语助词。皇:煌,美盛的样子。形容"多士"。

[13] 克：能够。克生：指能够降生多士说。桢：筑墙所用的木头。维周之桢：犹如说做国
家的栋梁。

[14] 济济：众多的样子。

穆穆^[15]文王，於缉熙敬止^[16]。假哉天命，有商孙子^[17]。
商之孙子，其丽不亿^[18]。上帝既命，侯于周服^[19]。

[15] 穆穆：美好的样子；形容文王的德业。

[16] 於（wū）：叹词。缉熙：继续不断。止：语助词。这是说文王继续不断地努力，敬慎
不怠。

[17] 假：大。有：保有。有商孙子：是说商朝的子孙都受周的统治，臣服于周。

[18] 丽：数。这句是说其数不止一亿（古时以十万为亿）。

[19] 侯：维。侯于周服：就是说维周是服。

侯服于周，天命靡常^[20]。殷士肤敏^[21]，祼将于京。^[22]
厥作祼将，常服黼冔^[23]。王之荩臣，无念尔祖。^[24]

[20] 靡常：无常。意谓天意不专私于一家一姓。谁能修德爱民，天意就倾向谁。言外之意，
周之所以能够取殷而代之，绝非偶然。

[21] 肤：美。敏：疾。这是说助祭的殷人是优秀分子，行动敏捷。

[22] 祼（guàn）：把黑黍酒洒在地上，叫作"祼"。将：进，指进酒说。京：周的京都。以
上两句是说殷人在周帮助祭事。

[23] 黼（fǔ）：白黑相间的花纹；这里是指那种花色的下身衣服（黼裳）说。冔（xǔ）：殷
人所戴之冠。常服黼冔：是说这些殷人，还依他们的旧俗穿戴着他们原来的衣服帽
子。意思是说周人宽大，不责令殷人改从周俗。

[24] 荩（jìn）臣：忠臣。无念：勿念。这两句是说："你们现在都是周的忠臣了，不要再
怀恋你们原来的祖先了！"这是用以安慰殷人的话语。

无念尔祖，聿修厥德。^[25]永言配命^[26]，自求多福。殷之
未丧师，克配上帝^[27]。宜鉴于殷，骏命不易。^[28]

[25] 聿：语助词。这两句是叫殷人不必怀念过去，只要修德就是了。

[26] 永：永久。言：语助词。配命谓配合上天所给予的命运。永言配命：就是说要永久配
合着老天给予我们的命运（指国运说）。

[27] 师：众。殷之未丧师：指商纣未失国以前说。克：能。配：合。谓那时的商朝统治者

还是能够适合天意，颇得民心的。

[28] 鉴：镜子，这里当动词用。骏：大。易：容易。以上两句，是说应当拿殷代的失国当作一面镜子，承受大命（国运）真是不容易呀！

命之不易，无遏尔躬。[29]**宣昭义问**[30]**，有虞殷自天**[31]**。**
上天之载，无声无臭。[32]**仪刑文王，万邦作孚。**[33]

[29] 遏：绝。尔躬：你的身子。这两句是说：承受天命是如此的不易，不要使它在你的手里遏绝了。

[30] 昭："明"的意思。义：善。"问"和"闻"字通用。义问：和上文"令闻"同义。这是说要使善誉明著，博得人民的信仰。

[31] 有：又。虞：虑。这是说还忧虑殷人从老天那里重新得到天命。意思是说：我们（周人）如果不好好地小心谨慎，便随时有失国的危险；就是我们从前的敌人——殷商，也还是可以打回来的。

[32] 载：事。臭：气味。这是说上帝在那里，我们虽然听之无声，嗅之无味，好像不可捉摸；但是上天究竟是存在的，不可不谨慎。

[33] 仪：式。刑：法。都是"效法"的意思。作：和"则"字同义。孚：信。这两句是说：大家如能效法文王，那么，万邦的民众，对周朝就都很信仰了。

大明

　　这是赞美文王和武王的诗。用大明二字名篇，是别于《小雅》中的《小明》的。这首诗大约也是西周初年的作品。

明明在下[1]**，赫赫在上**[2]**。天难忱斯**[3]**，不易维王**[4]**。**
天位殷适[5]**，使不挟四方**[6]**。**

[1] 明明：昭显的意思。在下：在人间。

[2] 赫赫：威严的样子。在上：在天上。以上两句，是形容文王和武王的神明。

[3] 忱（chén）：信赖。斯：语助词。这是说老天难以信赖。

[4] 这是说王业不容易。

[5] 在金文中，"立"字也就是"位"字。适（dí）：是"敌"字的假借。天位殷适：就是天立殷敌。意谓天意使周为殷的敌人。

[6]挟：达。挟四方：即达于四方；也就是保有天下之意。这是说使殷人不能再继续保有
　　天下。

挚仲氏任[7]，自彼殷商，来嫁于周，曰嫔于京[8]。乃及王季，
维德之行[9]。大任有身[10]，生此文王。

[7]挚（zhì）：国名；殷畿内的小国。仲氏：次女。任：姓。挚国任家的次女，即本诗中所
　　称的大任。她是王季之妻，文王之母。
[8]曰：语助词。嫔：妇，这里当动词用，即出嫁之意。京：周京，周的京都。
[9]王季：太王的儿子，文王的父亲。之：是。行：列；也就是一般齐的意思。维德之行：
　　是说大任的品德，和王季同样的好。
[10]身：孕。有身：即怀孕。

维此文王，小心翼翼[11]。昭事上帝，聿怀多福。[12]厥德
不回[13]，以受方国[14]。

[11]翼翼：敬慎的样子。
[12]聿：语助词。怀：保持。以上二句是说文王能昭明地事奉上帝，所以能够保持很多
　　福禄。
[13]回：邪。
[14]受：承受保有之意。方：也是国的意思。

天监在下，有命既集[15]。文王初载[16]，天作之合。在洽之阳，
在渭之涘[17]。文王嘉止[18]，大邦有子。[19]

[15]监：视。集：至。天监在下：是说老天监视人间。有命既集：是说天命已经到达文王。
[16]载：始。
[17]洽（hé）、渭：都是水名。洽即合水，在今陕西合阳县西北。阳：水北面。渭水：也在
　　今陕西境内。涘（sì）：涯；水边。
[18]嘉止：嘉礼，即婚礼。
[19]大邦：指当时的莘国说。子：女子，指太姒说。她是文王的后妃，莘国的女子。以上
　　两句是倒装句法，意思是说：大邦莘国有一位女子，文王娶了她。

大邦有子，伣天之妹[20]。文定厥祥[21]，亲迎于渭。造舟
为梁[22]，不显[23]其光。

[20] 倩（qiàn）：譬如。妹：少女。倩天之妹：像天仙一样。

[21] 文：礼文。祥：吉日。这是说选择吉日举行订婚礼。

[22] 梁：桥。造舟为梁：大船相连当桥梁。

[23] 不：这里和"丕"同义。丕显：即大显之意。

有命自天，命此文王，于周于京。缵女维莘[24]，长子维行[25]，
笃[26]生武王，保右命尔[27]，燮[28]伐大商。

[24] 缵（zuǎn）："嬫"的假借字；美好的意思。莘（shēn）：国名。

[25] 长子：指文王说。行：与上文"维德之行"中的"行"字同义；这是说太姒的品德，
    可与文王比匹。

[26] 笃：厚，指天降厚恩，一说语助词。

[27] 右：助。尔：武王。这句的意思是说：天保护他，帮助他，命令他。

[28] 燮：发语词。

殷商之旅[29]，其会如林[30]。矢于牧野[31]："维予侯兴[32]，
上帝临女[33]，无贰尔心！"[34]

[29] 旅：众；指殷商的军队说。

[30] 会：聚集。如林：众多之意。

[31] 矢：誓，指誓师。牧野：地名，在今河南淇县境内。

[32] 以下三句是誓词。侯：乃。

[33] 女：同"汝"。

[34] 以上两句说："上帝照临在你们的左右，你们不要三心二意！"

牧野洋洋[35]，檀车煌煌[36]，驷𫘧彭彭[37]。维师尚父[38]，
时维鹰扬[39]。凉[40]披武王，肆[41]伐大商，会朝清明[42]。

[35] 洋洋：广大的样子。

[36] 煌煌：鲜明的样子。

[37] 驷：一车四马。𫘧（yuán）：赤身黑鬣腹部又有白毛的马。彭彭：盛壮的样子。

[38] 师：太师。尚父：就是吕尚，姓姜，后世称他为姜太公。

[39] 鹰扬：像鹰一样地飞扬，形容勇武。

[40]凉：辅佐之意。

[41]肆：发语词。

[42]会：指会战说。朝：早晨。清明：天气晴朗。

绵

这是赞美太王和文王的诗；也像是西周初年的作品。

绵绵瓜瓞[1]。民之初生，自土沮漆[2]。古公亶父[3]，陶复陶穴[4]，未有家室。

[1]绵绵：连续不断的样子。瓞（dié）：小的瓜。这句诗的意思是，象征世代相传不绝。

[2]民之初生：指他们的祖先说，即周之先世。土、漆：都是水名。沮：当作"徂"，"往"的意思。自土沮漆：即自土水往漆水走去。土水：就是杜水。杜漆两水，都在今陕西的西部。

[3]旧说太王号古公，字亶（dǎn）父。这句的意思是说：古时的公，叫作亶父的。

[4]陶：掏，挖掘之意。复（fù）：一种构造较为繁复的洞穴。古人穴居，所以说"陶复陶穴，未有家室"。

古公亶父，来朝[5]走马；率西水浒[6]，至于岐下[7]。爰及姜女[8]，聿来胥宇[9]。

[5]朝：早。来朝：早来。

[6]率：由。水浒：水边。西水浒，指豳西漆水流域说。

[7]岐下：岐山之下。今陕西有岐山。太王避狄人之难，从豳西漆水边迁到岐山之下。

[8]姜女：姜姓之女，指太王之妃太姜说。

[9]聿：语助词。胥：相。宇：居。这是说相互住在这地方。

周原膴膴[10]，堇荼如饴[11]。爰始爰谋[12]，爰契我龟[13]；曰止曰时[14]，筑室于兹。

[10]原：高平的地方。周原：周地的平原，指岐山下的地方说。膴（wǔ）膴：肥沃的样子。

[11]堇（jǐn）：野菜名。荼（tú）：苦菜。饴（yí）：糖浆。这是说土地肥沃，虽是苦菜也很

甘美。

[12] 爰：当"于是"解，下同。爰始爰谋：于是开始谋划。

[13] 契：刻。在龟腹壳上刻上许多椭圆形的小孔，然后用火燃炙，看它爆裂的纹理，用以占卜吉凶。

[14] 时：是善的意思。这是说龟卜的结果，认为可以留住在这里。

迺慰迺止^[15]，迺左迺右^[16]；迺疆迺理^[17]，迺宣迺亩^[18]。自西徂东，周爰执事^[19]。

[15] 迺：同"乃"，在这里是发语词。慰：安居，也是住下来的意思。

[16] 这是说有住在左边的，有住在右边的。

[17] 整个的划分的大地界叫作"疆"，细分每个地区的界址叫作"理"。

[18] 宣：开垦。亩：做成田亩。

[19] 周：周地。爰：于是。这是说：于是在周地做起工作来。

乃召司空^[20]，乃召司徒^[21]，俾立室家。其绳则直^[22]，缩版以载^[23]，作庙翼翼^[24]。

[20] 司空：官名，负责管理营建事务。

[21] 司徒：官名，负责管理工役事务。

[22] 兴建房屋，必先用绳子测量基地，看它直不直。其绳则直：是说用绳量的结果是直的。

[23] 筑土墙的方法，是用木板做成夹板，在夹板里填起土来，用杵把土捣得坚牢；这样一段一段地筑下去，便成了墙。缩版：是用绳捆束夹版。载：装起土来。

[24] 翼翼：庄严平正的样子。

捄之陾陾^[25]，度之薨薨^[26]，筑之登登^[27]，削屡冯冯^[28]。百堵皆兴，鼛鼓弗胜^[29]。

[25] 捄（jiū）：把土装在运土的车子里。陾（réng）陾：倒泥土的声音。

[26] 度：投，把土投入版中。薨（hōng）薨：形容投土的声音。

[27] 筑：用木杵捣土。登登：捣土的声音。

[28] 削：削去。屡：和"偻"同义，这里指墙面高出的地方说。墙面有凸出不平之处，削之使平。冯（píng）冯：古读重唇音，和"砰砰"同。

迺立皋门^[30]，皋门有伉^[31]。迺立应门^[32]，应门将将^[33]。
迺立冢土^[34]，戎丑攸行^[35]。

[30] 皋门：宫外的郭门。

[31] 伉（kàng）：高的样子。有伉：等于"伉然"。

[32] 应门：王宫的正门（朝门）。

[33] 将将：庄严的样子。

[34] 冢土：就是大社；是天子替全国立的祭土地神的台子。

[35] 戎：指西戎说。丑：恶类，现代口语所谓坏家伙。戎丑：当指混夷说。岐山之下，本
　　是混夷所住的地方，太王立国于此，才把他们赶走。攸：语助词。行：离去。

肆不殄厥愠^[36]，亦不陨厥问^[37]。柞棫拔矣^[38]，行道兑矣。^[39]
混夷駾矣^[40]，维其喙矣。^[41]

[36] 肆：发语词。殄（tiǎn）：绝灭。厥：其；即"他的"。愠（yùn）：怒。

[37] 陨：坠。问：恤问之意。以上二句是说：虽不能使混夷息绝怒意，但也不陨坠（也就
　　是断绝）对于混夷的联络和慰问。《孟子》所谓文王事混夷，就是指此说。

[38] 柞（zuò）、棫（yù）：都是树木名。拔：拔去。

[39] 兑：通。以上两句是说：杂树都被拔除了，道路已通行无阻。

[40] 混：读音如"昆（kūn）"。混夷：就是鬼方，西北的戎狄之国。駾（tuì）：奔窜。

[41] 喙（huì）：困顿。以上二句是说：混夷奔逃，状极困顿。

虞芮质厥成^[42]，文王蹶厥生^[43]。予曰有疏附^[44]，予曰
有先后^[45]，予曰有奔奏^[46]，予曰有御侮^[47]。

[42] 虞、芮（ruì）：二国名。虞在今山西平陆县东北，芮在今山西芮城。质：质正，就是
　　评定是非。成：平，就是成立协定。史称虞人和芮人争田，想请求周文王评断是非；
　　但走到周地的时候，看见耕田的人互让田界，于是非常惭愧，彼此息争回去。

[43] 蹶：动。生：古"性"字。蹶厥生：是说文王有德，可以感动其性。这句承接上文，
　　是说文王对虞芮的人有感化作用。

[44] 予：作诗的人自称。以下四句是诗人赞叹之语。疏附：疏远的人也来归附。

[45] 先后：先归附的人率导后归附的人，都来归附。

[46] 奏：一作"走"。奔奏：奔走侍奉的臣。

[47] 御侮：抵御外侮的臣。

思齐

这是一篇歌颂文王之德的诗。

思齐大任[1]，文王之母。思媚周姜[2]，京室之妇[3]。大
姒嗣徽音[4]，则百斯男[5]。

[1] 思：语词。齐（zhāi）：庄严。大任：王季的妃子，文王的母亲。参看《大明》。

[2] 媚：爱。周姜：就是王季的母亲，太王的妃子太姜。参看《绵》。这是说太任能孝侍
太姜。

[3] 京室：王室。这是说以太任之德足以为王室之妇。

[4] 大姒：文王的妃子。参看《大明》。嗣：继承。徽：美。音：声誉。徽音：好的名声。

[5] 则：这里和"其"同义。男：兼指子孙。百男：极言其子孙之多。古时以多男为贵，
所以用百男歌颂她。后世据此谓文王百子，实在是太拘泥了。

惠于宗公[6]，神罔时怨，神罔时恫。[7]刑于寡妻[8]，至
于兄弟，以御于家邦[9]。

[6] 惠：顺。宗公：先公。这是说文王能顺事祖考之神。

[7] 罔：无。时：和"所"同义。罔时：无所。恫（tōng）：痛伤。这两句是说：神无所怨
恨，也无所痛伤。

[8] 刑：和"型"同义，作表率。寡妻：嫡妻。

[9] 御：治理。

雍雍在宫[10]，肃肃在庙[11]。不显亦临，无射亦保。[12]

[10] 雍雍：和气的样子。

[11] 肃肃：恭敬的样子。

[12] 不：读为"丕"。亦：语词。射：和"厌"同义。这两句是说：神灵昭显地来临，无
厌地保佑子孙。

肆戎疾不殄[13]，烈假不瑕。[14]不闻亦式，不谏亦入。[15]

[13] 肆：所以。戎：大。疾：病。不：丕，语词。殄：绝。

[14] 烈："疠"的假借字。假："瘕"的假借字。疠、瘕，都是"病"的意思。瑕：止。这两句是说：各种疾病都没有了。

[15] 不：丕，语词。亦：语词。式：用。入：纳。这两句是说：听到善言就能采用；对臣下的谏诤，也都能采纳。

肆成人有德，小子有造。[16]古之人无斁[17]，誉髦斯世[18]。

[16] 成人：已冠的男子。小子：未冠的童子。造：成就。这两句是说：成人都有美德。青年也都有成就。这是赞美文王育才之功。

[17] 古之人：指文王。因此诗并非作于文王之世。斁（yi）：厌。这是说文王育才之功不厌。

[18] 誉：称誉。髦：俊，出类拔萃的人才。这一句是说：对于世人，文王常加以称誉和选拔。

皇矣

这是一篇叙述太王、太伯、王季之德，并叙文王伐密、伐崇之事的诗。

皇矣上帝[1]，临下有赫[2]。监观四方，求民之莫[3]。维此二国，其政不获[4]。维彼四国，爰究爰度。[5]上帝耆之[6]，憎其式廓[7]。乃眷西顾[8]，此维与宅[9]。

[1] 皇：大。

[2] 有赫：赫然，威严的样子。

[3] 莫：和"瘼"同义，病痛，疾苦。

[4] 二国：指夏、殷二代说的。获：得；就是良好的意思。

[5] 四国：四方之国。究：寻求。度：度量。这两句意思是说：寻觅度量四方之国，来看看谁可以承受天命。

[6] 耆（qí）：和"揺"同义；就是发怒。

[7] 憎：厌恶。式：语词。廓：空虚，意谓没有好的政事。

[8] 眷：回顾的样子。西顾：向西方看。周在西方。

244

[9]宅：居住。与宅：共居。意思是说同周人居住在一起。

作之屏之^[10]，其菑其翳^[11]。修之平之，其灌其栵^[12]。启之辟之，其柽其椐^[13]。攘之剔之，其檿其柘^[14]。帝迁明德，串夷载路^[15]。天立厥配^[16]，受命既固。

[10]作（zhuó）：通"斫"，伐除树木。屏：除去。

[11]菑：树木立着死掉。翳：树倒在地上死掉。

[12]灌：丛生的灌木。栵（lì）：斩伐后复生的树木。

[13]启：开。辟：排除。柽（chēng）：河柳。椐（jū）：就是灵寿木，其肿节可以作杖。

[14]攘、剔：都是"除去"的意思。檿（yǎn）：山桑。柘（zhè）：树名，其叶比桑略厚，也可以饲蚕。

[15]迁：徒而就之；就是去到某人跟前。明德：谓明德之人；在此是指太王。串夷：即混夷，古国名。载：则。路：疲瘵。这是说混夷势衰。

[16]配：配偶；指太姜说。

帝省其山^[17]，柞棫斯拔，松柏斯兑^[18]。帝作邦作对^[19]，自太伯王季^[20]。维此王季，因心则友^[21]。则友其兄，则笃其庆^[22]，载锡之光^[23]。受禄无丧^[24]，奄有四方^[25]。

[17]省：视。

[18]兑：条畅茂盛。

[19]帝作邦：上帝为周立国。作：和"则"同义。对：显扬。作对：意谓上帝使周显扬于天下。

[20]太伯王季：太伯为兄，王季为弟。这是说自二人起周德始显扬于天下。

[21]因心：情出于心，毫无勉强。友：亲爱兄弟。

[22]笃：厚。庆：福。

[23]载：则。锡：赐。光：光显。

[24]丧：失。这是说永远受禄而不丧失。

[25]奄：覆盖。奄有：就是尽有。

维此王季^[26]，帝度其心，貊其德音^[27]。其德克明，克明克类^[28]，克长克君^[29]。王此大邦，克顺克比^[30]。比于文王，

其德靡悔[31]。既受帝祉[32]，施于孙子。

[26] 王季：《左传》昭公二十八年引此句"王季"作"文王"。作文王是。

[27] 貊（mò）：《礼记·乐记》引此句"貊"作"莫"，大的意思。德音：声誉。这句是说：
上帝光大文王的声誉。

[28] 类：善。

[29] 克长克君：是说可以为长上可以为君王。

[30] 比：亲附。这是说百姓能顺从亲附文王。

[31] 靡：没有。悔：遗憾。这是说文王之德没有遗憾。

[32] 帝：上帝。祉：福祥。

帝谓文王："无然畔援[33]，无然歆羡[34]，诞先登于岸[35]。"
密人不恭[36]，敢距大邦[37]，侵阮徂共[38]。王赫斯怒[39]，
爰整其旅，以按徂旅[40]，以笃于周祜[41]，以对于天下[42]。

[33] 畔援：飞扬跋扈。

[34] 歆羡：贪心而又羡慕他人。

[35] 诞：发语词。登：成，平息。岸：和"犴"同义，狱讼。以上三句是上帝告诉文王，
不要跋扈骄傲，不要贪求侵入，要先平息自己国内的狱讼。

[36] 密：密须氏之国，在现今甘肃灵台。

[37] 距：抵抗。大邦：指周说。

[38] 阮、共：都是古国名，都在现今甘肃泾川。徂：往。这是说密国侵犯阮、共二国。

[39] 赫：盛怒的样子。斯：其。

[40] 按：阻止。徂：往。"旅"为地名，在现今甘肃天水、伏羌之间，但不知当时属何国。
这是说文王阻止了密国侵旅的军队。

[41] 笃：厚。祜：福。

[42] 对：显扬。

依其在京[43]，侵自阮疆[44]，陟我高冈。无矢我陵，我陵
我阿；无饮我泉，我泉我池[45]。度其鲜原[46]，居岐之阳，
在渭之将[47]。万邦之方[48]，下民之王。

[43] 依其：即依然，军队壮盛的样子。京：周地名。

[44] 侵：应当作"寝"，停战息兵。这一句是说：自阮疆息兵而归。

[45] 矢：陈列，此处当陈兵讲。阿：大陵。以上四句是文王告诫密人的话。

[46] 度：越过。鲜原：地名，在岐周附近。

[47] 将：旁边。

[48] 之：是。方：向；就是归向的意思。

帝谓文王："予怀明德[49]，不大声以色[50]，不长夏以革[51]。不识不知，顺帝之则。[52]"帝谓文王："询尔仇方[53]，同尔兄弟[54]。以尔钩援[55]，与尔临冲[56]，以伐崇墉[57]。"

[49] 怀：眷念。明德：意谓明德之人。

[50] 声：喜怒之声。以：与。色：喜怒之色。

[51] 长：常常。夏：夏楚；责打人的工具。革：鞭扑。

[52] 这两句是说：自己不必多所谋虑，只顺着上帝的法则办事就可以了。

[53] 询：图谋。仇方：邻国。

[54] 同：和协。兄弟：兄弟之国，就是友邦。

[55] 钩援：上城用的梯子。

[56] 临：临车。冲：冲车。临车、冲车：都是攻守用的工具。

[57] 崇：国名，在今陕西西安沣水西。墉：城。

临冲闲闲[58]，崇墉言言[59]。执讯连连[60]，攸馘安安[61]。是类是祃[62]，是致是附[63]，四方以无侮。临冲茀茀[64]，崇墉仡仡[65]。是伐是肆[66]，是绝是忽[67]，四方以无拂[68]。

[58] 闲闲：兵车强盛的样子。

[59] 言言：高大的样子。

[60] 执讯：见《小雅·出车》。连连：接连不断的样子。

[61] 攸：语助词。馘（guó）：杀敌取其左耳（报功用）。安安：悠闲缓慢的样子。

[62] 类：出征祭上帝。祃（mà）：行军时在宿营地祭神。

[63] 致：使其来。附：亲附。

[64] 茀（fú）茀：兵车强盛的样子。

[65] 仡（yì）仡：高大的样子。

[66] 肆：突击。

[67] 忽：灭绝。

[68] 拂：违背。

灵台

这是赞美文王游乐的诗。

经始灵台^[1]，经之营^[2]之。庶民攻^[3]之，不日^[4]成之。经始勿亟^[5]，庶民子来^[6]。

[1] 经：量度。经始：开始量度。灵台：台名。

[2] 营：建造。

[3] 攻：工作。

[4] 不日：不几天。

[5] 亟：急。这是说从开始量度的时候，就不要百姓急急完工。

[6] 这句是说：民众自动参加工作，就像儿子替父亲做事那样的勤奋。

王在灵囿^[7]，麀鹿攸伏；麀鹿濯濯^[8]，白鸟翯翯^[9]。王在灵沼，於牣^[10]鱼跃。

[7] 囿（yòu）：养动物的园子。

[8] 麀（yōu）：牝鹿。濯濯：体肥而毛色光泽的样子。

[9] 翯（hè）翯：洁白的样子。《孟子》引作"鹤鹤"。

[10] 於（wū）：叹词。牣（rèn）：满。这是说：啊！满满的鱼在跳跃。

虡业维枞^[11]，贲鼓维镛^[12]。於论鼓钟^[13]，於乐辟廱^[14]。

[11] 虡（jù）：钟磬架的立木。它的横木叫作"栒（xún）"。业：盖着栒的大板。枞（cōng）：业上挂钟磬的地方。

[12] 贲（fén）：大鼓。镛（yōng）：大钟。

[13] 於：见注[10]。论：和"伦"同义，有次序的意思。

[14] 辟（bì）廱（yōng）：古代帝王的学舍。

248

於论鼓钟，於乐辟廱。鼍鼓逢逢[15]，矇瞍奏公[16]。

[15] 鼍（tuó）：是鳄鱼类的动物，俗称鼍龙，又叫猪婆龙。鼍鼓：用鼍鱼皮做的鼓。逢
（péng）逢：击鼓的声音。

[16] 矇（méng）：有眸子（瞳孔），但看不见东西的人。瞍（sǒu）：没有眸子的人。古代乐
师都是瞎子担任。奏：作。公：和"功""工"通用，当"事"字讲；这里指乐章说。
这句是说：矇瞍作此乐章。

文王有声

这是歌咏文王迁丰，武王迁镐之事的诗。

文王有声[1]，遹骏有声[2]。遹求厥宁，遹观厥成[3]。文
王烝哉[4]！

[1] 声：声誉。

[2] 遹（yù）：同"聿"，语词。骏：大。

[3] 求厥宁：是说文王求天下之安宁。观：示。观厥成：是说文王示天下以成功。

[4] 烝：美。

文王受命，有此武功。既伐于崇，作邑于丰[5]。文王烝哉！

[5] 丰：地名，在现今陕西西安北沣水西；为文王的都城。

筑城伊淢[6]，作丰伊匹[7]。匪棘其欲，遹追来孝。[8]王
后烝哉[9]！

[6] 伊：和语助词的"维"同义。淢（xù）：城沟。

[7] 匹：相称。这是说所作的丰城与城沟相称。

[8] 棘：急。追：追承父祖的意思。来：语助词。这两句意思是说：作城并非急着要满足
个人的欲望，而是要追承前王之志以为孝。

[9] 后：君主。王后：指文王。

王公伊濯[10]，维丰之垣[11]。四方攸同[12]，王后维翰[13]。
王后烝哉！

[10] 公：古时与"功"同义。濯：伟大。

[11] 垣：墙；此指城墙说。

[12] 同：会同。这句是说：四方之君都来朝会。

[13] 翰：干；即桢干或栋梁的意思。

丰水东注，维禹之绩[14]。四方攸同，皇王维辟[15]。皇王烝哉！

[14] 丰水：在丰邑之东，镐京之西。绩：功。这意思是说丰水是禹所治的。

[15] 皇王：指武王。辟：法式。这是说武王是诸侯的法式。

镐京辟廱[16]，自西自东，自南自北，无思不服。[17]皇王烝哉！

[16] 镐京：见《小雅·鱼藻》。辟廱：见《灵台》。

[17] 思：句中语词。无思不服：没有不顺服的。

考卜维王[18]，宅是镐京。维龟正之[19]，武王成之。武王烝哉！

[18] 考：稽考。考卜：即用龟占卜吉凶。考卜维王：就是维王考卜。所考卜的就是宅居镐京的事。

[19] 正："定"的意思。正之：是说得到吉兆。

丰水有芑[20]，武王岂不仕[21]？诒厥孙谋[22]，以燕翼子[23]。
武王烝哉！

[20] 芑：草名，见《小雅·采芑》篇。

[21] 仕：做事。这是说武王怎能不做事呢？

[22] 诒：遗。这一句是说：把谋略遗留给他的孙子。

[23] 燕：安。翼：保护。这一句是说：对于儿子，则来安定他们，保护他们。

生民

这是赞颂后稷的诗。

厥初生民，时维姜嫄[1]。生民如何？克禋克祀，以弗无子[2]。
履帝武敏歆[3]，攸介攸止[4]。载震载夙[5]，载生载育，时维后稷[6]。

[1] 厥初生民：当开始有人的时代；指周之先世。时：是。姜：姓。嫄（yuán）：名。姜
嫄：帝喾的妃，后稷的母亲。这是说，周代开始的第一位母亲便是姜嫄。按此诗以下所
说后稷诞生的经过，其本身便是一个神话式的传说。

[2] 克：能够。禋（yīn）：洁净的祭祀。弗：去掉。祭祀求子，以被除无子之不祥。这三句
诗的意思是说：生民的经过如何呢？因为姜嫄能诚心祭祷上帝，所以由无子变成有子。

[3] 履：践踏。帝：上帝。武：足迹。敏：拇；即脚的大拇指。歆：欣。这个传说，大意
是说：姜嫄有一天在路上，看见一个大脚印，她踏了这个大拇指印，欣然意动。于是
怀孕，生下后稷。

[4] 攸：乃，即"于是"之意。介：中途休息。攸介攸止：是说姜嫄欣然意动后，于是停
下来休息一下。

[5] 载：则。震：同"娠（shēn）"，有孕。夙：肃敬。这是说：她就有了孕了，因为这是
上帝所赐，所以她更虔诚肃敬起来了。

[6] 时：是。这句是说：后来就生育了。生下来的就是后稷。后稷，名弃，尧舜时人，是
周的始祖。

诞弥厥月[7]，先生如达[8]。不坼不副[9]，无菑[10]无害。
以赫厥灵[11]，上帝不宁[12]。不康禋祀，居然生子[13]。

[7] 诞：发语词。以下均同。厥：其。厥月：指孕期十个月说。

[8] 先生：最先生育的一个，即头一胎。达：小羊。初胎本不易生，而后稷的出生，就像
小羊出生那般容易。

[9] 坼（chè）、副（pì）：都是破裂的意思。

[10] 菑：同"灾"。以上两句，是说母体没有伤损。

[11] 赫：显。这句是说上帝显灵。

[12] 宁：安。

[13] 康：安。以上四句，大意是说：上帝安于姜嫄的祭祀，所以显其神灵，使姜嫄不夫而
生子。

诞置之隘巷[14]，牛羊腓字[15]之。诞置之平林，会伐平林[16]。
诞置之寒冰，鸟覆翼之。鸟乃去矣，后稷呱矣[17]。实覃实
讦[18]，厥声载路[19]。

[14] 诞：发语词。置（zhì）：同"寘"，丢在那里。隘：窄狭。后稷的出生是这样的神奇，

以为不祥，所以把他丢掉（后稷又名"弃"，即表示他曾经被弃）。

[15] 腓：当读为"芘"，和"庇"同义，即"庇护"之意。字：爱护。以上是说：把后稷弃置在狭隘的巷子里，却有牛羊保护着他。

[16] 平林：平地上的林木。会：恰巧遇着。这是说把他丢在平林里，又恰巧遇着砍伐林树的人来保护他。

[17] 呱（gū）：啼哭。

[18] 实：是。覃：长。讦（xū）：大。这是说他哭的声音又长又大。

[19] 载：满。载路：是形容哭的声音大。

诞实匍匐[20]，克岐克嶷[21]，以就口食。蓺之荏菽[22]，
荏菽旆旆[23]，禾役穟穟[24]。麻麦幪幪[25]，瓜瓞唪唪[26]。

[20] 实：是。匍匐：以手伏地爬行。即小孩初学走路的样子。

[21] 岐、嶷（ní）：有知识懂事的样子。

[22] 蓺：种。之：是；这个。荏（rěn）菽：大豆。

[23] 旆（pèi）旆：长的样子；指大豆生长茂盛说。

[24] 役：列；指禾苗的行列说。穟（suì）穟：禾穗丰满下垂的样子。

[25] 幪（méng）幪：茂盛的样子。

[26] 唪（fěng）唪：果实累累的样子。

诞后稷之穑，有相之道[27]。茀[28]厥丰草，种之黄茂[29]。
实方实苞[30]，实种实褎[31]，实发实秀[32]，实坚实好[33]，
实颖实栗[34]，即有邰家室[35]。

[27] 相：视。这是说后稷耕种，视其土地之所宜。

[28] 茀（fú）：当作"弗"，去掉之意。

[29] 黄茂：茂盛之意。

[30] 方：苗始吐芽。苞：包；苗生时，芽子包卷着还没舒展。

[31] 种：苗刚露出地面还很短。褎（yòu）：苗渐长。

[32] 发：茎发高。秀：吐穗。

[33] 坚：指茎坚牢说。好：长得整齐美好。

[34] 颖：垂穗。栗：成熟了的谷粒。

[35] 即：就。有：语助词。有邰：和有夏、有周一样。邰（tái）：姜嫄之国。在今陕西武

功。这是说后稷就在母亲家里居住。

诞降嘉种^[36]，维秬维秠^[37]，维穈维芑^[38]。恒之^[39]秬秠，是获是亩^[40]；恒之穈芑，是任是负^[41]，以归肇祀^[42]。

[36] 降：从天上降下来。嘉种：美种。

[37] 秬（jù）：黑黍。秠（pī）：一颗谷壳内有二粒米。

[38] 穈（mén）：幼苗赤色的，长成了禾叫作"穈"。芑（qǐ）：幼苗白色的，长成了禾叫作"芑"。

[39] 恒：遍，指遍地种满说。之：是。

[40] 亩：按亩计算。

[41] 任：也是"负"的意思。这是说收获以后，负载回家。

[42] 归：由田里回家。肇：语助词。祀：祭神。古时候，谷子成熟时要祭神，用来祈求来年的丰收。

诞我祀如何？或舂或揄^[43]，或簸或蹂^[44]，释之叟叟^[45]，烝之浮浮^[46]。载谋载惟^[47]，取萧祭脂^[48]，取羝以较^[49]，载燔载烈^[50]，以兴嗣岁^[51]。

[43] 揄（yóu）：把臼中已舂好的谷物取出。

[44] 簸：用箕簸扬，使糠秕去掉。蹂（róu）：揉搓去糠。

[45] 释：淘米。叟（sōu）叟：淘米声。

[46] 烝：同"蒸"。浮浮：水蒸气上浮的样子。

[47] 载：则，也就是"然后"的意思。谋：计划。惟：思量。这句是说计划着思量着选择吉日，举行祭祀。

[48] 萧：蒿。取蒿草，和以牲畜的脂油，燃起来有一种香味上升，好让神闻到气味。

[49] 羝（dī）：牡羊。较（bá）：道祭。较祭有二：一是出行时的祖祭，是将出门时祭路神，以求一路平安之意。一是冬祭行神（路神）。这里是指祭路神说。

[50] 燔（fán）：烧，搁在火上。烈：和"炙"字同义；即用物穿肉架在火上烤。

[51] 以兴嗣岁：是祈祷来年兴旺能继嗣往岁的意思。

卬盛于豆^[52]，于豆于登^[53]。其香始升^[54]，上帝居歆^[55]，胡臭亶时^[56]。后稷肇祀，庶无罪悔，以迄于今。^[57]

[52] 卬：我。盛（chéng）：盛物于器，如"盛饭"。豆：盛肉酱等物的器具。

[53] 登：器名，和豆相似。用以盛羹（肉汁）。

[54] 这句是指香气上升说。

[55] 居：音"基"，语助词。歆：飨。这句是说上帝来接受祭祀。

[56] 胡：大。臭：气味。亶：诚。时：善。这是说：这些陈列的祭品，散发出一阵阵浓厚的香味，真是好呢。

[57] 肇：语助词。悔：和"罪"字义相近。罪悔：好比说"罪过"。以上三句，意思是说：年年诚心祭祀始祖后稷，几乎还没有什么罪过，一直到现在。

既醉

这是祭祀完毕之后，大家宴饮的诗。

既醉以酒，既饱以德。君子万年，介尔景福。

既醉以酒，尔殽既将[1]。君子万年，介尔昭明[2]。

[1] 将：进献。

[2] 昭明：昭显。

昭明有融[3]，高朗令终[4]。令终有俶[5]，公尸嘉告[6]。

[3] 有融：融然；极为昭明的样子。

[4] 高朗：高明；指声誉说。令：美善。令终：善终；兼福禄名誉而言。

[5] 有：又。俶：始。令终有俶：前辈有善终，后辈又有善始。

[6] 公尸：君尸。嘉告：以善言告之。指祝福之辞说。

其告维何？笾豆静嘉[7]。朋友攸摄[8]，摄以威仪。

[7] 静：善。

[8] 朋友：助祭的群臣。摄：佐理。

威仪孔时[9]，君子有孝子。孝子不匮[10]，永锡尔类[11]。

[9] 时：恰当。

[10] 匮：竭尽。这句是说：孝行没有竭尽的时候。

[11] 类：善。这句是说：上天永久要把美善赐给你。

其类维何？室家之壸[12]。君子万年，永锡祚胤[13]。

[12] 壸（kǔn）：悃；亲爱和睦。

[13] 祚胤：后嗣。

其胤维何？天被尔禄[14]。君子万年，景命有仆[15]。

[14] 被：覆被。

[15] 景命：大命；指天命言。仆：附属。这句是说：天命使你有附属之众。

其仆维何？厘尔女士[16]。厘尔女士，从以孙子[17]。

[16] 厘：赐予。女士：女子；指王妃言。

[17] 从：随。

公刘

这是歌咏公刘迁徙于豳的诗。

笃公刘[1]，匪居匪康[2]，迺埸迺疆[3]，迺积迺仓，迺裹糇粮[4]，于橐于囊[5]，思辑用光[6]。弓矢斯张，干戈戚扬[7]，爰方启行[8]。

[1] 笃：忠厚。公刘：后稷的裔孙。唐尧时，后稷被封于邰，传十余世到公刘，乃迁徙到豳地。

[2] 第一个"匪"字，当"他"字讲，指公刘。第二个"匪"字，当"非"字讲。匪康：不安逸之意。这是说公刘勤勉，不愿意安逸地生活着。

[3] 埸（yì）、疆：都指田界说；这里当动词用，意思是划分田亩。

[4] 裹：包裹。糇（hóu）：干食。粮：出行时所带的粮食。

[5] 橐（tuó）、囊：都是装裹粮米的用具。小的叫橐，大的叫囊。又一说：有底的叫作"囊"，无底的叫作"橐"。以上四句，是说公刘勤于农事，储藏粮食，以备远行。

[6] 思：发语词。辑：集。用：以，有"所以"或"因此"之义。光：广，多。这是说储集的粮食已经很多了。

[7] 戚：斧。扬：钺。干戈戚扬：四种武器。

[8]方：开始。启行：即启程的意思。

笃公刘，于胥斯原[9]，既庶既繁[10]，既顺迺宣[11]，而无永叹。陟则在巘[12]，复降在原。何以舟[13]之？维玉及瑶，鞞琫容刀[14]。

[9]胥：视。斯原：这块平原；指豳地说。

[10]庶：众。庶、繁：都是指居民众多说。

[11]宣：通畅。民心既顺，其情乃宣畅，没有隔阂。

[12]巘（yǎn）：大山旁边的小山。

[13]汪中《经义知新记》中认为舟字当是"服"字的误写（服有佩带的意思）。因为服字的左偏旁是舟字，写书的人，偶然漏掉了服字的右半边，于是只剩下了舟字。

[14]瑶：美石。鞞（bǐng）：刀鞘口的饰物。琫（běng）：刀鞘下端的饰物。容：容饰。容刀：佩刀（因为佩刀是作装饰用的）。这是说：容刀的鞘口和末端，都是用玉和瑶装饰的。

笃公刘，逝彼百泉[15]，瞻彼溥原[16]。迺陟南冈，迺觏于京[17]。京师之野[18]，于时处处，于时庐旅[19]，于时言言，于时语语。

[15]逝：往。百泉：当是地名。

[16]溥原：地名；也就是陈原。古鼎（《克鼎》）有"锡女田于陈原"的记载。

[17]京：地名。

[18]京师：等于说京邑。

[19]时：是。于时：在这里。处处：居处之意。庐、旅：都是寄居的意思。

笃公刘，于京斯依[20]。跄跄济济，俾筵俾几[21]。既登乃依[22]，迺造其曹。执豕于牢[23]，酌之用匏[24]。食之饮之，君之宗之[25]。

[20]依：依之以居。

[21]跄（qiāng）跄：快走的样子。济济：众多的样子。俾筵：使设席。俾几：使设几。

[22]登：登筵；即入席。依：指依靠小几说。

[23] 造：往。曹：群；指猪群说。执豕于牢：到猪牢里把猪捉出来，用以祭祀和宴饮。

[24] 酌：用瓢勺等物打出流汁的东西。匏：匏瓜；这里指瓢说。

[25] 宗：尊崇。

笃公刘，既溥既长[26]，既景迺冈[27]，相其阴阳[28]，观其流泉。其军三单[29]，度其隰原[30]，彻田为粮[31]。度其夕阳，豳居允荒[32]。

[26] 溥：广。这是说所居之地，广而且长。

[27] 景：和"影"同义，这里是说按照日影测定方向。迺：其。既景迺冈：那个山冈的方向已测定了。

[28] 相：视。视其向阴向阳（向北向南），以决定造屋的适宜方向。

[29] 单：古时和"战"字通用。

[30] 度（duó）：度量。度其隰原：估量它是低湿之地或是高平之地，作为抽税的标准。

[31] 彻：取税。彻田为粮：是说按田亩征收粮食。

[32] 夕阳：山的西面。豳居：豳地。允：诚然。荒：大。允荒：真是大。

笃公刘，于豳斯馆[33]。涉渭为乱[34]，取厉取锻[35]。止基迺理[36]，爰众爰有[37]。夹其皇涧[38]，溯其过涧[39]，止旅迺密[40]，芮鞫之即[41]。

[33] 馆：舍；这里作动词用，即居住的意思。

[34] 乱：用石头截断河流叫作"乱"。涉渭为乱：是倒装句法（为了迁就押韵），意思就是用石做成乱以渡过渭水。

[35] 厉：同"砺"，粗石。锻（duàn）：同"碫"，细石。

[36] 止基：即基址。理：治。这是说宫室的基址已开始做。

[37] 有：多。这句是说参加工作的人众多。

[38] 夹：夹持。皇涧：涧名。意思是说宫室在皇涧两旁。

[39] 溯：向。过涧：也是涧名。这是说那些宫室向着过涧。

[40] 止：居。旅：寄居。这是说居住的人非常繁密。

[41] 芮：是"汭"的假借字。水湾之内叫作"汭"，湾之外叫作"鞫"。之：这。即：就。这是说就水湾的内外居住着。

卷阿

这是颂美诸侯来朝之诗。

有卷者阿[1]，飘风自南。岂弟君子，来游来歌，以矢其音[2]。

[1] 卷：曲折。有卷：卷然；曲折的样子。阿：大的岗陵。

[2] 君子：指来朝的诸侯。矢：陈述。音：话语。

伴奂尔游矣[3]，优游尔休矣[4]。岂弟君子，俾尔弥尔性[5]，似先公酋矣[6]。

[3] 伴（pàn）奂：优闲自在。尔：指来朝的诸侯。

[4] 优游：闲暇自得；见《小雅·白驹》篇。休：憩息。

[5] 弥性：即弥生，就是长寿的意思。

[6] 似：嗣续，继承。先公：诸侯的祖先。酋：同"猷"；谋略。

尔土宇昄章[7]，亦孔之厚矣[8]。岂弟君子，俾尔弥尔性，百神尔主矣[9]。

[7] 土宇：指国家说。昄（bǎn）：同"版"。章：显著。

[8] 厚：指福禄厚实说。

[9] 百神：在此是形容神多的意思。主：主祭。

尔受命长矣，茀禄尔康矣[10]。岂弟君子，俾尔弥尔性，纯嘏尔常矣[11]。

[10] 茀：福。康：安康。

[11] 纯：大。嘏：福。这句是说：你经常地接受大福。

有冯有翼[12]，有孝有德[13]，以引以翼[14]。岂弟君子，四方为则。

[12] 冯：依凭。翼：辅佐。

[13] 有孝：有孝行的人。有德：有德望的人。

[14] 引：在前导引。翼：在旁辅助。以上这几句是说：诸臣都是忠荩孝顺的人，以之引导于前，或辅佐于左右。

颙颙卬卬[15]，如圭如璋[16]，令闻令望[17]。岂弟君子，四方为纲。

[15] 颙颙：温和的样子。卬（áng）卬：志气高昂的样子。

[16] 如圭如璋：比喻其品性的纯洁。

[17] 令：美。闻、望：都是名誉声望的意思。

凤凰于飞，翙翙其羽[18]，亦集爰止。蔼蔼王多吉士[19]。维君子使[20]，媚于天子。

[18] 翙翙（huì）：鸟飞时振翅的声音。

[19] 蔼蔼：盛多的样子。吉士：善士。

[20] 君子使：来朝诸侯的使臣。

凤凰于飞，翙翙其羽，亦傅于天[21]。蔼蔼王多吉人，维君子命，媚于庶人。

[21] 傅：至。

凤凰鸣矣，于彼高冈。梧桐生矣，于彼朝阳[22]。菶菶萋萋[23]，雍雍喈喈[24]。

[22] 朝阳：山的东边。

[23] 菶（běng）菶、萋萋：都是茂盛的样子。这是以梧桐比喻来朝诸臣的盛美。

[24] 雍雍、喈喈：都是和鸣的样子。这是以凤凰之鸣比喻来朝诸臣的和谐。

君子之车，既庶且多。君子之马，既闲且驰[25]。矢[26]诗不多，维以遂[27]歌。

[25] 闲：熟习。驰：跑得快。

[26] 矢：陈述。

[27] 遂：成就。

民劳

这是劝诫同僚的诗。

民亦劳止，汔可小康。[1]惠此中国[2]，以绥四方。[3]无
纵诡随[4]，以谨无良。[5]式遏寇虐[6]，憯不畏明。[7]柔
远能迩[8]，以定我王。

[1] 汔（qì）：庶几。小康：稍稍安定。这两句的意思是说：老百姓够苦的了，生活庶几可
   以稍为安定一下了！

[2] 惠：爱。中国：指当时的中心地带——京师附近的地方说。

[3] 绥：安。以上两句，大意是说：我们不但要把京师附近的地方治理好，还要推广到四
   方，使远地的百姓也得到安乐才好。

[4] 无：勿。纵：放任。诡随：诡诈的小人。

[5] 谨：慎。这两句是说：对于诡诈的小人，不要纵容；对于一般的坏人（无良），应当谨
   慎提防。

[6] 式：语助词。遏：止。寇：指攘夺的行为。虐：指暴虐。式遏寇虐：犹如现代人所说
   打倒贪官，制止暴行。

[7] 憯（cǎn）：曾。明：光明，正道。这一句当连着上一句读，意思是：要遏止那些寇虐
   而从不畏惧光明的人。

[8] 柔：安。能：和"伽"同义，也是"安"的意思。柔远能迩：是说使远近的人都安康。

民亦劳止，汔可小休。惠此中国，以为民逑[9]。无纵诡随，
以谨惽怓[10]。式遏寇虐，无俾民忧。无弃尔劳，以为王休。[11]

[9] 逑：匹，偶。按《国风·关雎》内的"好逑"，意即嘉偶；《兔罝》内的"好仇"（"仇"
   与"逑"通），意即良伴。这里的"民逑"，也当是名词，意即民众的朋友。

[10] 惽（hūn）怓（náo）：欢哗；指爱争讼的人说。

[11] 无：勿。劳：事功。休：美；指事业说。这两句的意思是说：把工作做好，不要半途
    而废，这样才能成就王的盛业（王休）。

民亦劳止，汔可小息。惠此京师，以绥四国。无纵诡随，
以谨罔极[12]。式遏寇虐，无俾作慝[13]。敬慎威仪，以近
有德。

[12] 罔极：无良的意思；这里指无良的人说。

[13] 无：勿。俾：使。慝（tè）：恶。

民亦劳止，汔可小愒[14]。惠此中国，俾民忧泄[15]。无纵诡随，以谨丑厉[16]。式遏寇虐，无俾正败[17]。戎虽小子，而式弘大。[18]

[14] 愒（qì）：和“憩”字音同义同，“歇息”的意思。

[15] 泄：散去。俾民忧泄：是说使人民的忧虑解除。

[16] 丑、厉：都是指坏人说。

[17] 正：政。败：坏。

[18] 戎：汝。式：用。弘：大。这两句是说：你虽然是个小子（俗语“年轻小伙子”），但既然是一个官，为公家服务，你的作用正大呢。

民亦劳止，汔可小安。惠此中国，国无有残[19]。无纵诡随，以谨缱绻[20]。式遏寇虐，无俾正反[21]。王欲玉女[22]，是用大谏。[23]

[19] 残：害。这里是指被害的人说。

[20] 缱（qiǎn）绻（quǎn）：反复。这里是指反复无常的人说。

[21] 正：政。反：覆。正反：和上文“正败”同义。

[22] 玉：读“畜”音，爱好的意思。玉女：就是喜好你。

[23] 用：以。以上两句，意思是说：国王正预备重用你，所以我作这一篇诗来大大地谏劝你。

板

这也是劝诫同僚的诗。

上帝板板[1]，下民卒瘅[2]。出话不然[3]，为犹不远[4]。靡圣管管[5]，不实于亶[6]。犹之未远，是用大谏。

[1] 古时只有“版”字（见《说文》），没有“板”字。板板：就是版版。版版：僻远的意

思。这是说：上帝太渺远了。

[2] 卒：和"瘁"字同义，"病苦"的意思。瘅（dàn）：劳病。

[3] 古人谓言而有信，叫作"重然诺"。这里说出话不然，就是出言不信。

[4] 犹：谋。远：远大。这是说眼光短浅，计划不远大。以上两句，是指责同僚。

[5] 靡：无。靡圣：没有圣哲的人。管管：是"悹悹"的假借，即忧愁之意。这是说国家没有圣哲的人，使人忧心悹悹。

[6] 实：实在。亶：诚。不实于亶，是说：不能实在地做到诚实的地步。

天之方难，无然宪宪[7]。天之方蹶，无然泄泄。[8] 辞之辑矣[9]，民之洽[10] 矣。辞之怿[11] 矣，民之莫[12] 矣。

[7] 无然：不要这样。宪宪：欣欣的样子。

[8] 蹶：动；指反常的现象。泄泄：多言的样子。以上四句，意思是说：这正是一个苦难的时代，正是一个非常的时期，大家应该认清自身的责任，不要这样一味地自我陶醉，不要不负责任地随便说话。

[9] 辞：言辞。辑：温和。

[10] 洽：融洽。

[11] 怿：悦。

[12] 莫：定。

我虽异事，及尔同寮[13]。我即尔谋，听我嚣嚣[14]。我言维服[15]，勿以为笑。先民有言："询于刍荛。"[16]

[13] 寮（liáo）：官。同寮：即现代所说的同僚，同事。这是说彼此所担任的工作虽不同，但都是同事。

[14] 即：就。我即尔谋：我特来你处谋划事情。嚣嚣：是"警警"的假借字，不听人言的意思。

[15] 服：用。我言维服：我的话是可用的。

[16] 刍荛：刈草采薪的人；指微贱的人说。这两句大意是，古人有一句话：哪怕是微贱的刈草者、采薪者，有时都得请教他。言外之意，我的话，你也应该考虑接受才对！

天之方虐，无然谑谑[17]。老夫灌灌[18]，小子蹻蹻[19]。匪我言耄，尔用忧谑[20]。多将熇熇[21]，不可救药[22]。

[17] 虐：不留情。天之方虐：仿佛现代人所说的"时代在考验着我们"。谑谑：戏乐。

［18］老夫：诗人自称。灌灌：犹言"款款"，诚恳的样子。

［19］蹻（jué）蹻：骄傲的样子。

［20］耄：老而糊涂。优：和"优"同义；调戏的意思。谑：戏谑。这两句是说：我的话并非老糊涂了的话，你却当我开玩笑哩！

［21］多：指话说多了。熇（hè）熇：严厉的样子，指发怒说。这是说：我的话如果说多了，你将会发怒。

［22］这句意思是：好比一个人生了重病，没法子用药来救活他。

天之方憸^[23]，无为夸毗^[24]。威仪卒迷^[25]，善人载尸^[26]。民之方殿屎^[27]，则莫我敢葵^[28]。丧乱蔑资^[29]，曾莫惠我师^[30]。

［23］憸（qí）：怒。

［24］夸（kuā）毗：柔顺谄媚。

［25］卒：尽。迷：乱。

［26］载：则。善人载尸：只得像祭神时的尸一样，不动不语。

［27］殿屎（xī）：愁苦呻吟的声音。

［28］葵：和"揆"同义，揆度的意思。这是说民众对我们的所作所为，不敢加以揣测。

［29］蔑：无。资：财。

［30］惠：爱。师：众人。

天之牖^[31]民，如埙如篪^[32]，如璋如圭^[33]，如取如携^[34]。携无曰益^[35]，牖民孔易。民之多辟，无自立辟。^[36]

［31］牖（yòu）：诱导。

［32］埙（xūn）、篪（chí）：都是乐器名；两器总是合奏。这是说使民和合，如埙篪之和鸣。

［33］圭、璋：都是玉器名。半圭为璋，合二璋则为圭。如璋如圭：也是形容其和合的样子。

［34］取：提。取、携：就是提携。谓相亲相爱。

［35］曰：和"聿"同义；语助词。益：读为"搤"，扼制之意。这句的意思是说：当相提携，而不当相扼制。

［36］辟：邪。这两句是说：民众已多邪辟，社会的风气很坏，在上的人，不要再自立邪辟来助长坏的风气。

价人维藩^[37]，大师维垣，大邦维屏^[38]，大宗维翰^[39]。
怀德维宁^[40]，宗子^[41]维城。无俾城坏，无独斯畏^[42]。

[37] 价（jiè）：善。藩：篱笆。

[38] 大邦：指诸侯说。屏：挡子。

[39] 大宗：指王之同姓嫡子说。翰：栋梁。

[40] 这句的意思是：人民都感恩怀德，所以国家安宁。

[41] 宗子：王的嫡子。

[42] 无独：不要孤立。斯畏：这样（指孤立说）就很可怕。

敬天之怒，无敢戏豫^[43]。敬天之渝^[44]，无敢驰驱^[45]。
昊天曰明，及尔出王^[46]。昊天曰旦，及尔游衍^[47]。

[43] 戏豫：享乐，贪图安逸。

[44] 渝：变，指变常说。

[45] 驰驱：指驰马说，就是游乐的意。

[46] 王："往"的假借字。出王：即出游之意。

[47] 旦：和上文"昊天曰明"的"明"字同义。游衍：游乐。这一章的大意是说：上天正在震怒变常，大家应知所警诫，不要逸乐驰驱。等到昊天昭明（时世清平）的时候，再陪你游乐吧。

荡

这篇诗是借文王的口气，说出殷人的罪恶，以表示周人讨灭殷国是正当的。

荡荡^[1]上帝，下民之辟^[2]。疾威^[3]上帝，其命多辟。^[4]
天生烝民，其命匪谌^[5]。靡不有初，鲜克有终。^[6]

[1] 荡荡：广远的样子；和现代语所说的伟大相似。

[2] 辟：君主。

[3] 疾威：暴虐。

[4] 辟：邪恶不正。以上四句，意思是说：伟大的上帝，原是下民的主宰（言外之意，他是很仁慈的），现在却表现得如此暴虐，且多邪恶不正的命令（言外之意，这一定是由于人民不能善尽人事以配合天意所致）。

[5] 烝：众多。其命：指天命。谌（chén）：信赖。这句的意思是说：天命不可信赖，我们只能尽人事以待天命。这句诗和《大明》"天难忱斯"的意思相近。

[6] 靡不：没有一个不。初：开始。鲜克：很少能够。这两句是说：一个国家当它初创立的时候无不隆盛，但很少能够善其终的。

文王曰："咨[7]！咨女殷商。曾是强御[8]，曾是掊克[9]；曾是在位，曾是在服[10]。天降滔德[11]，女兴是力。"[12]

[7] 咨：是感叹词。

[8] 曾是：乃竟如是。强御：强横。

[9] 掊（póu）克：聚敛，指敛财说。

[10] 服：事。在服：也就是在位的意思。以上四句，是说使强横聚敛之臣在位。

[11] 滔：滔慢。滔德：滔慢不恭的坏品格。指遇事随便苟且说。

[12] 兴：作。力：用力。以上两句是说：老天降下一种坏的品德，你（殷商）偏偏用力地照着这种坏品德去做。

文王曰："咨！咨女殷商。而秉义类[13]，强御多怼。[14]流言以对[15]，寇攘式内[16]。侯作侯祝，靡届靡究。"[17]

[13] 而：这里和"汝"字同义。秉：用。义类：善类，即好人。

[14] 怼（duì）：怨恨。这两句是说：你用好人，那般强横聚敛之臣就怨恨。

[15] 流言：谣言。对：答。这是说，用谣言对答他的国君。

[16] 寇攘：盗窃。式：语助词。内：古时和"入"字通。寇攘式内：是说盗窃（指坏的官员说）进入朝廷。

[17] 侯：维。作：这里当和"诈"字同义。祝：诅咒。届：极。究：穷。以上两句是说：习于诈伪和互相诅咒，而没有穷极（永远没有完结）。

文王曰："咨！咨女殷商。女炰烋[18]于中国，敛怨以为德[19]。不明尔德，时无背无侧[20]；尔德不明，以无陪无卿"[21]。

[18] 炰（páo）烋（xiāo）：和"咆哮"同，志骄气盛的样子。

[19] 敛：聚。这句是说：把怨恨聚集在自己身上当作美德。

［21］陪：辅佐。卿：卿士。都是指大臣说。无陪无卿：是说他没有好的大臣。

文王曰："咨！咨女殷商，天不湎[22]尔以酒，不义从式。[23]既愆尔止[24]，靡明靡晦[25]。式号式呼，俾昼作夜"[26]。

［22］湎（miǎn）：沉迷的意思。

［23］义：宜。式：用。这两句是说：天意原不曾让你沉迷于酒，你不应当去用它（酒）。

［24］愆：过。止：容止。这是说：你的仪容和动作，有许多越轨之处。

［25］靡明靡晦：不分昼夜。

［26］俾：使。把白天当作夜晚，也就是说把晚上当作白天。

文王曰："咨！咨女殷商，如蜩如螗，如沸如羹。[27]小大近丧，人尚乎由行。[28]内奰[29]于中国，覃及鬼方。"[30]

［27］蜩（tiáo）：蝉。螗（táng）：大而黑的蝉。这两句是说：人们悲叹的声音，如蜩螗之鸣；忧乱的心情，如沸羹之熟。

［28］小大：老老少少的人。近丧：差不多走进了死亡之途。人尚乎由行：人们还是不改旧恶，照样去做。

［29］奰（bì）：怒。

［30］覃：延。鬼方：殷周间西北狄国之名（参看《小雅·采薇》篇）。以上两句是说：里边使本国人怨怒，并延及辽远的鬼方。

文王曰："咨！咨女殷商。匪上帝不时[31]，殷不用旧[32]。虽无老成人，尚有典刑[33]。曾是莫听，大命以倾。[34]"

［31］时：善。

［32］旧：指旧章说。谓殷商不守以往的好法度。

［33］刑：古"型"字。典刑：法则。

［34］听：从。大命：国家的命运。以上两句是说：殷商不能够从善，国家的命运所以倾覆了。

文王曰："咨！咨女殷商。人亦有言：'颠沛之揭[35]，枝叶未有害，本实先拨。[36]'殷鉴不远，在夏后之世！[37]"

［35］颠：仆倒。沛：拔起。揭：树根撅起。

［36］本：根。拨：绝。以上三句是说：树木拔倒，连根撅起的，并不是枝叶有什么毛病，实因树根先断绝的缘故。

［37］鉴：镜子。这是说：殷人所应当借镜者并不在远，就在夏后之世。按夏桀荒纵，商汤伐之，而夏亡。诗意是说：当时的殷纣，不以前朝的覆亡为戒，和夏桀一样的暴虐，自然也要走上了覆灭的路子。

抑

这首诗是卫武公所作，而用以自儆的。

抑抑威仪[1]，维德之隅。[2]人亦有言："靡哲不愚[3]。"
庶人之愚，亦职维疾。[4]哲人之愚，亦维斯戾。[5]

［1］抑抑：谨慎周到的样子。

［2］隅：廉；即角棱。方的东西有角棱，圆的便没有。有德的人，其行方正而不圆滑，所以用隅来形容他的德行。这两句是说，慎密的威仪，乃是品德的角棱。

［3］靡哲不愚：没有一个聪明人不会装着傻的。此指明哲保身的人，在乱世保持缄默，像傻子一样。

［4］职：实。以上两句是说：一般人的愚蠢，实在是毛病。

［5］戾：乖违。这两句是说：聪明人的愚，是一种违反常态的现象，因为他本来可以不"愚"，而是因为身处乱世，不能不如此。

无竞维人[6]，四方其训之[7]。有觉[8]德行，四国顺之。
讦谟定命[9]，远犹辰告[10]。敬慎威仪，维民之则。

［6］无竞：没有人能和他竞争，意即胜过一般人。无竞维人：是说其人之善，没有人能比得上他。

［7］训：顺。

［8］觉：大。

［9］讦（xū）：大。谟：谋。讦谟：远大的计划。定命：安定国运。

［10］犹：谋。辰：时。这句是说：远大的计划，能够在适当的时候提出来。

其在于今，兴迷乱于政[11]。颠覆[12]厥德，荒湛于酒，女虽湛乐从^[13]。弗念厥绍^[14]，罔敷求先王，克共明刑。^[15]

[11] 兴：举；也就是"皆"字的意思。兴迷乱于政：是说所有的人都迷乱于政，不依正道行事。

[12] 颠覆：倾败。

[13] 虽：古时和"惟"字通。女虽湛乐从：就是汝唯湛乐是从（你一味地沉迷于逸乐的生活，只知贪图享乐）。

[14] 绍：继。这句是说：不思继承先人的遗业。

[15] 罔：不。敷：普。共，读为"恭"。刑：法。"罔"字通贯二句，这两句是说：不普遍地寻求先王之求治之道，怎能恭谨地守着那些贤明的法度。

肆皇天弗尚^[16]，如彼泉流，无沦胥以亡^[17]。夙兴夜寐^[18]，洒扫廷内^[19]，维民之章^[20]。修尔车马，弓矢戎兵^[21]，用戒戎作^[22]，用逷蛮方^[23]。

[16] 肆：语助词；这里是"所以"的意思。尚：帮助。

[17] 沦：率。胥：相。沦胥以亡：就是相率败亡，同归于尽的意思。

[18] 夙：大早晨。夜：深夜。夙兴夜寐：就是早起迟睡。

[19] 廷内：庭院和宫室之内。

[20] 章：表率。

[21] 戎兵：兵器。

[22] 戒：准备。戎：战事。作：起。

[23] 逷：治。蛮方：本来是指南方的外国，这里是指夷狄之国说。

质^[24]尔人民，谨尔侯度^[25]，用戒不虞^[26]。慎尔出话，敬尔威仪，无不柔嘉^[27]。白圭之玷^[28]，尚可磨也；斯言之玷，不可为也。^[29]

[24] 质：定。

[25] 侯：君；即诸侯。侯度：诸侯的法度。

[26] 虞：虑。不虞：意外的事。

[27] 柔、嘉：都是善良的意思。

[28] 玷（diàn）：缺。

[29] 为：为力。以上四句，意思是说：一个白玉做的圭，如果有了缺损，还可以磨去；一
　　　个人的言语如果有失，那真正一点办法也没有了。

无易由言^[30]，无曰苟矣^[31]。莫扪朕舌，言不可逝矣。^[32]
无言不雠，无德不报。^[33]惠于朋友，庶民小子。子孙绳绳，
万民靡不承。^[34]

[30] 无：勿。由：于。无易由言：即勿轻易出言。

[31] 苟：苟且，俗语所谓马马虎虎。

[32] 扪：持。朕：我。逝：及。这两句是说：虽然没有谁持住我的舌头不让我说话，但如
　　　果一句话随便地说出了口，是追不及的。此即《论语》"驷不及舌"之意。

[33] 雠：对答。这两句是说一个人所说的所做的，人家都要同样地回报你。

[34] 绳绳：连续不绝的样子。承：顺。以上四句是说：如能惠爱朋友，以及民众，那么，
　　　家国必定盛昌，子孙繁多，万民也就没有不顺服的了。

视尔友君子，辑柔尔颜^[35]，不遐有愆^[36]。相在尔室^[37]，
尚不愧于屋漏^[38]。无曰"不显，莫予云觏^[39]"。神之格
思^[40]，不可度思^[41]，矧可射思^[42]！

[35] 友：亲近。辑、柔：都是温和的意思。

[36] 遐：语助词。愆：过错。不遐有愆：即不至于有过错。

[37] 相：视。相在尔室：看你在你的屋子里。

[38] 尚：庶几；希望之词。屋漏：屋的西北角，隐暗不明的地方。这是说：虽在没有人看
　　　到的地方，也要恭敬谨慎。

[39] 显：明。云：语助词。觏：看见。

[40] 格：神降临叫作"格"。思：语助词。

[41] 度（duó）：揣度。

[42] 矧：那得。射（yì）：厌倦。以上三句是说：神的降临，你根本无法揣知，怎可厌怠而
　　　不注意你自己的品德呢？

辟尔为德^[43]，俾臧俾嘉。淑慎尔止^[44]，不愆于仪。不僭
不贼，鲜不为则^[45]。投我以桃，报之以李^[46]。彼童而角，
实虹小子^[47]。

[43] 辟：效法。辟尔为德：民众都效法你的品德。

[44] 止：容止；即仪容动作。

[45] 僭（jiàn）：差。贼：害。则：法。这两句是说：做人做事，如能不差错，不害及他人，那么，是很少不起一种示范作用的。

[46] 这两句是说：有所施，必有所报。

[47] 童：没有角的羊。虹：是"讧"字的假借，溃乱的意思。明明是童羊，而说它有角，这分明是坏人有意造谣，无中生有。这样，必定溃乱了你的家国。这是说，亲善人，远小人，是做人应当晓得的道理。

荏染柔木，言缗之丝[48]。温温恭人，维德之基[49]。其维哲人，告之话言，顺德之行[50]。其维愚人，覆谓我僭[51]，民各有心[52]。

[48] 荏染：柔软的样子。缗（mín）：覆被；即加于其上。这是说：用丝做成弦，加在柔木的上面，做成琴瑟。

[49] 基：根基。

[50] 顺德之行：是说顺从美德去做。

[51] 覆：反。僭：不诚实。覆谓我僭，承上句说：是说愚人反倒说我不诚实。

[52] 民各有心：好人和坏人的心情，各有不同。

於乎小子，未知臧否！匪手携之，言示之事。[53]匪面命之，言提其耳。[54]借曰未知，亦既抱子。[55]民之靡盈[56]，谁夙知而莫成[57]？

[53] 以上两句是说：不但以手携之，而且指示以事的是非。

[54] 以上两句是说：不但当面告诉他，而且怕他听不明白，又把他的耳朵提一提，好让他听得更清楚。

[55] 以上两句是说：如果他不懂，那才怪，因为他已经是做了父亲的人，不是小孩子了。

[56] 靡：不。盈：满。意思是指丧乱时人口减少说。

[57] 成：定。这句的意思是说：早已知道人民生活不景气，人口减少的现象，而不能设法予以安定者是谁呢？意谓当政者不能逃其责。

昊天孔昭，我生靡乐。视尔梦梦[58]，我心惨惨[59]。诲尔谆谆，听我藐藐^[60]。匪用为教，覆用为虐^[61]。借曰未知，亦聿既耄。^[62]

[58] 梦梦：昏聩；即糊里糊涂。

[59] 惨惨：忧闷不乐。

[60] 谆（zhūn）谆：恳切劝说的样子。藐（miǎo）藐：不在意的样子。

[61] 用：以。覆：反。虐：读为"谑"。以上两句是说：不但不以为我是好言相劝，反以为我是开他的玩笑。

[62] 耄（mào）：老。

於乎小子，告尔旧^[63]止。听用我谋，庶无大悔。天方艰难，曰^[64]丧厥国。取譬不远，昊天不忒^[65]。回遹其德^[66]，俾民大棘^[67]。

[63] 旧：指旧章说，即以往的法规制度。止：语助词。

[64] 曰：语助词。

[65] 忒（tè）：差错。这句是说：上天的报施是一点儿也不会差错的。

[66] 回遹（yù）：邪恶。

[67] 棘：困急。

桑柔

这是一篇感伤时乱的诗。

菀彼桑柔^[1]，其下侯旬^[2]。捋采其刘^[3]，瘼此下民^[4]。不殄心忧^[5]，仓兄填兮^[6]。倬彼昊天，宁不我矜^[7]？

[1] 菀：茂盛。桑柔：即柔桑，柔嫩的桑枝。

[2] 侯：同"维"。旬：均匀。这是说树荫很均匀。

[3] 捋：见《周南·芣苢》。刘：枝叶稀疏不均。

[4] 瘼：病苦。下民：百姓。

[5] 殄：绝。

[6] 仓（chuàng）兄（huǎng）：同“怆怳”，怅恨不遂心的样子。填：同“瘨”，病苦。

[7] 宁：乃。矜：怜悯。

四牡骙骙，旟旐有翩[8]。乱生不夷[9]，靡国不泯[10]。民
靡有黎[11]，具祸以烬[12]。於乎有哀[13]，国步斯频[14]！

[8] 有翩：翩然；飘动不定的样子。

[9] 夷：平。

[10] 泯：乱。

[11] 黎：众多。这是说国家丧乱之后，人民不多。

[12] 具：都。烬：灰烬。这是说人民都遭受到了祸乱，幸而生存的人，就好像是东西焚烧
　　后所余下的灰烬一般。

[13] 於（wū）乎：与“呜呼”同。

[14] 国步：国家的情势。频：紧急。

国步蔑资[15]，天不我将[16]。靡所止疑[17]，云徂何往[18]？
君子实维，秉心无竞[19]。谁生厉阶？至今为梗[20]。

[15] 蔑资：见《板》。

[16] 将：助。

[17] 疑：安定。

[18] 云：语词。徂：往。这句是说：想逃走，又逃到那里去呢？意谓没有一个安乐的地方。

[19] 君子：当政的人。无竞：见《抑》。这是说当政者的存心，实应比众人更善良。

[20] 厉：恶；指祸乱说。厉阶：走上祸乱之途的阶梯；也就是祸乱的来由。梗：病痛。

忧心殷殷，念我土宇[21]。我生不辰，逢天僤怒[22]。自西
徂东，靡所定处。多我觏痻[23]，孔棘我圉[24]。

[21] 土宇：国家。见《卷阿》。

[22] 僤（dàn）：厚。僤怒：即盛怒，大怒。

[23] 觏：与“遘”同义；遭遇。痻（mín）：病苦。这是说自己遭受了很多的病苦。

[24] 棘：急。圉：同“域”，边疆。这是说边疆又很紧急。意谓祸乱深重。

为谋为毖[25]，乱况斯削。[26]告尔忧恤，诲尔序爵[27]。

谁能执热，逝不以濯^[28]？其何能淑，载胥及溺^[29]。

[25] 毖：谨慎。"为毖"之"为"字，有如果之义。

[26] 乱况：丧乱的情形。削：减轻。这两句是说：主政的人若能好好地计划，谨慎地做事，那么天下丧乱的情形就能减轻了。

[27] 恤：忧。忧恤：指值得忧恤的事情说。序爵：是分辨人才的贤劣以安排其官职地位的事情。

[28] 逝：语词。濯：用水洗手。拿热东西，一定要用冷水洗下手，以减退其热度。哪个人不如此呢？这是比喻为政必以道。

[29] 淑：善。载：则。胥：互相。溺：本来是被水淹的意思，在这里是用来比喻丧亡。

如彼溯风^[30]，亦孔之僾^[31]。民有肃心，荓云不逮^[32]。好是稼穑，力民代食^[33]。稼穑维宝，代食维好^[34]。

[30] 溯：迎面的。

[31] 僾（ài）：呼吸不舒畅。

[32] 肃：进，即向上。肃心：就是向善的心。荓（pīng）：使。云：语词。逮：及，达到。这两句是说：人民有向善之人，却使他们不能达成愿望。

[33] 力民：聚敛人民的赋税。代食：代人民而食之。

[34] 代食维好：是说在上者以代民食其谷为好。

天降丧乱，灭我立王^[35]。降此蟊贼，稼穑卒痒^[36]。哀恫中国，具赘卒荒^[37]。靡有旅力，以念穹苍^[38]。

[35] 立王：所主之王。

[36] 卒：完全。痒：生病。

[37] 恫（tōng）：痛。具：俱，都。赘：接连。卒：尽。荒：荒年。这是说荒年一个接一个地而来。

[38] 旅：同"膂"。旅力：体力。穹苍：上天。这两句是说：自己无力挽救时乱，只有怀念上天，希望他能靖乱了。

维此惠君^[39]，民人所瞻。秉心宣犹^[40]，考慎其相^[41]。维彼不顺，自独俾臧^[42]。自有肺肠，俾民卒狂^[43]。

[39] 惠：爱。惠君，爱护人民的君主。

[40] 宣：昭明。犹：同"猷"，顺理。这是说居心明哲而顺理。

[41] 考：明白辨别。慎：谨慎。相：辅佐。这是说明辨而谨慎地任用辅佐的人。

[42] 自独：自己独断独行。俾臧：使自己所做的事完美。

[43] 自有肺肠：是说与别人不同。卒：尽。狂：迷惑。

瞻彼中林，甡甡其鹿^[44]。朋友已谮，不胥以穀^[45]。人亦有言："进退维谷。^[46]"

[44] 甡甡（shēn）：众多的样子。

[45] 谮：欺诈。胥：互相。以：共同。穀：善。

[46] 谷：山谷。山谷不易行走。进退维谷：是说前进后退都很难。

维此圣人，瞻言百里^[47]；维彼愚人，覆狂以喜^[48]。匪言不能，胡斯畏忌？^[49]

[47] 瞻：视。言：语词。瞻言百里：言其眼光远大。

[48] 覆：反。覆狂以喜：反而狂惑自喜。

[49] 这两句是说：人们并不是不能言，但他们是畏忌些什么而不言呢？

维此良人，弗求弗迪^[50]；维彼忍心，是顾是复^[51]。民之贪乱，宁为荼毒^[52]。

[50] 迪：进用。

[51] 忍心：残忍的人。顾、复：见《小雅·蓼莪》。这是说眷顾留恋而不使其离开。

[52] 贪：希望得到。宁：乃。荼毒：苦毒。

大风有隧^[53]，有空大谷^[54]。维此良人，作为式穀；^[55]维彼不顺，征以中垢。^[56]

[53] 隧：冲力很大的风。有隧：即隧然；冲奔而至的样子。

[54] 有空：空空的。

[55] 式：语词。穀：善。这两句是说：善人们的所作所为都是好的。

[56] 征：行走。垢：尘垢。中垢：垢中。这两句是说：恶人们所行的事都如在尘垢之中。

大风有隧，贪人败类[57]。听言则对[58]，诵言如醉[59]。
匪用其良，覆俾我悖。[60]

[57] 败：毁败。类：善类。

[58] 听言：顺耳的话。见《小雅·雨无正》。

[59] 诵言：劝告自己的话。

[60] 覆：反。俾：使。悖：悖逆。这两句是说：不能任用善人，反使我去做悖逆不顺理的
事情。

嗟尔朋友，予岂不知而作[61]？如彼飞虫，时亦弋获[62]。
既之阴女，反予来赫[63]。

[61] 作：作为。

[62] 飞虫：飞鸟。弋 (yì)：用绳子系在箭上射鸟。获：得。

[63] 之：往。阴：覆荫，意即保护。来：是。赫：怒。

民之罔极，职凉善背[64]。为民不利，如云不克。[65] 民之
回遹，职竞用力[66]。

[64] 职：实在。凉：薄。善背：喜欢反复。

[65] 这两句是说：做不利于民的事情，就好像力不能胜似的。这是极言其卖力去做。

[66] 职竞：见《小雅·十月之交》。

民之未戾[67]，职盗为寇[68]。凉曰不可，覆背善詈[69]。
虽曰匪予，既作尔歌！[70]

[67] 戾：善。

[68] 职：专意做什么事情。这一句是说：专意作为盗寇。

[69] 这两句是说：对待朋友薄凉已经是不可以了，反而背后还骂人家。

[70] 这两句是说：虽推诿说"这祸乱不是我造成的"，而我已经为你作成这首歌了。

云汉

这是描写天子忧旱的诗。

倬彼云汉[1]，昭回于天。[2]王曰："於乎！何辜今之人[3]！天降丧乱，饥馑荐臻[4]。靡神不举[5]，靡爱[6]斯牲。圭璧既卒[7]，宁莫我听？[8]"

[1] 倬：明亮的样子。云汉：天河。

[2] 昭：明亮。回：转。以上两句的意思是说：天色明朗，全无雨意。

[3] 於乎：读为"呜呼"，感叹词。何辜今之人：现在的人究竟犯了什么罪呢？

[4] 荐：重复。臻：至。

[5] 举：举办。指祭祀说。

[6] 爱：吝惜。

[7] 圭、璧：都是祭神时用的玉器。卒：尽。

[8] 宁：乃。听：从。以上四句是说：为了求雨，所有的神没有不祭到的。我们并不吝惜祭祀的牺牲，圭、璧也都用尽了。神啊，竟不理会我们！

旱既大甚，蕴隆虫虫[9]。不殄禋祀[10]，自郊徂宫[11]。上下奠瘗[12]，靡神不宗[13]。后稷不克[14]，上帝不临。耗斁[15]下土，宁丁[16]我躬。

[9] 蕴隆：郁蒸的暑气。虫虫：和"爞爞"同义，热气蒸人的样子。

[10] 殄：绝。禋祀：祭祀。

[11] 郊：祭天地。徂：往。宫：宗庙。

[12] 上：指祭天神说。下：指祭地神说。奠：把祭品放在地上。瘗（yì）：埋；将祭品埋在地下。

[13] 宗：尊。

[14] 克：负荷。不克：不负责；即不管。

[15] 耗斁（dù）：耗败，即糟蹋。耗斁下土：糟蹋世间的人。

[16] 宁：乃。丁：当。这句的意思是说：这样的奇旱，在我这一生竟碰上了。

旱既大甚，则不可推[17]。兢兢业业，如霆如雷。[18]周余黎民，靡有孑遗[19]。昊天上帝，则不我遗[20]，胡不相畏？
先祖于摧[21]。

[17] 摧：除去。

[18] 兢兢业业：危惧的样子。如霆如雷：就像听到天上的雷霆一样，使人害怕。

[19] 周余黎民：周室所余的众民。孑遗：残余。靡有孑遗：没有几个人还活着。意谓天灾
使人口急剧减少。

[20] 遗：留。谓老天不肯为我留存人民。

[21] 摧：断绝。这句是说：先祖的祭祀将要断绝。

旱既大甚，则不可沮[22]。赫赫炎炎，云我无所[23]。大命
近止，靡瞻靡顾[24]。群公先正[25]，则不我助。父母先祖，
胡宁忍予![26]

[22] 沮：止。

[23] 赫赫：旱气。炎炎：热气。云：语助词。无所：谓无处可逃避。

[24] 大命：国运。止：终了。靡瞻靡顾：指神不顾说。

[25] 群公：指周朝未成王业以前的祖先说。正：官长。先正：指先公的诸臣说。

[26] 宁：乃。忍：忍心。以上两句是说：父母和先祖的神灵，为什么竟这样忍心不救救我
们呢？

旱既大甚，涤涤山川[27]。旱魃为虐[28]，如惔[29]如焚。
我心惮暑，忧心如熏。群公先正，则不我闻[30]。昊天上帝，
宁俾我遁[31]!

[27] 涤涤：犹现代语所谓干干净净。大旱的时代，草木枯死，河水干涸，所以说涤涤山川。

[28] 魃（bá）：旱神。

[29] 惔（tán）：烧。

[30] 闻：恤问，慰问。

[31] 宁：乃。遁：逃。

旱既大甚，黾勉畏去[32]。胡宁瘨我以旱[33]？憯[34]不知其故。

祈年孔夙，方社不莫。^[35]昊天上帝，则不我虞^[36]。敬恭明神，宜无悔怒^[37]。

[32] 黾勉：辛勤。畏去：畏旱而逃去。

[33] 宁：乃。瘨（diān）：病苦。

[34] 憯：曾。

[35] 祈年：春日祭上帝以求丰年。夙：早。方、社：都是祭祀的名称。方：祭四方。社：祭后土。莫：同"暮"；晚。这两句是说：春天祝丰年的祭祀，举行得十分早，祭后土和四方之神也并不晚，为什么得罪了神明呢？

[36] 虞：顾虑。

[37] 悔：恨。

旱既大甚，散无友纪^[38]。鞫哉庶正^[39]，疚哉冢宰^[40]。趣马师氏，膳夫左右^[41]；靡人不周^[42]，无^[43]不能止。瞻卬昊天，云如何里^[44]！

[38] 散：乱。友：和"有"同义。纪：纲纪。

[39] 鞫：穷。庶正：众官之长。

[40] 疚：病。冢宰：此处指宰夫说。

[41] 趣马、师氏：都是官名。趣马：主管王室的马政。师氏：监督朝廷的得失。膳夫：掌理君王的饮食。

[42] 周：当作"赒"，救济。

[43] 无：贫穷。以上数句是说：这次旱灾，弄得百官都非常困苦，虽然每个人都被救济到，但并不能解除他们的贫困。

[44] 卬：同"仰"。瞻卬：即"瞻仰"。云：语助词。里：忧。

瞻卬昊天，有嘒其星^[45]。大夫君子，昭假无赢。^[46]大命近止，无弃尔成^[47]。何求为我？以戾庶正。^[48]瞻卬昊天，曷惠^[49]其宁！

[45] 嘒：明亮的样子。有嘒：和"嘒然"同义。

[46] 君子：指有官爵的人说。昭假：本是说神昭然降临，因而祭祀以求神之降临，也叫作"昭假"。这里指祭祀说。赢：过失。

[47] 成：成功。无弃尔成：意谓不要忽弃你的职事。

[48] 戾：定。这两句是说：所祷求的何曾是为我个人，实是为了安定百官。

[49] 曷：何时。惠：维。曷惠其宁：何时才有安宁的日子过呢？

崧高

周宣王时，申伯被封于谢，吉甫作了这首诗送他。

崧高维岳[1]，骏极[2]于天。维岳降神，生甫及申[3]。维申及甫，维周之翰。四国于蕃，四方于宣[4]。

[1] 崧：是"嵩"字的异体。崧高：就是嵩高。岳：即《尚书·禹贡》里面所说的大岳，也叫作"霍山"，在现今山西中南部。

[2] 骏：大。极：至。

[3] 甫、申：二国名；都是姜姓之后。

[4] 两个"于"字都是"为"字的意思。"宣"是"垣"的假借字，和上句的"蕃"字对言，都是屏障的意思。

亹亹申伯[5]，王缵之事[6]。于邑于谢[7]，南国是式[8]。王命召伯[9]，定申伯之宅。登[10]是南邦，世执其功。[11]

[5] 亹亹：见《文王》篇。申伯之国，在今河南信阳市。

[6] 缵：继。王缵之事：是说周王使申伯继承他先人的事业。

[7] 谢：国名，也在现今的河南信阳县。申和谢相去不远，谢地较申大些，故将申伯改封于谢。

[8] 式：效法。谢地在南国，所以说南国是式。

[9] 召伯：召穆公虎。

[10] 登：进；往。

[11] 功：事。以上两句，是说申伯往此南邦，世世执行其政事。

王命申伯："式是南邦，因是谢人，以作尔庸。"[12] 王命召伯，彻[13]申伯土田。王命傅御[14]，迁其私人[15]。

[12] 庸：功。以上两句是说：凭借着谢地的人民，发挥你的事功。

[13] 彻：注见《公刘》篇。这里是说定赋税之法。

[14] 傅御：指申伯职位高的家臣说。

[15] 私人：傅御的家臣。

申伯之功，召伯是营。有俶[16]其城，寝庙既成，既成藐藐[17]。
王锡申伯，四牡跻跻[18]，钩膺濯濯[19]。

[16] 俶：善。有俶：和"俶然"同义。

[17] 藐藐：美好的样子。

[18] 跻（jué）跻：健壮的样子。

[19] 钩：马肚带上的钩。膺：马肚带。濯濯：光洁的样子。

王遣申伯，路车乘马。"我图[20]尔居，莫如南土。锡尔
介圭[21]，以作尔宝。往迋王舅[22]，南土是保。"

[20] 图：谋。这以下是周王对申伯所说的话。

[21] 锡：赐给。介圭：大圭。

[22] 迋：读音如"记"，语助词。往迋王舅：就是说"往矣王舅"。旧说：申伯是宣王的
舅，所以叫作"王舅"。按：也是天子对异姓诸侯的称呼。

申伯信迈[23]，王饯于郿[24]。申伯还南，谢于诚归[25]。
王命召伯，彻申伯土疆，以峙其粻[26]，式遄[27]其行。

[23] 信迈：诚然启行了。

[24] 郿：在现今陕西郿县东北。但郿地在周都镐京的西面，不是往谢地所应当经过的地方。
恐怕这个郿字当读为湄，水涯的意思。

[25] 谢于诚归：是倒装句法，意即诚归于谢。

[26] 彻：征税。峙：准备。粻（zhāng）：粮。

[27] 式：语助词。遄：速。

申伯番番[28]，既入于谢，徒御啴啴[29]。周邦咸喜，戎有
良翰[30]。不显申伯，王之元舅，文武是宪[31]。

［28］番番：勇武的样子。

［29］徒：徒步的人。御：驾车的人。指随从申伯的众人说。嘽（tān）嘽：声音繁杂的意思。

［30］戎：你。翰：栋梁。

［31］不：同"丕"。不显：大显。元舅：长舅。宪：取法。

申伯之德，柔惠且直^[32]。揉^[33]此万邦，闻于四国。吉甫作诵^[34]，其诗孔硕^[35]，其风肆好^[36]，以赠申伯。

［32］柔惠：和顺。直：正直。

［33］揉：当读为"柔远能迩"的"柔"字，安定的意思。

［34］吉甫：人名；旧说尹吉甫。王国维以为当是作"兮甲盘"的兮甲。参看《小雅·六月》篇。诵：可以歌诵的文辞；指这首诗说。

［35］硕：大。

［36］古人有时把诗叫风。肆：语助词。

烝民

周宣王派仲山甫去监督齐国筑城，吉甫作了这首诗送他。

天生烝民^[1]，有物有则。^[2]民之秉彝，好是懿德。^[3]天监有周，昭假于下^[4]。保兹天子，生仲山甫^[5]。

［1］烝（zhēng）民：众民。

［2］物：事。则：法。以上两句的意思是说：既有众民，就必有事。有事，就必有一定的法则。

［3］秉：持。彝：常。懿：美。这两句是说，众民所秉持的有其常道，所好的乃是美德。

［4］昭假：指神降临说。参看《云汉》篇。下：指人间。

［5］仲山甫：宣王时人。

仲山甫之德，柔嘉维则^[6]。令仪令色^[7]，小心翼翼。古训是式，威仪是力^[8]。天子是若，明命使赋。^[9]

［6］柔、嘉：都是善美的意思，已见《抑》篇。则：法。

［7］令：善。仪：态度举动。色：接待人时的颜色。

［8］式：法。力：尽力。

［9］若：顺。命：令。赋：宣布。以上两句是说，仲山甫顺从天子，天子命他传布。

王命仲山甫：式是百辟[10]，缵戎祖考[11]，王躬是保。出纳王命[12]，王之喉舌。赋政[13]于外，四方爰发[14]。

［10］式：法。辟：君。百辟：指诸侯说。式是百辟：是说为诸侯的法式。

［11］缵：继。戎：汝。这是说：继承你祖父和父亲的事业。

［12］出：宣布。纳：接纳别人的话语，转进于王。

［13］赋：宣布。赋政：宣布政令。

［14］发：行，指政令推行说。

肃肃[15]王命，仲山甫将之[16]。邦国若否[17]，仲山甫明之。既明且哲[18]，以保其身。夙夜匪解，以事一人[19]。

［15］肃肃：威严的样子。

［16］将：执行。

［17］邦国：指各个诸侯说。若：善。否：不善。

［18］哲：智。

［19］解：同"懈"。事：侍奉。一人：指天子说。

人亦有言："柔则茹之，刚则吐之。"[20]维仲山甫，柔亦不茹，刚亦不吐。不侮矜寡，不畏强御[21]。

［20］茹：食。这两句是引用俗话：软的就吃掉，硬的就吐掉。有欺善怕恶之意。

［21］矜：同"鳏"。老而无妻叫作"鳏"，老而无夫叫作"寡"。鳏寡：都是可怜的人，容易被人欺侮。强御：强横的人。已见《荡》篇。

人亦有言："德輶如毛[22]，民鲜克举之。"[23]我仪图之[24]，维仲山甫举之，爰莫助之[25]。衮职有阙，维仲山甫补之[26]。

［22］輶（yóu）：轻。这句是说：品德，和羽毛一样轻。

［23］这句意思是：德虽易修，但一般人却很少能够做到。

[24] 仪、图：都是揣度的意思。

[25] 这句意思是：大家虽然敬爱仲山甫，但在品德方面，却帮助不了他什么，因为他的品德太高了。

[26] 衮：衮衣，天子所穿的衣服。衮职：天子的职事。阙：失。补之：补其缺失。

仲山甫出祖[27]，四牡业业，征夫捷捷[28]，每怀靡及。四牡彭彭，八鸾锵锵[29]。王命仲山甫，城彼东方[30]。

[27] 祖：出行的祭祀。走出门以后才举行祖祭，所以说"出祖"。

[28] 业业：旺盛的样子。捷捷：快步走的样子。

[29] 鸾：马衔两边的铃铛。因为马口左右各一，四匹马，所以有八鸾。锵（qiāng）锵：铃的声音。

[30] 东方：指齐国说。

四牡骙骙[31]，八鸾喈喈[32]。仲山甫徂齐，式遄其归[33]。吉甫作诵，穆[34]如清风。仲山甫永怀，以慰其心。[35]

[31] 骙（kuí）骙：强壮的样子。

[32] 喈喈：这里是形容铃铛的声音。

[33] 式：语助词。遄：速。这句的意思是说：快些回来。

[34] 穆：和。

[35] 以上两句是说：仲山甫永远怀念着这诗的意思，可以安慰其心。

江汉

　　周宣王命召穆公平定了淮夷，诗人作了这首诗赞美他——召穆公。

江汉浮浮，武夫滔滔[1]。匪安匪游，淮夷来求[2]。既出我车，既设我旟。匪安匪舒[3]，淮夷来铺[4]。

[1] 浮浮：战士众多而强盛的样子。滔滔：广大的样子。这两句的文字，恐怕有错误，应当作江汉滔滔，武夫浮浮才对。

[2] 安：安乐。淮夷：淮水流域的夷族。来：用法同"是"。求：觅。淮夷来求：为的是寻觅淮夷。

[3] 舒：缓慢。

[4] 铺：伐；惩处。

江汉汤汤，武夫洸洸。[5] 经营四方，告成[6] 于王。四方既平，
王国庶定。时靡有争，王心载宁。[7]

[5] 汤（shāng）汤：水势浩大的样子。洸（guāng）洸：勇武的样子。

[6] 成：成功。

[7] 靡有争：没有战争。载：则。宁：安。

江汉之浒，王命召虎[8]：式辟[9] 四方，彻[10] 我疆土。匪
疚匪棘，王国来极[11]。于疆于理[12]，至于南海。

[8] 召穆公名虎。

[9] 式：语助词。辟：开辟。

[10] 彻：定税法。参看《公刘》篇。

[11] 疚：病。棘：急。匪疚匪棘：不是来给他们（淮夷）病痛，也不是来困急他们。来：
和"是"同义。极：正。

[12] 于：往。疆：划分边界。见《公刘》篇。

王命召虎："来旬来宣[13]。文武受命，召公维翰[14]。无
曰予小子，召公是似[15]。肇敏戎公，用锡尔祉。[16]"

[13] 来：是。旬：和"徇"通，巡行的意思。宣：昭示。来旬来宣：周王命召虎出巡而宣
达政令。

[14] 召公：召康公奭。翰：栋梁。这句的意思是说：召公乃国之栋梁。

[15] 似：续。

[16] 肇：谋。"敏"字也当读为"谋"。"肇敏"就是"图谋"的意思。戎公：就是金文中常
见的戎工，即兵事的意思。锡：赐。祉：福。

"厘尔圭瓒[17]，秬鬯一卣[18]，告于文人[19]。锡山土田，
于周受命，自召祖命。"[20] 虎拜稽首："天子万年。"[21]

[17] 厘：赐。圭：玉器名。瓒（zàn）：祭祀时灌酒的器具；用圭作柄的瓒，叫作"圭瓒"。

[18] 秬（jù）鬯（chàng）：用黑黍与郁金香草酿制的酒；祭祀时用以降神。卣（yǒu）：酒器。

[19] 文人：文德之人，指先祖说。告于文人：就是祭告先祖。

[20] 周：岐周。自：用。召祖：召公奭。自召祖命，谓用召公受命时的礼节。

[21] 这句意思是：召穆公虎听了宣王之命，再拜叩头说：天子万岁！

虎拜稽首，对扬王休[22]。作召公考[23]，天子万寿。明明
天子，令闻不已；矢[24]其文德，洽此四国。

[22] 对扬：在金文中也是常见的话。对：遂。扬：发扬。意思是：顺从之而又发扬之。
休：美。

[23] 考：孝，金文通用。"作召公考"，是"作孝召公"的倒装句法。作考：是追孝的意思。

[24] 矢：施。

常武

　　周宣王亲征徐方，诗人作这首诗来赞美他。

赫赫明明[1]，王命卿士，南仲大祖，大师皇父[2]。整我六师，
以修我戎[3]。既敬既戒[4]，惠此南国。

[1] 赫赫：威严的样子。赫赫明明：是形容王命的严明。

[2] 南仲：见《小雅·出车》。皇父：可能就是《小雅·十月之交》中所讲到的皇父。这是
说王在太祖庙命南仲为卿士，命皇父为大师。

[3] 六师：六军。戎：军事。

[4] 敬：警。戒：戒备。

王谓尹氏，命程伯休父[5]，左右陈行，戒我师旅[6]："率
彼淮浦，省此徐土，不留不处[7]。"三事就绪[8]。

[5] 尹氏：办理任命卿士的官员。参看《小雅·节南山》篇。程：国名，故城一说在现今
河南洛阳境。伯：爵位。休父：程伯之名。程伯休父在宣王时为司马氏，这里的"命
程伯休父"应该就是命他为大司马。

[6] 陈行：陈列。戒：敕命。这两句是说：命军队左右排列起来，并敕戒之。就如后世的
誓师一般。

[7] 率：顺沿着。淮浦：淮水边涯。省：巡视。徐土：徐方之地。徐方：是古时淮夷之一，在淮水北。不留不处：不打算永久占据那地方。

[8] 三事：三卿，见《小雅·雨无正》篇。这是宣王亲征，所以三卿都跟随着。三事就绪：三卿为备战之事已筹备就绪。

赫赫业业，有严天子[9]。王舒保作[10]，匪绍匪游[11]。徐方绎骚[12]，震惊徐方[13]，如雷如霆，徐方震惊。

[9] 业业：盛大的样子，见《小雅·采薇》篇。赫赫业业：形容军容严整盛大的样子。有严：严然。

[10] 舒：徐缓。保：安。作：行。王舒保作：王徐缓安稳地进军。

[11] 绍：舒缓。

[12] 绎骚：骚动。

[13] 震惊：惊动。

王奋厥武，如震[14]如怒。进厥虎臣，阚如虓虎[15]。铺敦淮渍[16]，仍执丑虏[17]。截彼淮浦，王师之所[18]。

[14] 震：雷。

[15] 阚（hǎn）：虎发怒的样子。虓（xiāo）：虎叫。

[16] 铺：惩伐。敦：杀伐。渍（fén）：水涯。

[17] 仍：屡次。丑虏：丑恶的俘虏。

[18] 截：平定，治理。所：处所。王师之所：是说王师所到之处。

王旅啴啴[19]，如飞如翰，如江如汉[20]，如山之苞，如川之流[21]。绵绵翼翼[22]，不测不克[23]，濯[24]征徐国。

[19] 啴啴：见《小雅·四牡》。

[20] 如飞如翰：形容其快疾。如江如汉：形容其盛大。

[21] 如山之苞：形容其强固。如川之流：形容其畅行无阻。

[22] 绵绵：接连不断的样子。翼翼：盛大的样子。

[23] 测：隐伏。克：急。

[24] 濯：大。

王犹允塞^[25]，徐方既来^[26]。徐方既同^[27]，天子之功。
四方既平，徐方来庭^[28]。徐方不回^[29]，王曰还归。

[25]犹：谋略。允：真。塞：实际。这句是说：王的谋略真的切合实际。

[26]来：归顺。

[27]同：会同；指来朝说。

[28]来庭：来朝。

[29]回：违背，即不顺从。

瞻卬

这是讽刺周幽王宠爱褒姒，因而酿成祸乱的诗。

瞻卬昊天^[1]，则不我惠。孔填^[2]不宁，降此大厉^[3]。邦
靡有定，士民其瘵^[4]。蟊贼蟊疾^[5]，靡有夷届^[6]。罪罟
不收^[7]，靡有夷瘳^[8]。

[1]卬：同"仰"。

[2]填：久。

[3]厉：恶，谓祸乱。

[4]瘵（zhài）：病痛。

[5]蟊：害禾苗的虫。贼、疾：都是损害的意思。

[6]夷：语词，下同。届：停止。这是说蟊虫害苗没有停止的时候。

[7]罪罟：罪网。收：收起不用。

[8]瘳：病愈。这两句是说：罪网张起不收，则人民的疾苦永不能愈。

人有土田，女反有^[9]之。人有民人，女覆^[10]夺之。此宜无罪，
女反收^[11]之。彼宜有罪，女覆说之^[12]。哲夫成城，哲妇
倾城^[13]。

[9]有：取。

[10]覆：反。

[11] 收：拘捕。

[12] 说：与"脱"同义，赦免。

[13] 城：比喻国家。哲妇：指褒姒。倾：毁败。

懿厥哲妇[14]，为枭为鸱[15]。妇有长舌，维厉之阶[16]。乱匪降自天，生自妇人。匪教匪诲，时维妇寺。[17]

[14] 懿：同"噫"；叹息声。

[15] 枭、鸱：都是猫头鹰类的鸟名。这种鸟声音丑恶，相传听到的人会遭凶丧。

[16] 长舌：意谓多说话。厉：祸乱。这是说女人多话是通往祸乱的阶梯。

[17] 匪教匪诲：不教诲。时：是。妇寺：宠爱的妇人。这两句是说：这被宠爱的妇人，没受到教诲。

鞫人忮忒[18]，谮始竟背[19]。岂曰不极？"伊胡为慝！"[20]如贾三倍，君子是识[21]。妇无公事，休其蚕织[22]。

[18] 鞫：穷诘别人的过失。忮：狠。忒：恶毒。这句是说：在穷究别人过失的时候，非常恶狠。

[19] 这句是说：她以讲别人的坏话为始，到后来自己又违背了自己的话。因谗人的人在嘴巴上总是要说别人有多坏，自己有多好；在内心中则是念念为恶。因此，他的立身行事，到最后必定同自己所讲的话相违背。

[20] 极：正当。伊：语词。慝：恶。这两句是说：她怎会认为这是不对的呢？她自己还要说："这有什么不好。"

[21] 三倍：三倍的利润。君子：指有官爵的人而言。识：知。这是说商人获利三倍的事，不是做官的人应该做的，但现在做官的人却都懂这些事情。意思是说做官的人兼营商业。

[22] 公事：就是工作。休其蚕桑：是说她无所事事。

天何以刺？何神不富？[23]舍尔介狄，维予胥忌。[24]不吊不祥，威仪不类[25]。人之云亡，邦国殄瘁[26]。

[23] 刺：谴责。富：福佑。这两句是在问：天为什么要降下谴责呢？神为什么不赐福呢？言外之意是说一切都是咎由自取。

[24] 介：大。狄：忧。介狄：大忧；指日益败坏的国事而言。这两句是说：国事日益败坏你不管，却只找我的麻烦，忌恨我。

288

[25] 不吊：不幸。祥：吉祥。类：善。

[26] 人：指贤人说。殄、瘁：都是病痛的意思。

天之降罔，维其优矣[27]。人之云亡，心之忧矣。天之降罔，
维其几矣[28]。人之云亡，心之悲矣。

[27] 罔：网。优：宽大。

[28] 几：危。

觱沸槛泉[29]，维其深兮。心之忧矣，宁[30]自今矣？不自
我先，不自我后。藐藐[31]昊天，无不克巩。[32]无忝皇祖，
式救尔后。[33]

[29] 见《小雅·采菽》。

[30] 宁：乃。

[31] 藐藐：高远的样子。

[32] 这两句意思是说：高远的天，神密莫测；即使是危乱的国家，也并非不能巩固坚强，
要能自己奋发图强。

[33] 忝：辱。式：语词。后：后世子孙。这两句意思是说：现在当改过自新，奋发图强；
不要辱没了你的祖先，要救一救你的后世子孙。

周颂

颂，是形容的意思，是用诗歌配合着舞蹈来形容先王之盛德的。所以它是用在宗庙里的乐歌。《周颂》，是周朝祭宗庙时所用的颂，总共三十一篇。这三十一篇中，从文辞的古奥和大部分不押韵这两方面来看，可知多半是西周初年的作品。虽然也有康王以后的诗，但在《诗经》里面，《周颂》这部分，要算是最古的诗歌了。

清庙

这是祭祀文王的诗。

於穆清庙[1]，肃雍显相[2]。济济多士，秉文之德[3]。对越在天[4]，骏[5]奔走在庙。不显不承[6]，无射于人斯[7]。

[1] 於（wū）：叹辞。穆：美。清庙：清静的庙；指文王的宗庙说。

[2] 肃：静。雍：和。显：明。相：助；这里作名词用，指助祭的公卿诸侯说。

[3] 济济：众多的样子。多士：指参加祭祀的人说。秉：守持着。文：文王。

[4] 对越：和《大雅·江汉》里"对扬王休"的"对扬"同义。在天：文王之神在天。对越在天：顺承而发扬那个在天的文王之意旨。

[5] 骏：急速。

[6] 两不字都读为"丕"，"丕显"的字样前已多见。显：是说文王的神灵昭显。承：保护。这是说文王保佑后人。

[7] 射（yì）：厌。斯：语助词。这句是说：神对于人，是不厌恶的。

天作

这是祭祀大王的诗。也有人说是祭岐山的诗。

天作高山，大王荒之[1]。彼作矣，文王康之[2]。彼徂矣岐，有夷之行。[3]子孙保之[4]。

[1] 高山：指岐山说。荒之：全部保有之。

[2] 康：平，指开通道路说。

[3] 徂：险阻。这两句是说：岐山原是很险阻的，现在却有平坦的道路了。

[4] 保之：保持其功绩。

昊天有成命

这是祭祀成王的诗。

昊天有成命^[1]，二后受之^[2]。成王不敢康，夙夜基命宥密^[3]。於缉熙，单厥心^[4]，肆其靖之^[5]。

[1] 成命：明命。

[2] 二后：文王、武王。

[3] 夙夜：本义是早晨和夜里；引申有勤勉的意思。基：始。宥：同"有"，即"又"的意思。密：谨慎。这是说对于刚开国的命运，勤勉而又谨慎。

[4] 於（wū）：叹词。缉熙：光明。单：厚道。

[5] 肆：语词。靖：安定。

时迈

这大概是祭祀武王的诗。

时迈^[1]其邦，昊天其子^[2]之，实右序^[3]有周。薄言震^[4]之，莫不震叠^[5]。怀柔^[6]百神，及河乔岳^[7]。允王维后^[8]！明昭有周，式序在位^[9]。载戢^[10]干戈，载櫜^[11]弓矢。我求懿^[12]德，肆于时夏^[13]。允王保之^[14]！

[1] 迈：行。时迈其邦：是说武王时巡行于邦国。

[2] 子：爱。

[3] 右：助。序：顺。以上两句是说：老天爱护他（武王），所以帮助周朝，顺从周朝。

[4] 震：惊动。这是说以兵威胁那些不归服的国家。

[5] 震：惊。叠：惧。

[6] 怀柔：安慰。

[7] 河：黄河。乔：高。岳：大岳；见《大雅·崧高》篇。此句承上句"怀柔百神"说，谓山川之神，都已祭到。

[8] 允：信。后：君。允王维后：真的，我们的王是一位了不起的领袖！

［9］式：语助词。序：次序，这里作动词用，是安排次序的意思。在位：在位的人；即百官。

［10］载：则，于是。戢：聚拢起来。意思是说收藏起来不用。

［11］櫜（gāo）：把弓矢盛在套子里。将干戈弓矢等兵器都藏起来，表示不再用兵；这是叙述武王克商以后的情形。自"式序在位"以下三句，颇有现代所谓战后复员的意味。

［12］懿：美。

［13］肆：陈设。时：是。夏：中国。

［14］允王保之：真的，我们的王能保有这个国家。

执竞

这是祭武王、成王、康王的诗。

执竞^[1]武王，无竞维烈^[2]。不显成康^[3]，上帝是皇^[4]。自彼成康，奄有四方，斤斤^[5]其明。钟鼓喤喤^[6]，磬筦将将^[7]，降福穰穰^[8]。降福简简^[9]，威仪反反^[10]。既醉既饱^[11]，福禄来反^[12]。

［1］执竞：执持竞争之事；指武王伐商说。

［2］烈：业。这句是说：其功业伟大，没有人能和他相比。

［3］不：读为"丕"。成、康：成王、康王。

［4］皇：美。这句是说：上帝对于成王康王也非常嘉美。

［5］斤斤：明察的样子。

［6］喤喤：大声。

［7］磬、筦：都是乐器。筦：同管。将将：读"锵锵"，作乐的声音。

［8］穰（ráng）穰：众多。

［9］简简：盛大。

［10］反反：慎重的样子。

［11］这句意思是说：神受祭后已经醉饱。

［12］来：是。反：归。福禄来反：是说福禄归到祭祀的人。

振鹭

这是当二王的后人来助祭于周朝的时候，所歌颂的诗。

振[1]鹭于飞，于彼西雝[2]。我客戾止[3]，亦有斯容[4]。在彼[5]无恶，在此无斁[6]。庶几夙夜，以永终誉。[7]

[1]振：群飞的样子。

[2]雝：泽名。

[3]客：指二王之后说。夏之后：是杞国。殷之后：是宋国。戾：到。止：语助词。

[4]意思是说：二客的仪容整洁，也和白鹭一样。

[5]彼：指神说。谓二客来助祭，神不厌恶。

[6]此：指二客说。斁：厌倦。谓二客助祭不厌倦。

[7]永、终：二字连文，"终"也是"永"的意思。誉：安乐。这两句连读，庶几二字贯下文。意思是说：如果能早夜敬慎，那么，就可永安长乐了。

雝

这是武王祭文王的诗。

有来雝雝[1]，至止肃肃[2]。相维辟公[3]，天子穆穆。於荐广牡[4]，相予肆祀[5]。假哉皇考[6]，绥[7]予孝子。宣哲[8]维人，文武维后[9]。燕及皇天，克昌厥后。[10]绥我眉寿，介以繁祉。[11]既右烈考，亦右文母[12]。

[1]有来：指来参加祭祀的人说。雝雝：和蔼的样子。

[2]至止：是说到了宗庙。肃肃：恭敬的样子。

[3]相：助，指助祭的人。辟公：诸侯。

[4]於（wū）：叹词。广：大。

[5]相：助。肆：用整个的牲祭神。

[6]假：和"格"同义；神降临的意思。考：已死的父亲称为考。皇考：犹言显考。

[7]绥：安；庇护的意思。

[8]宣：明。哲：智。

[9]文武：能文能武。后：君。以上二句，是说皇考为人则又明又智，为君则又文又武。

[10]燕：安。昌：盛大。这两句是说：文王能事上帝，使之安乐，所以能够昌大其后嗣。

[11]绥：安。介：助。繁：多。这两句是说：安（庇护）我以长寿，助我以多福。

[12]右：通"侑"，劝饮食。烈：功业。烈考：有功业的亡父。文：文德。文母：有文德的亡母。

载见

　　这是诸侯在武王庙里祭祀的诗。

载见辟王[1]，曰求厥章[2]。龙旂[3]阳阳，和铃央央[4]，鞗革有鸧[5]，休有烈光[6]。率见昭考[7]，以孝以享[8]，以介眉寿。永言保之，思皇多祜[9]。烈文辟公[10]，绥以多福，俾缉熙于纯嘏。[11]

[1]载：始。辟王：天子；指成王说。

[2]章：典章，法度。

[3]龙旂：上公所用绘有交龙的旗。

[4]和：铃的一种。和在车轼之前，铃在旗上。央央：柔和的声音。

[5]鞗革：马辔头上的饰物。鸧：同"锵"。有鸧：锵然有声。

[6]休：美。烈光：光彩。

[7]率：带领。昭：光显。昭考：指武王说。

[8]孝：这里和"享"字同义。

[9]言、思：都是语词。皇：大。祜：福。

[10]烈：功业。文：文德。烈文辟公：指诸侯的先人而言。

[11]纯嘏：大福。以上三句是说：诸侯的先人，以多福安定诸侯，并使其大福绵延不绝。

武

这是祭祀武王的诗。

於皇[1]武王，无竞维烈[2]。允文文王，克开厥后[3]。嗣武受之[4]，胜殷遏刘[5]，耆定尔功[6]。

[1] 於（wū）：叹词。皇：大。於皇武王：啊！伟大的武王！

[2] 见《执竞》篇。

[3] 克：能够。开：启发。厥：其。克开厥后：是说文王能够诱导启发他的后人。

[4] 嗣武：文王的嗣子武王。受：承受。受之：是说武王承受了文王的德业。

[5] 遏：止。刘：杀。这句是说：战胜了殷朝，停止了杀伐。

[6] 耆：致。尔：此。耆定尔功：以致奠定了这个功业。

闵予小子

这是成王即位后朝见宗庙的诗。

闵予小子[1]，遭家不造[2]，嬛嬛在疚[3]。於乎皇考，永世[4]克孝！念兹皇祖，陟降庭止[5]。维予小子，夙夜敬[6]止。於乎皇王，继序思不忘[7]！

[1] 闵：和"悯"同义，可怜的意思。小子：成王自称。

[2] 遭：遇到。不造：不幸、不善的意思。

[3] 嬛（qióng）嬛：和茕茕、惸惸都通用，孤独无依的样子。疚：病，引申为忧苦之意。

[4] 永世：犹言终身。

[5] 陟降：往来。见《大雅·文王》篇。止：语助词。这一句是说：皇祖的神灵，往来于庙庭。

[6] 敬：敬慎。

[7] 皇王：指祖考。序：和"绪"同义；继续的意思。思：语助词。忘：和"亡"字通用，亡失的意思。这一句是说：继续祖考的王业使它不失坠。

敬之

这是周王祭祀时，自己勉励自己的诗。

敬之敬之[1]，天维显思，[2]命不易[3]哉。无曰高高在上，
陟降厥士[4]，日监[5]在兹。维予小子，不聪敬止[6]。日就
月将[7]，学有缉熙于光明[8]。佛时仔肩[9]，示我显德行[10]。

[1] 敬：警诫，戒慎。

[2] 这句意思是说：天（上帝）非常昭显，时刻照临在我们左右。

[3] 命：指受天命说。易：容易。

[4] 士：事。

[5] 监：视。以上数句是说：神往来视察我们的工作，天天在这里视察，大家必须戒慎，
不要以为上天高高在上，离我们很远呢。

[6] 不：读为"丕"，语助词。聪：听。敬：警。这句是说：听从神的意旨而知所戒慎。

[7] 就：成就。将：行，犹现代语所谓进步。日就月将：是说一天比一天有成就，一月比
一月有进步。或者说：日就月将，等于说日久月长。这说法也可以通。

[8] 缉熙：继续。这句是说：为学当继续不断，以进于光明。

[9] 佛：辅佐。时：是；这个。仔肩：责任。这句的意思：是请神帮助着完成这个责任。

[10] 德行：进德的路子。这句的意思是：请神指示以进德的大道。

桓

这是歌颂武王功业的诗。

绥万邦，娄[1]丰年，天命匪解[2]。桓桓[3]武王，保有厥士，
于以四方[4]，克定厥家。於昭于天，皇以间之[5]。

[1] 娄：屡次。

[2] 解：同"懈"。

[3] 桓桓：威武的样子。

[4] 士：卿士。这两句是说：保有这些卿士，用于四方。

[5] 皇：天。间：代替，指代殷说。这是说皇天以武王代殷而有天下。

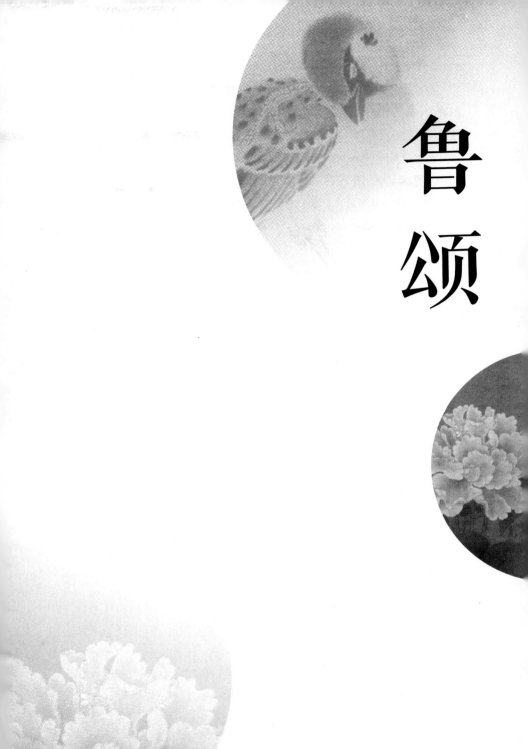

鲁颂

周成王把周公的长子伯禽封于鲁地，这是鲁国立国之始。鲁国的都城，在现今山东的曲阜。《鲁颂》共计四篇，都是鲁僖公时候的作品。这四篇，是歌咏时事，或颂扬时君的诗；论它们的题材，是和《颂》相远，但却和《风》《雅》相近。况且，鲁是侯国，把这四篇诗放在颂里，就和《周颂》成了平等的地位。这样看来，鲁诗叫作《颂》，而放在《周颂》之后，显然是另有意义的安排。我疑心这安排是出于孔子，是为了尊重他的国家因而如此的。

駉

这是歌颂鲁僖公的诗。

駉駉牡马[1]，在坰之野[2]。薄言駉者，有骄有皇[3]，有骊有黄，以车彭彭。思无疆，思马斯臧[4]。

[1] 駉駉（jiōng）：肥大的样子。

[2] 坰（jiōng）：远野。

[3] 骄（yù）：有白屁股的骊马。皇：杂有白色的黄马。

[4] 思：语词。无疆：无边，颂祷时用的话。斯：和"其"同义，将然之词。臧：善。这是说牧马之盛，无穷无尽；而其马又必将都是好的。

駉駉牡马，在坰之野。薄言駉者，有骓有駓，有骍有骐[5]，以车伾伾[6]。思无期，思马斯才[7]。

[5] 骓（zhuī）：苍白杂色的马。駓（pī）：黄白杂色的马。骍：赤黄色的马。骐：见《秦风·小戎》篇。

[6] 伾（pī）伾：行走的样子。

[7] 无期：无尽期。才：才力。

駉駉牡马，在坰之野。薄言駉者，有驒有骆，有骝有雒[8]，以车绎绎[9]。思无斁，思马斯作[10]。

[8] 驒（tuó）：毛色深浅不同，斑驳如鱼鳞状的马。骆：见《小雅·四牡》篇。骝：见《秦风·小戎》篇。雒（luò）：黑身白鬣的马。

[9] 绎绎：善走的样子。

[10] 无斁：无厌；也就是无休止的意思。作：兴盛。

駉駉牡马，在坰之野。薄言駉者，有骃有騢，有驔有鱼[11]，以车祛祛。思无邪，思马斯徂[12]。

[11] 骃：见《小雅·皇皇者华》篇。騢（xiá）：彤白杂毛的马。驔（diàn）：在膝下胫上长有白毛的马。鱼：两眼呈白色的马。

[12] 思无邪：专心养马不胡思乱想。徂（cú）：盛多。

有驖

这是宴饮时祝福的诗。

有驖[1]有驖，驖彼乘黄[2]。夙夜在公，在公明明[3]。振振鹭，鹭于下[4]。鼓咽咽，醉言舞[5]。于胥[6]乐兮。

[1] 驖（bì）：马肥的样子。有驖：和"驖然"同义。

[2] 乘：一车四马。乘黄：驾车的四匹黄马。

[3] 明明：黾勉的意思。在公明明：是说为公家勤勉服务。

[4] 振振：群飞的样子。于下：在落下。

[5] 咽咽：鼓声。言：语助词。

[6] 于：发声词。胥：皆。

有驖有驖，驖彼乘牡。夙夜在公，在公饮酒。振振鹭，鹭于飞。鼓咽咽，醉言归。于胥乐兮[7]。

[7] 这一章和上一章的句法相同，只是变了几个字。这本是一种乐歌，歌词有时反复，正和现代的歌词一样。下一章同。

有驖有驖，驖彼乘骃。[8]夙夜在公，在公载燕[9]。自今以始，岁其有[10]。君子有穀[11]，诒孙子[12]。于胥乐兮。

[8] 骃（xuān）：青黑色的马。

[9] 载：则。燕：宴饮。

[10] 有：指有年说。有年：即丰年。

[11] 穀：禄。

[12] 诒：贻。以上两句是说：君子（在位的人）有福禄留给子孙。

泮水

这是歌咏鲁僖公伐淮夷后，在泮宫献囚的诗。

思乐泮水^[1]，薄采其芹。鲁侯戾止^[2]，言观其旂。其旂
茷茷^[3]，鸾声哕哕^[4]。无小无大^[5]，从公于迈^[6]。

[1] 思：语词。泮（pàn）水：水名，源出今山东泗水县，流至曲阜。

[2] 戾：到临。止：句末语助词。

[3] 茷（pèi）茷：旗下垂的样子。

[4] 鸾：铃铛。哕哕（huì）：铃声。

[5] 小、大：即老少。

[6] 迈：行。

思乐泮水，薄采其藻。鲁侯戾止，其马蹻蹻^[7]。其马蹻蹻，
其音昭昭^[8]。载色^[9]载笑，匪怒伊教^[10]。

[7] 蹻（jué）蹻：强健的样子。

[8] 音：声音。昭昭：声音响亮的样子。

[9] 载：则。色：颜色温和。

[10] 这一句的意思是：只教化人民而不发怒。

思乐泮水，薄采其茆^[11]。鲁侯戾止，在泮饮酒。既饮旨酒，
永锡难老^[12]。顺彼长道，屈此群丑^[13]。

[11] 茆（mǎo）：莼菜。

[12] 锡：赐；指上天赐给说。难老：就是长寿的意思。

[13] 长道：大路。屈：制服。群丑：指淮夷说。

穆穆鲁侯，敬明其德。敬慎威仪，维民之则。允文允武，
昭假烈祖^[14]。靡有不孝，自求伊祜^[15]。

[14] 这句意思是说：鲁侯的德业能感动烈祖之神，使其昭然降临。

[15] 祜：福。这一句是说：鲁侯之福是由他自己修德而来的。

明明鲁侯，克明其德。既作泮宫[16]，淮夷攸服。[17]矫矫虎臣[18]，在泮献馘[19]。淑问如皋陶，在泮献囚[20]。

[16] 泮宫：泮水上的宫殿。

[17] 鲁僖公十三年，因为淮夷侵杞，尝从齐桓公会于咸。十六年，又因淮夷侵鄫，从齐桓公会于淮。本句所说的，大概是指僖公十六年的事。

[18] 矫矫：威武的样子。

[19] 馘：打仗时割敌人的耳朵，用以献功。

[20] 淑：善。问：审讯的意思。皋陶：帝舜的狱官，善于审理官司。献：义同"讞"，审判的意思。囚：俘虏。这两句是说：使善于判官司如皋陶似的人，在泮宫审讯俘虏。

济济多士，克广德心[21]。桓桓于征，狄彼东南[22]。烝烝皇皇[23]，不吴不扬[24]。不告于讻[25]，在泮献功。

[21] 广：推而广之。德心：善意。

[22] 桓桓：勇武的样子。狄（tì）：治理。东南：指淮夷说。

[23] 烝烝、皇皇：都是壮盛的样子。

[24] 吴：喧哗。扬：提高声音。

[25] 告：穷诘罪人。这句的意思是说：不穷诘凶恶的人，只在使他们顺服而已。

角弓其觩[26]，束矢其搜[27]。戎车孔博[28]，徒御无斁。既克淮夷，孔淑不逆[29]。式固尔犹，淮夷卒获。[30]

[26] 角弓：见《小雅·角弓》。觩：弯曲的样子。

[27] 束矢：一扎箭。搜：捆束在一起的样子。其搜：即"搜然"。

[28] 博：众多。

[29] 淑：善。逆：违背命令。

[30] 式：语词。固：坚定。犹：谋略。这两句是说：由于谋略的坚定，终于把淮夷平定了。

翩彼飞鸮，集于泮林。食我桑黮[31]，怀我好音[32]。憬[33]彼淮夷，来献其琛[34]。元龟[35]象齿，大赂南金[36]。

[31] 黮：同"葚"，桑树的果实。

[32] 怀：怀念。好音：引申作善意讲。

［33］憬：觉悟。

［34］琛：宝物。

［35］元龟：大龟。古时用龟卜吉凶，以为龟越大越灵。

［36］大：多。赂：馈赠。南金：南方荆、扬等地所产的金属品。"大赂"二字是贯通上下文的，就是说所赂的东西有元龟、象齿和南方出产的金属品。

闷宫

这是赞美鲁僖公的诗。

闷宫有侐[1]，实实枚枚[2]。赫赫姜嫄[3]，其德不回[4]。上帝是依[5]，无灾无害。弥月[6]不迟，是生后稷。降之百福：黍稷重穋[7]，稙稺[8]菽麦。奄有下国，俾民稼穑。有稷有黍，有稻有秬。奄有下土，缵禹之绪[9]。

［1］閟（bì）：深邃的样子。宫：庙。闷宫：姜嫄的庙名。侐（xù）：寂静的样子。有侐：和"侐然"同义。

［2］实实：巩固的样子；形容庙基。枚枚：细密的样子；形容梁椽结构的周密。

［3］姜嫄：见《大雅·生民》篇。

［4］回：邪恶。

［5］依：凭。上帝是依：上帝附在姜嫄的身上。

［6］弥：满。弥月：怀胎满了十个月。

［7］见《豳风·七月》篇。

［8］稙（zhí）：禾之早种者，即早稻。稺（zhì）：禾之晚种者，即晚稻。

［9］奄：包括。缵：继。绪：业。从大禹平水土以后，才可以耕稼，所以说继续禹的绪业。

后稷之孙，实维大王，居岐之阳，实始翦[10]商。至于文武，缵大王之绪。致天之届[11]，于牧之野。"无贰无虞[12]，上帝临女！"敦商之旅[13]，克咸厥功[14]。

［10］翦：割；侵削。

［11］届：殛，诛杀。致天之届：是说推行老天的诛伐。

[13] 敦：当读为"凡民罔不譈"的"譈"；杀伐的意思。旅：军队。

[14] 咸：备，成。克咸厥功：是说能够成就了这个功劳。

王曰："叔父[15]，建尔元子[16]，俾侯于鲁。大启尔宇[17]，为周室辅。"乃命鲁公[18]，俾侯于东。锡之山川，土田附庸[19]。周公之孙，庄公之子[20]，龙旂承祀[21]，六辔耳耳[22]，春秋匪解，享祀不忒[23]。皇皇后帝，皇祖后稷，享以骍牺[24]，是飨是宜[25]，降福既多。周公皇祖，亦其福女。秋而载尝，夏而楅衡[26]，白牡骍刚[27]。牺尊将将[28]。毛炰胾羹[29]，笾豆大房[30]。万舞洋洋[31]，孝孙有庆[32]。俾尔炽而昌[33]，俾尔寿而臧。保彼东方，鲁邦是常[34]。不亏不崩，不震不腾；[35]三寿作朋[36]，如冈如陵。

[15] 王：成王。叔父：指周公。

[16] 建：立。元子：长子。伯禽是周公的长子。

[17] 启：开拓。宇：居；指鲁国的疆域说。

[18] 鲁公：伯禽。

[19] 附庸：附属于大国的小国。

[20] 庄公之子：就是鲁庄公的儿子僖公。

[21] 龙旂：旗上画着蛟龙形花纹的叫作"龙旂"；上公（大国诸侯）所用的旂。承：奉。

[22] 耳耳：众多的样子。

[23] 解：通"懈"。忒：差错。

[24] 牺：祭祀时所用的纯色的牲。骍牺，纯赤色的牲。

[25] 飨：吃。宜：神灵接受祭祀叫作"宜"。是飨是宜：是说神接受了这个祭祀。

[26] 载：则。尝：秋祭的名称。楅（bī）衡：用横木架在牛角上（防备它触人），叫作"楅衡"。秋祭时所用的牛，预先在夏季里就把横木架在它的角上，防其触人，以免不吉利。

[27] 白牡：白色牡牛。据说：白牡是祭周公时所用的牲。刚："犅"的假借字，也是牡牛。据说，红色牡牛是祭鲁公所用的牲。

[28] 牺尊：外形似兽，中间可以盛酒的酒具。将将：严整的样子。

[29] 炰：应当作"炮"。炰：煮；炮：烧。毛炰，是连毛用泥裹起来烧。胾（zì）：切成块的肉。羹：肉汤。

[30] 大房：能够盛牺牲之半体的俎。

[31] 万舞：舞蹈的名字。洋洋：众多的样子。

[32] 孝孙：指僖公。庆：福。

[33] 炽：盛。昌：大。

[34] 常：古时和"尚"字通。尚：帮助的意思。

[35] 震、腾：都是惊动的意思。以上两句是说鲁国永远安定。

[36] 三寿：指上寿、中寿、下寿说。上寿一百二十岁，中寿百岁，下寿八十岁。朋：辈。这是说僖公的寿数可以和三寿之人相等。

公车千乘，朱英绿縢[37]，二矛重弓[38]。公徒三万，贝胄朱綅[39]，烝徒增增[40]。戎狄是膺[41]，荆舒是惩[42]，则莫我敢承[43]。俾尔昌而炽，俾尔寿而富。黄发台背[44]，寿胥与试[45]。俾尔昌而大，俾尔耆而艾[46]。万有千岁[47]，眉寿无有害。

[37] 朱英：是用染红的丝，做成绺子缠在矛上的一种饰品。縢（téng）：绳子；用以缠弓的。

[38] 二矛重弓：是说一辆车上有二矛二弓。

[39] 胄：戴在头上的盔。贝胄：用贝缀饰的盔。綅（qīn）：线；用以穿贝的。

[40] 烝：众。烝徒：指军队。增增：众多的样子。

[41] 戎：本是西戎。狄：本是北狄。这里是指淮夷说。膺：打击。僖公十三年，淮夷侵害杞国，鲁国曾从齐桓公会于咸；十六年，淮夷侵害郑国，僖公又从齐桓公于淮（这里所谓"会"，等于现代的国际会商，用以制裁侵略，扶助弱小的国家）。《春秋》经传虽未提及战事，但以当时的情势度之，必定出过兵。这里所谓戎狄是膺，当是指这些事说。

[42] 荆：楚国的旧称。舒：楚的协约国，在现今的安徽合肥一带。是惩：使受到打击。按僖公四年，鲁齐曾联合起来打蔡国，蔡败，接着伐楚。此诗所言"荆舒是惩"，当指此。

[43] 承：当（挡）。则莫我敢承：于是没有人敢抵挡我们。

[44] 黄发台背：老而具有寿征的样子。黄发：发白而复黄。台：读为"鲐"，即河豚。台

背：背上的皮像鲐鱼一样，老人消瘦之状。

[45] 胥：相。试：比。这是说僖公将来的年寿，可以和黄发台背的人相比。

[46] 耇、艾：都是老寿的意思。

[47] 有：古通"又"。万有千岁：即可以活一万又好几千岁。

泰山岩岩，鲁邦所詹。[48] 奄有龟蒙[49]，遂荒大东[50]，
至于海邦，淮夷来同[51]。莫不率从，鲁侯之功。

[48] 岩岩：山石层叠的样子。詹：读为"瞻"，视。

[49] 龟：山名，在今山东新泰市西南。蒙：也是山名，在今山东蒙阴。

[50] 荒：包括着。大东：现在山东东部一带的地方。

[51] 同：会同。这是说淮夷归服，到鲁国来朝见。

保有凫绎，遂荒徐宅。[52] 至于海邦，淮夷蛮貊。及彼南夷，
莫不率从。莫敢不诺[53]，鲁侯是若[54]。

[52] 保有：保而有之。凫：山名，在今山东邹城西南。绎：即峄山，在今山东邹城东南。
宅：居。徐宅：徐人的居处，指徐国。

[53] 诺：答应。莫敢不诺：是说没有人敢不服从。

[54] 若：顺从。

天锡公纯嘏，眉寿保鲁。居常与许[55]，复周公之宇[56]。
鲁侯燕喜[57]，令妻寿母。宜大夫庶士[58]，邦国是有[59]。
既多受祉，黄发儿齿[60]。

[55] 居：住。常、许：都是地名。常：就是棠，在今山东鱼台。许：也是鲁国的一个邑，
但不详在现今山东的何地。常和许两邑，都曾被齐人侵占了去；到鲁僖公手里，才由
齐交还给鲁。

[56] 宇：居；指疆域说。开始被封在鲁地的是周公之子伯禽，所以说"复周公之宇"。

[57] 燕：安。喜：乐。

[58] 这句意思是说：使大夫众士都安适（宜）。

[59] 有：保有。

[60] 儿齿：儿童之齿；这是形容老寿之人的牙齿整固。

徂来[61]之松，新甫[62]之柏，是断是度[63]，是寻是尺[64]。松桷有舄[65]，路寝孔硕[66]。新庙奕奕，奚斯所作，[67]孔曼[68]且硕，万民是若[69]。

[61] 徂来：山名，在今山东泰安东。

[62] 新甫：大概是梁甫山，在今山东新泰。

[63] 断：拦腰截断。度：读为"剫"，劈开的意思。是断是度：是说把松柏等木材加以裁制，以供建筑宫庙之用。

[64] 寻：八尺叫作"寻"。是寻是尺：是说木材的长度或一寻，或一尺。

[65] 桷（jué）：方形的屋椽。舄（xì）：大的样子。有舄：和"舄然"同义。

[66] 路寝：正寝。硕：大。

[67] 新庙：指閟宫。奕奕：大的样子。奚斯：公子鱼的号，鲁人。这句是说新庙是奚斯所造。

[68] 曼：长。

[69] 这句意思是说：万民都顺从鲁侯。

商颂

据《国语》说，《商颂》有十二篇。可是从汉以来所传的本子，只有五篇；其余七篇，究竟是什么时候亡佚的，已经没法子考定。孔子屡次说《诗三百》，那么，这三百零五篇本的《诗经》，在孔子时似乎已经成了定型。如此说来，那七篇在孔子以前就亡佚了。这五篇《商颂》，并不是商的作品，而实际上是宋国人作的（宋是商之后）。因为从文辞方面看，《商颂》有很多地方抄袭《周颂》和《大雅》的字句；从史实上看，《殷武》那篇，又显然是赞美宋襄公的。由上述的情形看来，这五篇《商颂》，可能都是宋襄公时的作品；至少有一部分是襄公那时候作的。

那

是祭祀成汤的诗。

猗与那与^[1]，置我鞉鼓^[2]。奏鼓简简^[3]，衎我烈祖^[4]。
汤孙奏假^[5]，绥我思成^[6]。鞉鼓渊渊，嘒嘒管声。既和且平，
依^[7]我磬声。於赫汤孙，穆穆厥声^[8]。庸鼓有斁，万舞有
奕。^[9]我有嘉客，亦不夷怿。^[10]自古在昔。先民有作^[11]。
温恭朝夕，执事有恪^[12]。顾予烝尝，汤孙之将。^[13]

[1] 猗、那：美丽盛大的样子。与：和"兮"同义。

[2] 置：树立。鞉（táo）鼓：装有柄可摇动的小鼓。

[3] 简简：声音大的样子。

[4] 衎（kàn）：乐。烈祖：有功业的先祖，指成汤。

[5] 汤孙：主祭成汤的人，可能就是宋襄公。奏：进。奏假：神灵来到；而祈请神灵降临，
也叫奏假。这是说汤孙祭祀，祈请神灵降临。

[6] 绥：安。思：语词。成：完备；这里指福禄说。这句意思是说：以多福安定我。

[7] 依：倚。

[8] 穆穆：美好的样子。声：音乐的声音。

[9] 庸：镛，大钟。有斁：斁然；盛大的样子。有奕：奕然；也是盛大的样子。

[10] 嘉客：指助祭的人说。不：读为"丕"，语助词。夷、怿：都是喜悦的意思。

[11] 有作：有所作为，指立有制度而言。

[12] 有恪：恪然，恭敬的样子。

[13] 顾：是说神灵来顾。将：进献。这两句是说：神灵来接受我的烝尝，这烝尝乃是汤孙
进献的。

烈祖

这也是祭祀成汤的诗。

嗟嗟烈祖！有秩斯祜。^[1]申锡无疆^[2]，及尔斯所^[3]。既

载清酤^[4]，赉我思成^[5]。亦有和羹^[6]，既戒既平^[7]。鬷假无言，时靡有争^[8]。绥我眉寿，黄耇无疆。^[9]约𫐄错衡，八鸾鸧鸧^[10]。以假^[11]以享，我受命溥将^[12]。自天降康，丰年穰穰^[13]。来假来飨，降福无疆。顾予烝尝，汤孙之将^[14]。

[1] 嗟嗟：叹词。烈祖：见《那》。秩：大。有秩：就是"秩然"；很伟大的样子。斯：其。祜：福。

[2] 申：重复，再次的。锡：指赐福说。无疆：无尽。

[3] 斯所：此处，指主祭者的国家说。就是宋国。

[4] 载：陈设。酤：酒。

[5] 赉：赐。思成：见《那》。

[6] 和羹：祭祀时所用五味调和的羹，也叫铏羹。

[7] 戒：具备。平、和；五味调和。

[8] 鬷（zōng）假：就是奏假；见《那》。这两句是说：神降临虽没有讲什么话，也可使国家平安没有战争。

[9] 眉寿：见《豳风·七月》篇。黄：人老头发变黄色。耇（gǒu）：人老面如冻梨的颜色。黄耇：是寿考的象征，意即寿考。

[10] 参看《小雅·采芑》《周颂·载见》。

[11] 假：同"格"，就是神灵降临。

[12] 溥：大。将：长久。

[13] 穰穰：收获丰盛的样子。

[14] 见《那》。

玄鸟

这是祭祀殷高宗（武丁）的诗。

天命玄鸟，降而生商^[1]，宅殷土芒芒^[2]。古帝命武汤^[3]，正域^[4]彼四方。方命厥后^[5]，奄有九有^[6]。商之先后，受命不殆^[7]，在武丁孙子^[8]。武丁孙子，武王^[9]靡不胜。

龙旂十乘，大糦是承[10]。邦畿[11]千里，维民所止[12]，肇域彼四海[13]。四海来假，来假祁祁[14]。景员维河[15]，殷受命咸宜，百禄是何[16]。

[1] 玄鸟：燕子。相传高辛氏的后妃简狄，吞下了燕卵因而生了契。契，是商的始祖，所以说："天命玄鸟，降而生商。"

[2] 宅：居。殷土：殷地。芒芒：广大的样子。

[3] 古帝：古时之上帝。武汤：有武功的商汤。

[4] 正域：正其疆土。

[5] 方：古时和"旁"字通用；旁有普遍的意思。后：指诸侯说。方命厥后：就是说普遍地任命诸侯。

[6] 九有：九域。也就是天下的意思。

[7] 殆：这里和"怠"字同义。

[8] 在武丁孙子，意思是说："在孙子武丁"（倒文叶韵）。这句承接上句，意谓武丁受命不怠。

[9] 武王：指汤。这两句是说，凡武王（汤）所能做到的，武丁无不能做到。

[10] 糦（xī）：是"饎"字的另一种写法，酒食的意思。大糦：很丰富的酒食；这里指祭祀时所用的酒食说。承：进奉。

[11] 畿：王畿；靠近京师直辖于王的地方。

[12] 止：居。

[13] 肇：开拓。这句是说：开拓疆域至于四海。

[14] 古人把"假（gé）"字解作"来到"。按："假"或"格"字，在古书中本是神降临的意思。至于因降临之义引申而指人的到来，当是后起的用法。祁祁：众多的样子。

[15] 景：大。员：这里和"陨"同义，幅陨（即疆域）的意思。景员维河：是说有广大的土地临着黄河。商代国境三面临黄河，所以这样说。

[16] 何：和"荷"字通用。百禄是何：是说负荷着百禄；也就是纳百福的意思。

长发

这是祭祀商汤的诗。

濬哲维商[1]，长发其祥[2]。洪水芒芒[3]，禹敷下土方[4]。

外大国是疆^[5]，幅陨既长^[6]。有娀方将，帝立子生商^[7]。

[1] 濬：当是"睿"字的假借。濬哲：睿智明哲。商：指商的君主说。

[2] 长：久。长发其祥：是说商之发祥（开国的前奏）已久。

[3] 芒芒：广大的样子。

[4] 敷：和"铺"字音近义通；平治的意思。方：国。下土方：就是下土之国；也就是各国。

[5] 外：指王畿之外。外大国：王畿以外的诸侯。疆：疆域。这句是说：很多的大国，都在疆域之中。

[6] 幅陨：疆域。长：广大。

[7] 有娀（sōng）：国名，原地大约在今山西永济附近。商始祖契的母亲简狄，是有娀氏的女儿。这里的有娀，就是指简狄说。将：迎娶的意思。上帝使燕子遗卵，给简狄吞了而生契，是为商的始祖，所以说："帝立子生商。"

玄王桓拨^[8]，受小国是达，受大国是达^[9]。率履不越^[10]，遂视既发^[11]。相土烈烈^[12]，海外有截^[13]。

[8] 玄王：即"契"。"桓拨"二字连用，是刚勇的意思。

[9] 达：通。这两句是说：无论接受小国或大国，玄王的政治，无不通达。相传尧开始封给契一个小国，到舜末年，才又加封一些土地给他，成为大国。

[10] 率：遵循。履：礼。越：逾。这句是说：遵循礼法，无所逾越。

[11] 遂：遍。发：古时和"瀎（法）"字通用。遂视既发：是说遍观他的作为，都合乎法度。

[12] 相土：人名；契之孙。烈烈：威盛的样子。

[13] 截：整齐的样子。有截：和"截然"同义。海外有截：是说四海之外都归服，截然整齐，没有或服或不服的。

帝命不违，至于汤齐。^[14]汤降不迟^[15]，圣敬日跻^[16]。昭假迟迟，上帝是祗。^[17]帝命式于九围^[18]。

[14] 违：弃去。帝命不违：上帝眷顾商的意旨一直地存在着。齐：读为"济"，成功的意思。至于汤齐：是说传到成汤时，就伐夏而有天下，遂告成功。

[15] 降：生。不迟：是说适逢时会，即"应运而生"之意。

[16] 跻：升。圣敬日跻：汤的圣明之德一天一天地升进。

[17] 昭假：求神降临；就是祭祀。迟迟：长久。祗（zhī）：敬。这两句是说：祭神的诚心，历久不懈，一心敬奉上帝。

[18] 式：法。九围：和"九域"同义；就是天下。式于九围：就是为天下法的意思。

受小球大球，为下国缀旒，^[19]何天之休^[20]。不竞不絿^[21]，
不刚不柔，敷政优优^[22]，百禄是遒^[23]。

[19] 受：意思是说受之于天。球、共：都是"法"的意思。球：读为"救"。共：读为"拱"。这一章的"小球大球"和下一章的"小共大共"，都是小法大法（小的法度，大的法度）的意思。缀：表。旒（liú）：章。缀旒：就是表章，表率之意。

[20] 何：荷。休：同"庥"，福祥的意思。何天之休：就是说托天之福。

[21] 竞：争。絿（qiú）：急。

[22] 敷：施。优优：温和的样子。

[23] 遒（qiú）：聚。

受小共大共，为下国骏厖^[24]，何天之龙^[25]。敷奏其勇^[26]。
不震不动，不戁不竦，^[27]百禄是总^[28]。

[24] 骏：大。厖：《荀子·荣辱篇》及《大戴礼·将军文子》篇都引作"蒙"。蒙是"覆被"的意思。这句的意思是说：下国都受到商朝的庇护。

[25] 何：荷。龙：宠。

[26] 敷：布。奏：布陈。敷奏其勇：是说布陈（显示）他的勇武。

[27] 震、动：都是惊动的意思。戁（nǎn）、竦：都是恐惧的意思。以上二句是说国境平安。

[28] 总：聚合。

武王载斾，有虔秉钺。^[29]如火烈烈，则莫我敢曷^[30]。苞
有三蘖^[31]，莫遂莫达^[32]，九有有截^[33]。韦顾既伐，昆
吾夏桀。^[34]

[29] 武王：汤。载：设。斾：旗。载斾：意思是说将要用兵。有虔：和"虔然"同义，诚敬的样子。秉：持。钺：类似斧的一种兵器。

[30] 曷：和"遏"字通。《荀子·议兵篇》和《汉书·刑法志》都引作"遏"。

[31] 苞：根。蘖：树木经过砍伐后重生的新芽。这里是把苞来比夏；把三蘖来比下面所说

的韦、顾、昆吾三国；因为这三国都是夏的与国。

[32] 遂、达：都是顺利生长的意思。莫遂莫达：是说那"三蘖"都不能顺利地生长。

[33] 这句是说诸敌国既皆不逞；九有（天下）就截然整齐地归附于商。

[34] 韦：在今河南滑县东南。顾：在今山东鄄城县东北。昆吾：在今河南许昌东。既伐二字，统贯上下文，意思是说：韦、顾、昆吾、夏桀，都已被征服了。

昔在中叶，有震且业。^[35]允也天子，降予卿士。^[36]实维阿衡，实左右商王。^[37]

[35] 中叶：中世，指商汤还没有兴起的时候说。震：惊动。业：危急。这句是说，其时国势曾动荡不安。

[36] 允：信。允也天子：名副其实的天子。指商汤说。降予：上天赐予。卿士：指阿衡。

[37] 阿衡：旧说为官名，指伊尹。近人以为衡乃人名。左右：辅佐。

殷武

这是赞美宋襄公的诗。

挞彼殷武^[1]，奋伐荆楚^[2]。罙入其阻^[3]，裒荆之旅^[4]。
有截其所^[5]，汤孙之绪^[6]。

[1] 挞：勇武的样子。殷武：殷的武力。在春秋时，宋国还有时被称或自称为殷商。

[2] 奋：奋起。荆：楚国的旧称。《春秋》在僖公元年，才开始称荆为楚。荆楚连文，即指楚国。

[3] 罙（shēn）：深。阻：险阻的地方。

[4] 裒（póu）：和"抔"字通用，意思是"取"。旅：众。

[5] 这句意思是说宋国的疆域，截然整齐地没被侵削。

[6] 汤孙：汤的后代，指宋襄公说。绪：业。这句是说：上述的情形，乃是宋襄公的功业。

维女荆楚，居国南乡^[7]。昔有成汤，自彼氐羌^[8]，莫敢
不来享^[9]，莫敢不来王^[10]。曰商是常^[11]。

[7] 国：指宋国说。乡：向。南向：南方。楚在宋之南。

[8]氐、羌：都是西方的夷狄之国。

[9]享：献，即进贡。

[10]来王：来朝。远方的诸侯，朝见天子一次，叫作"王"。

[11]曰：语助词。"常""尚"通用，尚，是辅助的意思。曰商是常：就是说维商是辅。

天命多辟[12]，设都于禹之绩[13]。岁事来辟，勿予祸適。[14]
稼穑匪解[15]。

[12]辟：君。多辟：指诸侯说。

[13]都：城。设都：犹言立国。绩：和"迹"字通用。禹迹：同"禹域"意义相同。大禹
治水，大家始能安居，所以古人把中国叫作"禹域"。

[14]岁事：岁时朝见天子之事。来辟：来朝见君主。祸：当读为过。適：和"谪"字通用；
谴责的意思。勿予祸適：即不追究过错、不加以谴责之意。

[15]解：通"懈"。这句是说诸侯勤于农事。

天命降监，下民有严[16]。不僭不滥[17]，不敢怠遑[18]。命
于下国，封建厥福[19]。

[16]严：威严。有严：和"严然"同义，威严的样子。以上两句是一种迁就韵脚的倒装句
法。意思是说：上天监视下民，天命非常威严。

[17]僭：超过本分。滥：过度。这句是说：赏功既不过分，罚罪也不过度。

[18]遑：暇。不敢怠遑：就是说不敢怠忽偷安。

[19]福：古时和"服"字通用。服：职事。这两句的意思是说：上天命于下国，封建宋君，
使有国土。

商邑翼翼[20]，四方之极[21]。赫赫厥声，濯濯厥灵。[22]
寿考且宁，以保我后生。[23]

[20]翼翼：整饬的样子。

[21]极：中。宋国的都城在商丘，居黄河下游大平原的中心地带。

[22]赫赫：显盛的样子。声：指宋君（襄公）的声威说。濯濯：光明的样子。灵：古时和
"令"字通用，这里指宋君的命令说。

[23]这两句是祝福宋襄公。

陟彼景山[24]，松柏丸丸[25]。是断是迁[26]，方斫是虔[27]。

松桷有梴^[28]，旅楹有闲^[29]。寝成孔安^[30]。

[24] 景山：在商丘附近。

[25] 丸丸：平直的样子。

[26] 断：截断。迁：搬移。

[27] 方：这里和"是"字同义。虔：伐刈。

[28] 桷：方椽。梴（chān）：木头很长的样子。

[29] 旅：众。楹：堂前的立柱。闲：大的样子。有闲：和"闲然"同义。

[30] 这句意思是说：寝宫建成了，很安固。

从本文探求本义

——屈万里选注的《诗经》探析[1]

付林鹏（华中师范大学文学院）

　　屈万里（1907—1979），字翼鹏，山东鱼台县古亭镇人，早年就职于鱼台县公立图书馆、山东省立图书馆、南京中央图书馆、中央研究院历史语言研究所等，后历任台湾大学中文系教授并兼任系主任、中国台湾"中央图书馆"馆长、"中央研究院"历史语言研究所所长等职，并先后被美国普林斯顿大学、加拿大多伦多大学、新加坡南洋大学聘为客座教授，是一位学养深厚并具有国际影响的学术大家。据统计，屈万里生前出版著作21部，去世后由"遗著整理小组"完成的有5种，撰写论文约230篇[2]，研究领域涉及经学、史学、古文字学及版本目录学等诸方面，曾被考古学家李济赞誉为"当代中国经学第一人"。1972年，更因"对先秦史料之考订，中国古代经典（《诗》《书》《易》等）及

---

[1] 原书名为《诗经选注》，这次新版改为《诗经》。本文依然用原名或简称《选注》。
[2] 山东省图书馆、鱼台县政协编：《屈万里书信集·纪念文集》，齐鲁书社2002年版，第297—299、409—447页。

甲骨文之研究，均有成就，尤精于中国目录校勘之学"[1]，膺选为"中央研究院"院士。

一

与上述学术成就形成鲜明对比的，是屈万里的教育经历。他"既无家学，又无法接受完整的学术训练，其所以能成为大学者，全凭那锲而不舍的功夫"[2]，故作为一名自学成才的学术大家，屈先生学问之养成，一在于年少求学时的经典研读与转益多师，二在于工作过程中的苦读自修和师友指点。

屈万里的教育经历并不完整。他七岁入私塾，九岁进小学，十一岁插班小学四年级，十六岁考入山东济宁省立第七中学初中部，十九岁转入济南私立东鲁中学高中部，但因日本人发动五三惨案占领东鲁学校致其未能毕业，二十四岁入读北平郁文学院国文系二年级，又因九一八事变爆发，不得已辍学回籍。数次的正规教育，都因时局动乱未能如期完成。可即便在有限的求学时间里，屈万里仍能凭借自己的兴趣发愤苦修，对古代经典进行了深入的诵读。如他在私塾时，就已经读完了"四书"与部分《诗经》；小学寒暑假期间，则在父亲屈鸿生（晚清生员）的指导下，攻读"韩昌黎文"和《纲鉴易知录》等，到小学毕业，"韩昌黎文"差不多能背四十多篇，而《纲鉴易知录》的阅读，也让其对中国历史有了系统的知识[3]。初中时，因阅读上海《时事新报》副刊所登

[1]刘兆祐：《不平凡的书佣》引，《屈万里先生文存》第6册，（台湾）联经出版事业公司1985年版，第2231页。
[2]林庆璋：《屈翼鹏先生的诗经研究》，《书目季刊》1985年第4期。
[3]屈万里：《我的读书经验》，《屈万里先生文存》第5册，（台湾）联经出版事业公司1985年版，第1775页。

载的一篇文章《八卦与代数之定律》，对《易经》产生极大兴趣，于是趁寒假期间，他在父亲的指导下，大约二十天的时间，能够断断续续地将《易经》背诵出来了。有此基本功后，屈先生开始有意识地收集《易经》相关典籍如《周易折中》等进行阅读。与此同时，因受当时"将线装书丢到茅坑里"思潮的刺激，屈万里与同学反而发愤读古书，不但温熟了《论语》《孟子》等书，还诵读了《史记》的大部分内容[1]。

在当时学术界普遍弥漫着"疑古"思潮的情形下，屈万里却"信古弥笃"[2]，因此他专门报考了以"发扬东方文化"为宗旨的私立东鲁中学。东鲁中学只办文科班，授课老师也是一时鸿儒硕彦，如著名经学家李云林讲授《诗经》《书经》和《礼记》，丁佛言讲授《说文》，校长夏继泉讲授《明儒学案》，吕今山教诗文。这些老师虽然只在高中讲学，但其水平，在当时的大学教授中，也是毫不逊色的[3]，因此屈万里说自己"在国学方面，稍具基础，都是拜这些老师所赐"[4]。在此期间，屈万里还在课余研读了《资治通鉴》和《续通鉴》等书。

因屈万里所读高中课程没有数理化，所以他无法报考著名大学，只好申请了北平郁文学院，这是一所私立大学，门槛不高，用屈万里自己

---

[1] 屈万里：《中学生活片段的回忆》，《屈万里先生文存》第5册，（台湾）联经出版事业公司1985年版，第1781—1783页。

[2] 屈万里：《书佣论学集·自序》，（台湾）联经出版事业公司1985年版，第2页。

[3] 如屈万里在《载书记事》中说："业师莒县吕先生今山……其授徒也，循循善诱，如匡鼎说诗，如生公说法，析入毫发，使人忘倦。生平所历中学教师、大学教授，未见其俦。"（屈万里著，屈焕新编注：《载书飘流记》，中西书局2015年版，第11—12页）

[4] 费海瑾：《屈万里先生的治学与史语所》，山东省图书馆、鱼台县政协编：《屈万里书信集·纪念文集》，齐鲁书社2002年版，第240页。

的话来说，这是"一所野鸡大学，我在那里挂单过一年"[1]。那时的私立大学，也会经常邀请来自北大等高校的名师兼职，因此在郁文学院有限的就读时间里，屈万里仅修了马裕藻的"经学史"与柯燕舲的"文选"两门课。其余多数时间则在私立中国大学旁听余嘉锡、吴承仕、林公铎、孙人和等先生的课，有时也专门到北大听胡适的哲学史（汉代）课。课余时间，屈万里还仔细研读了梁启超的《国学必读书及其读法》《清代学术概论》和《中国近三百年学术史》等书，这几本书深刻影响到了其后来的治学路向，用他自己的话来说："我走上了做学术研究这条路，……受梁任公影响很大。尤其是他那本《中国近三百年学术史》，给了我许多应有的知识，也引导了我许多正确的路向。"[2]

尽管屈万里所受的正规教育并不完整，却能像孔子一样"好古，敏以求之"（《论语·述而》），一方面凭借对国学典籍的浓厚兴趣，很多都能熟读成诵；另一方面又特别珍惜读书的机会，在众多名师的指点下，同时了解到了传统与现代的治学方法，进而为日后治学打下了坚实的基础。

屈万里早期主要供职于图书馆，这为其读书和治学提供了便利的条件。如他赴郁文学院读书之前，曾短暂担任过鱼台县公立图书馆馆长，是其从事图书馆事业之肇始。自郁文学院肄业回乡后，又经齐鲁大学国学研究所所长栾调甫推荐，被山东省立图书馆馆长王献堂聘为馆员。王献堂为钟鼎文名家，故屈万里在山东省立图书馆工作的七年间，受其影

---

[1] 柯庆明：《谈笑有鸿儒——怀念屈万里老师与在第三研究室的日子》，山东省图书馆、鱼台县政协编：《屈万里书信集·纪念文集》，齐鲁书社 2002 年版，第 340 页。
[2] 廖玉蕙：《读书与治学的历程——访屈翼鹏先生》，《屈万里先生文存》第 6 册，（台湾）联经出版事业公司 1985 年版，第 2131 页。

响，一方面在研读《周易》诸书之余，遍及馆中所藏古文字学图书，累积了很多古文字学方面的知识；另一方面进行学术撰述，不但发表了《齐鲁方言杂考》《易损其一考》等文，还编撰了《山东图书馆图书分类法》《汉魏石经残字二卷校录一卷》等图书馆学方面的专书[1]。

1937 年，七七事变爆发，战事波及山东，时任山东省立图书馆编藏部主任的屈先生，协助馆长王献堂将馆藏的文物精品和善本古籍运出济南，辗转经曲阜、汉口，最终历经艰险运至四川。屈先生曾撰写《载书漂流记》一文，专门记述这一段特殊经历。即便在流离转徙之中，屈先生仍不废学，如他转居四川万县时，常与献堂先生"静对治学"，并"日聆献唐先生讲述古音韵文字及古物版本之学，获益良多"。另外，他还利用闲暇撰成《周易象象传述例》[2]。可以说，在山东省立图书馆的七年是屈先生学问养成的关键时期，因此印象特别深刻，他尝自述这段时期"自是为学有本，所谓深造自得、居安资深而渐臻左右逢源之乐矣"[3]。

屈万里学问的定型与成熟，则是在中央研究院历史语言研究所工作时期。1939 年，屈万里与王献堂将山东省立图书馆文物善本迁往四川乐山后，因经费短缺，两人生活陷入困窘，故屈万里独自前往重庆另谋生路，他先在"衍圣公"孔德成那里担任伴读，后又经人介绍进入中央图书馆任编纂一职，负责主编善本书目，直至 1949 年。屈万里进入史语所工作，则是在 1943 年到 1945 年这三年间，他主动放弃中央图书馆的较高职位和待遇，以"借调"的形式担任史语所一名小小的甲骨文

[1] 刘兆祐：《屈万里先生著述年表》，山东省图书馆、鱼台县政协编：《屈万里书信集·纪念文集》，齐鲁书社 2002 年版，第 410—411 页。

[2] 屈万里：《载书飘流记》，中西书局 2015 年版，第 37、40、42 页。

[3] 治丧委员会：《屈翼鹏先生行述》，《屈万里先生文存》第 6 册，（台湾）联经出版事业公司 1985 年版，第 2142 页。

研究的助理员，后升为助理研究员。

在史语所的三年是屈先生学问养成的另一个关键时期，他曾回忆说："在史语所近乎三年，对于我进修的助益很大。"一方面，"许多做学问的方法，以前不大注意的，这时候看到人家做学问的风尚、方法，自己学了一些"；另一方面，因"那个地方什么外务也没有，只有念书、做研究工作，因此，书念得较多"，"如《诗经》，以前只读了大半，在这里也读完了；《尚书》以前没读过，现在已把它都背了。《左传》《礼记》，自己选读了一部分。《孝经》《老子》，《楚辞》中的屈赋，也都略能背诵"[1]。更重要的是，在史语所，屈万里受到了所长傅斯年的影响。傅斯年之所以创办历史语言研究所，将历史学和语言学结合在一起，是受德国近代学术传统的影响，试图用科学的方法来改造传统学问，他甚至还提出过"史学便是史料学"的观点。屈万里就是在其影响下，开始重视史料的鉴别工作。他在《书佣论学集》的自序中说：

> 由于傅孟真（斯年）先生的启示，才确切知道作研究工作必得靠真实的资料，才知道原始资料之胜于传述资料，才知道资料鉴别的重要性。因而对于以前所笃信的远古史事，才知道很多是出于后人的传说，而未可尽信。于是，从那时到现在，这二十多年来所从事的，大部分是鉴别材料和解释资料的工作，而且是偏重于先秦时期的[2]。

可以说，在史语所的三年，是屈万里学问进境最大的时期。史语所良好的研究环境，使其能够心无旁骛，一心读书。更为重要的是，在研究方

---

[1] 廖玉蕙：《读书与治学的历程——访屈翼鹏先生》，《屈万里先生文存》第 6 册，（台湾）联经出版事业公司 1985 年版，第 2030—2131 页。
[2] 屈万里：《书佣论学集·自序》，（台湾）联经出版事业公司 1985 年版，第 3 页。

法、学风特别是史料学等方面，屈万里都得到了全面的提升，其学术思想也由早期的"信古"发展为"辨伪"，而这也深刻地影响到了屈万里其后几十年的学术研究。

屈万里从七岁入私塾，到四十三岁赴中国台湾，是其学问养成及定型期。这一时期，屈万里通过苦读自修与师友指点，厚积薄发，学术思想由"信古"发展为"辨伪"，学术研究则从经学、版本目录学逐渐扩展到史学，并逐步形成了自己的研究思路。因此，在后三十年的学术生涯中，才取得了如此高的学术成就。屈万里曾在一篇文章中，总结过自己的读书经验，有三点：

一、我感到要专门研究中国学问，一些基本的书，如：四书、五经、老子、庄子、楚辞等，最好能熟读成诵，这对于将来从事研究工作，可以得到很大的方便。

二、几部重要的史书，像前四史、正续资治通鉴等，一定要仔细地读一读。

三、研究先秦的学术，第一必须辨别史料。第二必须读金文、甲骨文之类的书。此外还应该参考考古学、民族学等方面的资料[1]。

正是这些读书经验，使一位没怎么受过正规教育的读书人成长为学术大家，这对当代学人也具有重要的借鉴意义。

二

由屈万里的生平可知，他自七岁入私塾，就开始诵读《诗经》，但

---

[1] 屈万里：《我的读书经验》，《屈万里先生文存》第 5 册，（台湾）联经出版事业公司 1985 年版，第 1778—1779 页。

真正将《诗经》读毕，还是在史语所任职期间。当然，这里的"读毕"，并非表面上的泛泛阅读，而是能够熟读成诵。在此之后，屈万里才正式开始对《诗经》的研究。据统计，从 1950 年发表第一篇与《诗经》相关的论文《罔极解》至 1979 年去世，近三十年的时间，共完成《诗经》释读专著三书，包括《诗经释义》《诗经选注》《诗经诠释》，论文包括《〈诗经〉三百篇成语零释》《论〈国风〉非民间歌谣的本来面目》等十二篇，另外还有八篇文章虽非关于《诗经》的专论，却涉及部分《诗经》的内容[1]。当然，专著与论文之间，既各有侧重，也紧密关联，一些论文中的新观点会被专著所吸收，而随着研究的深入，专著中存在的失误或未及讨论的问题则会以论文的方式修正或补充。因此，只有将两者紧密结合，才能全面把握屈万里《诗经》研究的学术成就。不过，因为三本专著关系更为密切，论文讨论的问题更为集中，所以本部分主要通过屈万里的相关论文，并参以专著，来考察屈万里《诗经》研究的方法和路径。

首先，重视《诗经》字词的训释。朱熹尝言读书要"字求其训，句索其旨"（《朱子读书法》），不过古人解读《诗经》中的字词，往往是随文解释，前后并不贯通。较早使用归纳、分析的方法对《诗经》字词进行研究的是胡适，他早年曾作《诗三百篇言字解》一文，让《诗经》字词的训释进入新的阶段。屈万里即继承了胡适以来的释读传统，运用归纳、分析的方法对《诗经》中古人训释不当的字词重新进行了解读，发明了诸多新意，如他撰写的第一篇《诗经》相关论文《罔极解》[2]，就对"罔极"一词提出了新解。前人释"罔极"一词，多据《诗

---

[1] 林庆彰：《屈翼鹏先生的诗经研究》，《书目季刊》1985 年第 4 期。

[2] 此文刊于《大陆杂志》1950 年第 1 期，后收入《书佣论学集》。

经·小雅·蓼莪》"欲报之德，昊天罔极"语，认为是用来形容父母恩情之深。但除此例外，"罔极"一词在《诗经》中还出现过七次。屈万里从各诗的上下句推断，"罔极"当为诟詈之语。故他由毛传、郑笺训"罔极"之"极"为"中"，进一步引申，认为中者正也，因此"罔极者谓无中正之行；犹诗人所谓无良，今语所谓缺德也"[1]。而依此意来解释其他诗句，则焕然而释，如《卫风·氓》中"士也罔极，二三其德"，就是说其夫无良，三心二意。另外，屈万里还撰有《〈诗经〉三百篇成语零释》等文，对"周行""不瑕""德音""不忘""无竞""昭假""孺""徂""河""岳""兕觥"等词语进行了新的解释，皆能言之成理，论之有据。特别是他通过先秦典籍中四百个"河"字的研究，坐实了先秦时"河"皆指黄河而言，而《诗经》中的"河"字，也不例外[2]。而这一解释，也成为当下古籍训释的定论。由此可见，字词训释虽是小事，却是句意乃至文意疏通的关键，屈万里对《诗经》的研究由此入手，正是其做学问肯下笨功夫，能守正出新的体现。

其次，对《诗经》学上的许多重要问题都提出了新见解。如屈万里撰写《诗经》释读三书，于书前都设"叙论"一节，对《诗经》学的基本问题，如《诗经》的名称、内容、编集、重要概念及历代《诗》学的演变等，都提出了自己的看法。而对于某些重要问题，则进行了专门研究，大概涉及三个方面：

一是对《国风》本来面目的讨论。关于《国风》的来源问题，历来有两种不同的观点：一种认为《国风》采自民间，属于民歌，如郑

---

[1] 屈万里：《书佣论学集》，（台湾）联经出版事业公司 1985 年版，第 163 页。
[2] 屈万里：《河字意义的演变》，（台湾）《"中央研究院"历史语言研究所集刊》1959 年第 30 本上册，后收入《书佣论学集》。

樵、朱熹、方玉润等人均持此意见；另一种则认为《国风》不出自民间，以朱东润为代表。朱东润曾撰《国风出于民间论质疑》一文，主要从诗句中的称谓、名物章句等推断《国风》是出于统治阶级之手，而不是出自民间[1]。对这一问题，屈万里则提出了"《国风》曾经润色"的观点。可以说，他在认同《国风》出自民间说法的基础上，同时也注意到了诗歌中的非民间元素，故而提出这一观点，可以对上述论争进行弥缝。屈万里早在《诗经释义》一书的叙论中，就曾说十五《国风》"多半是经过润色之后的民间歌谣"[2]，后又专门撰写《诗〈国风〉曾经润色说》《论〈国风〉非民间歌谣的本来面目》两文[3]，详细阐述这一论点。他从《国风》的篇章形式、雅言文辞的使用、诗歌的用韵、语助词及代词的用法等入手，判断《国风》中有一部分是贵族和官吏使用雅言创作的诗篇，而大部分是用雅言译成的民间歌谣。尽管屈万里仍没有对译写者的身份做出合理解释，但提出的"《国风》曾经润色"之说，确实涉及了问题的关键，并能合理解决有关《国风》来源的论争，具有很重要的学术价值。

二是对雅之本义的探讨。关于《诗经》中"雅"的解释，前人多遵从《毛诗序》的说法："雅者，正也，言王政之所由废兴也。"即训雅为正，并进一步引申为政事。朱熹《诗集传》虽然也认同《毛诗序》训雅为正的解释，但却取其本义，认为是"正乐之歌"。但屈万里对这两种说法并不感到满意，故他接受了刘台拱《论语骈枝》的说法，以雅与夏

---

[1]鲁洪生：《关于〈国风〉是否民歌的讨论》，《先秦两汉文学研究》，商务印书馆2013年版，第166—171页。

[2]屈万里：《诗经释义》，台湾中国文化大学出版部1980年版，第4页。

[3]其中，后文是根据前文增订而成。前文原刊于（台湾）《幼狮月刊》1957年第5卷6期，后文刊于（台湾）《"中央研究院"历史语言所集刊》1963年第34本。

相通，认为是地域名，因周人建都于夏人的故地，是王朝所在，故这一地区的语言可称为雅言，音乐则可称为雅乐。而王朝的一切，可以作为四方的准则，于是雅言就成为正言，雅乐也就成为正声[1]。在这一研究中，屈万里除了使用传统的文献互证外，还能有意识地使用历史地理学和考古学的证据，体现出鲜明的方法意识。

三是对先秦两汉说诗问题的研究。近代以来，随着思想革命的浪潮，一批著名的学者如胡适、顾颉刚、闻一多等人都试图颠覆《诗经》研究中的经学思路，将之视为纯正的文学作品。尽管这一研究恢复了《诗经》作为"诗歌总集"的本来面目，却忽略了"社会与历史赋予它的文化角色"[2]。不可否认的是，屈万里的《诗经》研究也是在这一背景下展开，也是将《诗经》视为"活生生的文学作品"。但他没有简单地接受这一观点，而是详细梳理了先秦两汉时期说诗风尚的转变，如他认为在先秦时说诗大都是截取诗中少数几句，作为立身从政的准则；即便是那些赋全诗的也只是取诗中一鳞半爪的例子。至于说诗的方式，也无非是断章取义、就诗义加以引申及用诗句作比喻等简单几种。而到了汉代，随着汉儒的尊孔与崇经，以《诗经》配合政教等原因，将政教意义贯穿至诗的全篇，最终导致了《诗经》的真面目被歪曲[3]。尽管屈先生的研究没有跳出时代的局限，但能深入地揭示汉代《诗经》经学阐释模式的形成过程与深层成因，也是十分可贵的。

再次，将《诗经》作为研究周代古史及社会政治的宝贵资料。虽然

[1] 屈万里：《说诗经之雅》，《"中央研究院"成立五十周年纪念论文集》，台北："中央研究院"，1979 年。
[2] 刘毓庆、张晨妍：《百年〈诗经〉研究的得失》，《名作欣赏》2015 年第 1 期。
[3] 屈万里：《先秦说诗的风尚和汉儒以诗教说诗的迁曲》，《南洋大学学报》1971 年第 5 期。后收入《屈万里先生文存》第 1 册。

屈万里将《诗经》视为文学作品，但却能跳出"文学作品"的限定，主张研读《诗经》，要在推寻原意的基础上，"进而作古文学、古音韵学、古代史事、古代社会、古代生物学等各方面的研究"[1]。而屈氏用力最勤的，就是利用《诗经》在古代史事和古代社会方面的研究。其工作的第一步，就是判断各诗篇的著成时代，他曾在《古籍导读》一书中说："《三百篇》产生之时代不明，则其资料即不能作合理之运用。"[2]因此，在《诗经释义》等著作中，屈万里都会尽量对能够判定时代的诗篇进行简要考证，如他考证《召南·甘棠》《大雅·召旻》等诗篇中提到的"召伯"是周宣王时期的召穆公虎，而非毛《传》、郑《笺》等所说的召康公奭，并进一步判断《召南》之诗"早者不逾宣王之世，迟者已至东周初叶"[3]。不过，因这些考证简明扼要，未能全面展示屈万里的考证方法和研究路径。

好在他专门撰写了《论〈出车〉之诗著成的时代》一文，可以弥补这一缺憾。该文针对毛《传》等认为《出车》是周文王时的作品的说法提出质疑，通过考证诗中的"猃狁"一名流行的时代和伐猃狁的时代、南仲所处的时代及该诗所用的句法三个方面，判定《出车》一诗是周宣王时代的作品。该文考证的三点，除了第一点是参考王国维《鬼方昆夷猃狁考》一文外，其余两点都是采用了以经证经的方式，即通过与其他诗篇互勘的方式来判定诗篇的著作时代。而这也是屈万里在撰写《诗经释义》等著作时最常使用的考证方法，可见其对《诗经》的熟习。另

---

[1] 屈万里：《先秦说诗的风尚和汉儒以诗教说诗的迂曲》，《屈万里先生文存》第1册，（台湾）联经出版事业公司1985年版，第223页。
[2] 屈万里：《古籍导读》，上海辞书出版社2015年版，第92页。
[3] 屈万里：《诗经诠释》，上海辞书出版社2016年版，第15页。

外，屈万里还有《东西周之际的诗篇所反映的民生及政治情况》一篇演讲稿[1]，是其利用《诗经》资料研究古代社会史的典型例证。该文在诗篇年代判断的基础上，通过对东西周之际的诗篇所描述内容的勾勒，还原了从周幽王到周平王之间的民生与政治情况的众多细节。这一研究可以补充历史记载之不足，具有重要的学术价值。

最后，注重以民俗资料来诠释经义。屈万里的学术研究，非常重视对于不同类型学术资料的收集。他早在山东省立图书馆任职时，在研治《周易》的过程中，就已经意识到研究学问不能专靠古人的注解，必须参考其他的比较资料，因此开始注意考古学和民俗学等类的文献。他甚至认为："用民俗来解说经义，往往使人有焕然冰释之乐。"[2] 因此，屈万里也很重视使用民俗材料来解释《诗经》中的问题，如解释《邶风·终风》里的"寤言不寐，愿言则嚏"一句，就赞同郑笺的说法，将愿解释为"思"，将言解释为"我"，意思是思念我我就打喷嚏，并进一步指出，当今的民俗里仍有，即当自己打了喷嚏，就会说"有人在想我"或"有人在骂我"，这属于补充解释的例证；又如解释《鄘风·蝃蝀》"蝃蝀在东，莫之敢指。女子有行，远父母兄弟"一句，则不赞同毛《传》及朱熹《诗集传》的说法[3]，认为他们有过度阐释之嫌疑，而

————————

[1]原文刊于《台大青年》1968年第3期，后收入《屈万里先生文存》第1册，（台湾）联经出版事业公司1985年版。

[2]屈万里：《民俗与经义》，《屈万里先生文存》第5册，（台湾）联经出版事业公司1985年版，第1683页。

[3]毛《传》曰："夫妇过礼则虹气盛，君子见戒而惧讳之，莫之敢指。"（《毛诗正义》卷三，阮元校刻：《十三经注疏》，中华书局1980年影印版，第318页）朱熹言："此刺淫奔之诗。言蝃蝀在东，而人不敢指。以比淫奔之恶，人不可道。况女子有行，当远其父母兄弟，岂可不顾此而冒行乎?"（《诗集传》卷三，中华书局2011年版，第42页）

是借助于民俗里"指了虹手指会烂""指虹会使手指歪斜"等说法，将"蝃蝀在东，莫之敢指"理解为兴体，这既颠覆了旧说，又使整首诗更加简单明了。再如解释《小雅·斯干》里的"下莞上簟，乃安斯寝"一句，则说日本的"榻榻米"就是这种习俗的遗留。其中，榻榻米外面精致的席子，就类似簟；里面粗糙的草，就类似莞。这就使诗句的理解十分形象化。

屈万里在论证有关《诗经》的具体问题时，也十分注重对民俗材料的运用。如他在讨论"《国风》曾经润色"这一问题时，就将《国风》的篇章形式与北平、川东等地的民歌进行比较，认为原始的民间歌谣字数、长短都是不整齐的，而《国风》整齐的篇章形式恰恰证明其经过贵族或士人的润饰修改。又如他在讨论"兴"这一概念时，也能够借助鲁西歌谣来证明朱熹和郑樵对"兴"之解释的正确。

总之，屈万里的《诗经》研究，与他的治学思路密不可分。曾经有人向其请教如何研究《诗经》，他在回信中提了三点意见："（一）《诗》三百五篇，必须背诵甚熟；（二）关系密切之《尚书》、《易》卦爻辞、《左传》，必须读至上口；（三）三《礼》（尤其《礼记》）、金文、重要先秦诸子、《史记》、《汉书》以及考古学、民族学等书，亦须注意浏览（《诗经》之重要注释，自应多阅，不必论）。字书之类，则《经籍纂诂》必不可少。如是根柢既固，则创见必多。"[1]正是在扎实的文献掌握的基础上，屈万里通过对相关资料的详细考辨，并有意识地整合考古、民俗等资料，不但形成了开阔的研究视野，也发表了众多的新见。唯其如此，他所撰写的《诗经释义》等书，才能够成为影响中国台

---

[1] 山东省图书馆、鱼台县政协编：《屈万里书信集·纪念文集》，齐鲁书社2002年版，第220页。

湾《诗经》学发展最重要的著作[1]。

三

屈万里的《诗经》著作三种，关系非常密切。其中，《诗经释义》
（简称《释义》）成书于1952年，这不但是屈万里的第一本《诗经》研
究著作，也是中国台湾最早的一本《诗经》学专著，一直作为中国台湾
各大学中文系《诗经》课程的教科书使用，因而影响巨大。《诗经诠释》
（简称《诠释》）是《释义》的增订本，收入《屈万里全集》，于1981年
刊行。因屈万里历年讲授《诗经》课程，随时将日常所获资料与教学心
得以蝇头小楷眉批旁注于书中。故在逝后，由其夫人费海瑾加以整理，
共计增入六百四十余条，其中虽也有推翻前说者，但仍是同一书的不同
版本。

至于《诗经选注》（简称《选注》），出版于《释义》后三年，两书
"虽有全本和选本的不同，注解也有文言和白话的异致；但本书中所选
取的诸篇，其每篇的大意和字句的解释，都是根据前书的"[2]。故从性质
上来说，该书是《释义》的节选普及版。当然，除全本和选本、文言与
白话的差别外，两书还存在着其他的不同，如《释义》是为初步研究
《诗经》的学者而作，针对的是程度较高的读者，因此注解较为简略，
但所采各家之说，尽量注明了出处，方便研究者按图索骥。而《选注》
是以初读《诗经》的人为对象，共选诗二百五十八篇，而所选之诗，大
部分以适合青年的兴趣为主，其注解虽力求简单明了，但却较《释义》

---

[1] 杨晋龙：《台湾近五十年诗经学研究概述：一九四九～一九九八》，《汉学研究通
讯》2001年第3期。
[2] 屈万里：《诗经选注·叙论》，（台湾）正中书局1976年版，第9页。

较详，所采各家之说，则以不注明出处为原则。当然这些区别，仅是读者定位和内容形式上的差异，其实在本质上，两书"究竟是同类的东西"[1]。因此，要想了解《选注》，必须结合《释义》一书。

《选注》一书，虽以普及和教学为目的，但其撰述宗旨是继承《释义》一书的，具体来说，即《释义》例言第一条所言：

> 本书为集解性质，既不专主一家，亦无今古文或汉宋等门户之见，要以就三百篇本文以求探得其本义为旨归。于训诂方面，采于汉人、清人及近人者为多，于篇旨方面，多采朱传者为多，其有感于旧说之未安者，则以鄙说入之。

故屈万里释读《诗经》，不主一家之言，亦无门户之见，务求以"以现代的眼光，客观的态度，利用前人研究的成果，以探求三百篇的本来面目"[2]。

其中，就三百篇本文以求探得其本义，是屈万里治诗的基本宗旨。他曾撰《先秦说诗的风尚和汉儒以诗教说诗的迂曲》一文，认为汉儒从诗教的角度说诗，造成了诗旨的歪曲和附会，因此他主张"关于解说《诗经》各篇的作意方面，我们应当就各诗篇的原文，来推求各诗篇的本义"[3]。故屈万里在解释诗篇篇旨时，多采用朱熹《诗集传》的说法，就出于这方面的考虑，因为在屈万里看来，《诗集传》"是就《诗》的本

---

[1] 据《诗经选注》1955 年版"叙论"，转引自刘兆祐《屈万里先生年谱》，（台湾）学生书局 2011 年版，第 64 页。

[2] 屈万里：《谈诗经》，《屈万里先生文存》第 1 册，（台湾）联经出版事业公司 1985 年版，第 174 页。

[3]《屈万里先生文存》第 1 册，（台湾）联经出版事业公司 1985 年版，第 222 页。

文去推究作诗的本义，因而有很多明达的见解"[1]。具体到《选注》一书也是如此，屈万里在《叙论》中曾着重表彰朱熹的贡献："到了朱熹，他感觉到《毛传》所谓美这个刺那个的诗，大都没有史实的根据；而且，许多活生生的情歌，都在'美''刺'之下，把真相给埋没了。因此，他作了一部《诗集传》，把许多被埋没了真面目的诗，都给发掘出来。这在诗学上，是一个革命，也是一个很大的进步。"（见本书绪论P4）因此，《选注》一书在介绍诗旨时，也多用朱熹的说法，如《周颂·执竞》一诗，毛《序》曰："《执竞》，祀武王也。"以为是祭祀周武王的诗。但朱熹《诗集传》提出不同意见，认为"此祭武王、成王、康王"之诗，其之所以做出这一判断，就是依据《执竞》本文不但提到了"执竞武王"，还说到了"不显成康"，故他在《诗序辨说》中说："此诗并及成、康，则《序》说误矣。"对此诗，屈万里同意朱熹的看法，故《选注》言："这是祭武王、成王、康王的诗。"

另外，因屈万里受傅斯年影响较深，且傅斯年研究《诗经》也非常重视"一切以本文为断"，主张"在诗本文中求诗义"[2]，故屈万里在诗旨方面，也多取其说。如《卫风·氓》一诗，毛《序》以为是"刺时也"，《诗集传》也以为"此淫妇为人所弃，而自叙其事，以道其悔恨之意也"，均视为刺诗。但傅斯年则从文义出发，说此诗是"妇人为夫所弃之劳歌"[3]。《选注》说法与傅斯年相同，认为"这是被丈夫遗弃的妻子，自己感伤的诗"。除以上两家外，《选注》对于毛《序》之说也并

[1] 屈万里：《谈诗经》，《屈万里先生文存》第1册，（台湾）联经出版事业公司1985年版，第173页。
[2] 傅斯年：《诗经讲义稿》，上海古籍出版社2017年版，第16页。
[3] 傅斯年：《诗经讲义稿》，上海古籍出版社2017年版，第16页。

非完全摒弃，只要毛《序》说法能与《诗经》本文相合，屈万里也会加以承袭，如《周颂》部分多为祭祀先祖之诗，较少附会，因而袭用率也较高。

但当前人之说并妥帖，屈万里还能善体诗文，自创新说，如《郑风·萚兮》，毛《序》以为："刺忽也。君弱臣强，不倡而和也。"《诗集传》认为这是"淫女之词"，均不合理。傅斯年则采用阙如的态度说："此诗无义，只是说你唱我和，当是一种极寻常的歌词。"而屈万里通过诗中"叔兮伯兮，倡予和女"，解释"这是一首描写亲友之间和乐的诗"，更能贴合此诗所呈现出的欢乐氛围。

在注解方面，《选注》大致是根据《释义》一书而来，能够博采众长，择善而从，其中很多都是依据汉人、清人及近人的解释而来。众所周知，研究《诗经》有汉学、宋学之分，汉学重文字、训诂，宋学则长于义理而忽略小学功夫。故在诗旨方面，屈万里多用朱熹之说，但"他对于字句的解释，却往往不求古义；因而，也有不少牵强附会的地方"，[1] 则在训诂方面，多不取其解。更重要的是，屈万里还将自己的研究成果纳入著作当中，如他释《卫风·氓》中的"士也罔极"，说罔极是"无良或缺德之意"，就取自他的文章《罔极解》。而前文提到的《〈诗经〉三百篇成语零释》等文，正是其撰述《诗经释义》一书的副产品，这也为《释义》《选注》两书在字义解读方面新见迭出奠定了基础。不过，不同于《释义》，《选注》作为一部普及性的著作，也有自身的特征，即一概用简明的白话注出，而对于艰涩的字则予以注音。又因为本书只注解而没有翻译，所以当遇到艰深的句子时，还会将全句直译

---

[1] 屈万里：《诗经选注·叙论》，（台湾）正中书局1976年版，第5—6页。

或意译出来，便于读者了解，如《鄘风·蝃蝀》有"朝隮于西，崇朝其雨"一句，《选注》就说："崇朝其雨：早晨一过就要下雨。现在民间仍有'东虹唿噜西虹雨'的俗谚。"这既可以体现《选注》一书的注释体例，又能反映屈万里研治《诗经》注重以民俗资料来诠释经义的特点。

最后，历代的《诗经》阐释，大致有三种思路：一是经学的思路，就像屈万里所说，自汉代以来，往往从政教的角度来理解《诗经》，这一思路的优点是可以赋予《诗经》更多的文化价值，但也会导致某些诗义被歪曲。二是文学的思路，自五四以来，经过胡适、顾颉刚等人的努力，颠覆了《诗经》的经学体系，将其还原成文学作品。这一思路能从文本的角度关照《诗经》，缺点则是导致了《诗经》研究的窄化。三是礼乐仪式的思路，当下的《诗经》研究，开始意识到《诗经》作为乐歌，其文本固然是文学作品的结集，但当其在礼乐仪式中时，确实也发挥着重要的文化功能。可以说，这一思路能在一定程度上缓解《诗经》在经学和文学间的二元对立局面。囿于时代的原因，屈万里的《诗经》著作，主要是采取了第二种思路，即将《诗经》视为纯正的文学作品。

而《选注》一书，既是为一般初读《诗经》的人所作，其目的就在于"介绍他们知道我们的先民有些如此卓越的文化遗产，让他们知道一些至今还活在文章里、信札里和口语里的常识，让他们有机会而且能够无师自通地欣赏一些绝妙好辞"。为了达成这一目的，屈万里在选文过程中，特别重视《诗经》的文辞之美，因此《国风》选得最多，而开篇的《周南》《召南》最为脍炙人口，就将其全部选入；至于那些文辞古奥的、诗的含义不能确知的，甚至诗的意境彼此相近的，则尽量不选，所以三《颂》部分选得最少。但如若从礼乐仪式的视角来看，三《颂》

作为王朝的颂歌，其文化意义其实是大于《国风》的，这也是我们需要注意的。

　　总而言之，作为一部学术普及的著作，《选注》一书注重从《诗经》本文来探求诗旨，其中颇多明达通透的见解。而在注释和选文上，作者能够关照初读者的学习程度。其中，注释尽量简明扼要，既不旁征博引，也不故作艰深，还能够将自己的研究成果以通俗易懂的方式介绍给读者。选文则重视《诗经》文本的文学性，能够让读者在欣赏优美的诗章之余，领略古人的优秀的文化遗产。可以说，屈万里的《诗经选注》是一本难得的《诗经》阅读入门之作。

（原刊《中国诗学研究》第23辑）